Thomas Walden · Die Bielefeld Verschwörung

In Bielefeld geschehen unheimliche Dinge. Systematisch verschwinden ganze Gebäude aus dem Stadtbild und unliebsame Bürger werden gekidnappt. Niemand weiß, was mit ihnen geschieht. Professor Wanstohn kehrt in seine Heimatstadt zurück, um der Sache auf den Grund zu gehen. Der Geschichtsprofessor kommt den dunklen Geheimnissen einer fremden Macht auf die Schliche. Aber welche Ziele verfolgen die Hintermänner? Soll Bielefeld vom Erdboden verschwinden? Und was hat es mit der tödlichen Geheimwaffe auf sich? Wanstohn schlägt Alarm, doch weder die Polizei noch seine Unikollegen glauben an die Verschwörungstheorie. Jetzt schickt er drei seiner Studenten auf die Jagd, um das Rätsel zu lösen. Aber können es Lukas, Jan und Hardy tatsächlich mit ihren übermächtigen Gegnern aufnehmen? Das abenteuerliche Wettrennen um den Drachen von Fumé führt sie bis nach Griechenland. Aber auch ihre Verfolger sind schon da ...

Thomas Walden lebt und arbeitet in Bielefeld, in der Stadt, die es angeblich nicht gibt. Dort promovierte er 2006 und arbeitet nun als Lecturer an der Universität Bielefeld. In dieser Zeit hat er zwei abendfüllende Dokumentarfilme mit Studierenden erarbeitet, bevor er im Frühjahr 2008 erste Überlegungen zur „Bielefeld Verschwörung“ anstellte. In der Verschwörungs-Anthologie „Rätselhaftes Bielefeld“ erschien sein Beitrag „Intrigantenstadl“.

Thomas Walden

Die Bielefeld Verschwörung

Der Drache von Fumé

Aufgabe 1

PENDRAGON

Prolog

„Als die Tage noch nicht getaktet und der rechte Winkel noch nicht erfunden war, begann der Mensch zu träumen und entdeckte dabei die Freundschaft. Alsbald verstand er, dass er mit der Freundschaft die Chance hatte, mehr als nur er selbst zu sein. Die Begeisterung über den Fund war groß, und die Freundschaft rauschte unter die Menschen wie die Augen eines glückseligen Kindes. Und der Mensch wuchs über sich hinaus. Aber er wollte mehr, wollte Sicherheit, wollte Kontrolle, wollte Ordnung. Freundschaft, sagte der Mensch, sollte unter denjenigen sein, die eines Geistes waren, und meinte damit diejenigen, die seines Geistes waren. Alle anderen waren für ihn einfältig und zur Ordnung nicht fähig. Deshalb schloss er sie aus dem Kreis der Freunde aus. Auf diese Weise wurde im Kreis der Freunde die Feindschaft geboren. Um zu verhindern, dass die Feinde zu zahlreich wurden, brachen manche Freunde auf und bekämpften die Feinde. Sie scheuten keine Anstrengungen, schlugen unzählige Schlachten, rangen mit mächtigen Feinden und gaben ihren Freunden Hoffnung. Waren sie siegreich, wurden sie vor allen anderen hervorgehoben, und die Menschen begannen, sie als Helden zu feiern und zuweilen sogar zu verehren. Die erste Ära der Helden, die den Menschen Ordnung versprach, war angebrochen.

Aber nicht alle waren damit zufrieden, zu unstet schien die Freundschaft zu sein, und sie begannen einen anderen Traum: Eines Tages verkündete der rechte Winkel, von nun an sei er der Herrscher über die Welt. An ihm komme niemand vorbei und Logik und Berechenbarkeit seien der wahre Kern allen Seins. Und weil es nach seiner Meinung nichts Perfekteres und Ausgewogeneres gab als den rechten Winkel, begann er alles in der Welt nach seinem Vorbild zu gestalten. Erfolgreich. Immer mehr Menschen fanden Gefallen am rechten Winkel und der damit verbundenen Ordnung. Sie halfen dabei, eine Welt nach seinem Vorbild zu kreieren, bis irgendwann die ganze Welt voller rechter Winkel war. Winkel reihte sich an Winkel, bis die Erde irgendwann vollständig mit ihnen bedeckt war. Zu dem Zeitpunkt brütete der rechte Winkel bereits darüber nach, was er als Nächstes tun könne. Was war jetzt seine Aufgabe?

Seine Lösung war ganz pragmatisch: Auf jeden rechten Winkel passt irgendwie ein weiterer. Sofort machte der Winkel sich erneut ans Werk und wieder mit Hilfe des Menschen. Denn da dieser die Idee für den rechten Winkel geboren hatte, gab es für ihn nichts dagegen einzuwenden. Brachte der rechte Winkel nicht endlich die gewünschte sichere Ordnung in das Chaos der Welt?

Tatsächlich, der Mensch freute sich über die vielen ordentlichen Quadrate und übersichtlichen, geometrischen Anordnungen. Auch als die rechten Winkel immer mehr wurden, lächelte ihr Schöpfer über seinen genialen Einfall und genoss die Ordnung. Die inzwischen zahllosen rechten Winkel hatten aber nicht mit ihrer Verbreitung begonnen, um den Menschen lächeln zu sehen. Für sie war ihre Vermehrung längst Selbstzweck geworden. Sie breiteten sich immer weiter aus, sie legten sich überall an, häuften sich übereinander, bis schließlich ein heilloses Chaos entstanden war, und ein rechter Winkel den anderen vor lauter rechten Winkeln nicht mehr erkennen konnte. Das merkten die Menschen. Zwar blieben sie nach wie vor vollkommen überzeugt von sich und ihrem genialen Einfall, doch verfielen sie darüber in tiefe Ratlosigkeit und verbreiteten von nun an einen bequemen Fatalismus, der

Augen und Ohren vor dem stetig wachsenden Chaos verschloss.

Die Freundschaft war längst ertrunken im Meer der rechten Winkel, und so sollte es bleiben, für sehr lange Zeit. Bis zu dem Tag nämlich, an dem irgendwo im Nirgendwo, völlig unerwartet und ohne jeden Anlass, zwei Menschen zu träumen beginnen und Freundschaft miteinander schließen würden.

Sie wussten nicht, wer sie waren, sie wussten nicht, was sie taten, aber selbstverständlich wurden sie zu Helden.

Ich bin die Königin von Saba.“

Teil I – Und sehen wir uns nicht in dieser Welt …

1

Von einundachtzig Großstädten in Deutschland blicken einige auf eine lange Geschichte zurück, die zuweilen bis in die Antike zurückreicht. Um die meisten von ihnen ranken sich Legenden und Geschichten, doch nur eine dieser Großstädte existiert angeblich nicht: *Bielefeld.* Eine Großstadt, die es nicht gibt?

Für Professor Emmett Wanstohn war diese Frage zunächst nur ein leichtes Kribbeln im Nacken gewesen. Das Kribbeln mutierte aber rasch zu einer ernstzunehmenden Frage und war nach einer Weile mehr als nur Passion. Wieso sollte die Stadt, in der er lebt und arbeitet, ja in der er sogar geboren wurde, nicht existieren?

Sicherlich, Bielefeld war in seiner Jugendzeit nicht der Nabel der Welt und zugegeben: Auch er hatte es nicht abwarten können, die Stadtgrenzen für immer hinter sich zu lassen. Direkt nach der Schule war der junge und aufgeweckte Emmett in die Welt hinaus gezogen, hatte studiert, das Leben in vollen Zügen genossen und schließlich eine universitäre Karriere eingeschlagen, die ihn an viele Orte Europas geführt hatte. Er hatte Geschichten gehört und selber erzählt, Mythen gelesen und selbst aufgeschrieben. Doch dann, irgendwann war dieses Gerücht aufgetaucht. *Bielefeld existiert nicht.*

Wie eine Mücke in der Nacht. Zunächst nur ein leises Sirren in der Ecke des Schlafzimmers, das den Schläfer kaum aufzuwecken vermag. Mit der Zeit kommt sie aber immer näher und aus dem leisen Sirren wird zunehmend ein monotones, hochfrequentes Surren, das einem schließlich den Schlaf raubt. Sobald jedoch das Licht eingeschaltet wird, ist das lästige Insekt wie vom Erdboden verschluckt und surrt umso lauter, sobald die Dunkelheit ihre schützende Hand wieder über sie legt. Der nun erwachte Schläfer lauscht in die Dunkelheit hinein. Er weiß, die Mücke ist da und sie wird zustechen, irgendwann, es sei denn, er erwischt sie vorher.

Jahrelange Erfahrung hat Emmett Wanstohn gelehrt, geduldig zu sein. In akribischer Kleinarbeit sammelte er unzählige Hinweise, die ihn zum Kern der Frage führen sollten. Immer wieder war er auf verstreute Spuren gestoßen, die sich später im Nichts verloren hatten. Nachdem er mit seinen Nachforschungen nicht weitergekommen war, hatte er sich schweren Herzens dafür entschieden, direkt an der Quelle weiter zu forschen, und folgte dem Ruf auf einen Lehrstuhl an der Fakultät für Geschichte der Bielefelder Universität. Seitdem führt Wanstohn seine Nachforschungen über die Frage nach der Existenz Bielefelds im Zentrum des Geschehens heimlich fort und je länger er in Bielefeld lebt, desto sicherer ist er, dass sich mehr hinter dieser Frage verbirgt. Er beobachtete entsetzt, wie ganze Gebäude in Bielefeld von einem auf den anderen Tag einfach verschwanden. Was ging nur vor in dieser Stadt?

Mit der Zeit erkannte der Wissenschaftler ein System, nach dem die Gebäude verschwanden. Aber noch war das Puzzle unvollständig. Trotzdem würde die Mücke zustechen – sehr bald –, dessen war sich Wanstohn gewiss.

10:16 Uhr, Universität Bielefeld, heutiger Tag

Emmett Wanstohn steht unschlüssig am Fenster seines Büros und blickt an der gegenüberliegenden Fassade des Universitätsgebäudes hinab. Mit wachsender Unruhe betrachtet er im Fenster die Spiegelung seines von schlohweißen Haaren umrahmten Gesichts. In seinem Gesicht haben sich tiefe Falten ihren Weg gegraben, die von einem hellwachen Blick konterkariert werden. Zwei Jahre vor der Pensionierung fühlt er sich jetzt auf einmal älter als er ist. Unschlüssig stopft er schließlich sein blauweiß gestreiftes Baumwollhemd, das er auf einem türkischen Basar erworben hat, in die dunkle Leinenhose, während seine Augen unruhig durch das Büro wandern. Auf den ersten Blick herrscht in diesem Büro ein unglaubliches Durcheinander, tatsächlich aber regiert hier das kreative Chaos des Professors. Bücher stapeln sich aufeinander, füllen ganze Regalreihen, Schriftstücke hängen oder liegen überall herum. Vor einer seiner Bücherwände hat Wanstohn begonnen, eine Karte von Bielefeld anzulegen, auf der er alle Orte markiert hat, an denen in den letzten Jahren Gebäude verschwunden sind. Nach seinen Beobachtungen wird der Stadtkern ausgedünnt und eingeebnet. War zunächst nur der südwestliche Teil der Altstadt davon betroffen, so verschwanden in jüngster Vergangenheit vor allem Teile des nordöstlichen Stadtzentrums. Abgesehen von der großen Frage nach dem ‚Warum?', plagt Wanstohn sich mit dem Gedanken herum, ob ein Zusammenhang besteht zwischen dem Verschwinden der Häuser und dem Gerücht, dass es Bielefeld nicht geben soll.

Seine Augen wandern zur großen Wanduhr hinter seinem Schreibtisch und schließlich wieder durch das Fenster hinaus zum Teutoburger Wald, in dem seine Studenten Hardy Hart, Jan Flamingo und Lukas Gugell vor ungefähr drei Stunden verschwunden sind. Er hatte sie losgeschickt, um die letzten fehlenden Beweise für seine These zu sammeln. Eine These, die ihm selbst zu unglaublich erscheint, als dass er sie ungeprüft laut verkünden würde. In den letzten Wochen haben sich die Ereignisse überschlagen und er fühlt, dass irgendetwas an die Oberfläche drängt. Die Zeit, etwas dagegen zu unternehmen, wird langsam knapp, nachdem inzwischen offensichtlich sogar ohne jede Skrupel Menschen am helllichten Tag in Bielefeld entführt werden.

Wanstohn beschleicht nach wie vor Unbehagen bei der Erinnerung an den Tag, als er vor ungefähr zwei Wochen an einem der ersten sonnigen Frühlingstage des Jahres im Ravensberger Park gesessen und seine morgendliche Zeitung gelesen hatte. Der Ort und die Ereignisse jenes Tages haben sich ihm so tief ins Gedächtnis gebrannt, dass er sie noch immer glasklar vor Augen hat: Umgeben von einer mannshohen Mauer sperrt der Park das hektische Treiben der Stadt praktisch aus. In seinem Zentrum stehen die Reste der alten Spinnerei, die seit Jahrzehnten nicht mehr als solche genutzt wird. Heute befinden sich darin die Räumlichkeiten der örtlichen Volkshochschule. Die den Gebäudekomplex umrahmenden Grünflächen unterliegen ständiger Pflege. Alle Rasenflächen werden stets auf einer Länge von elf bis fünfzehn Millimetern gehalten und die Blumenbeete sind akkurat angeordnet. Bei einem kritischen Beobachter könnte der Eindruck erweckt werden, jemand habe bei der Anlage der Beete Wert darauf gelegt, so ziemlich jeden rechten Winkel einzubauen, der möglich ist. Wanstohn muss bei diesem Gedanken unwillkürlich lächeln, obwohl ihm überhaupt nicht danach zumute ist. Sein geistiges Auge wandert weiter durch den Park.

In den Bäumen entlang der Mauer zwitschern die Vögel, ein künstlich angelegtes Bächlein glitzert in der Sonne. Zwischen den Beeten und den Rasenflächen laden hin und wieder Parkbänke zum Verweilen ein. Gelegentlich flitzt ein Jogger durch den Park oder jemand führt seinen Hund spazieren. Einige aus dem aktiven Produktionsprozess der Gesellschaft ausgeschlossene Menschen tummeln sich in einer Ecke des Parks. Von offizieller Seite wird ihr Aufenthalt im Park kritisch beäugt, Wanstohn findet sie bis heute jedoch völlig harmlos. Ab und zu gesellt er sich sogar zu ihnen, um ein paar Worte zu wechseln.

Nicht jedoch an jenem Tag. Er las einen Artikel mit der Schlagzeile „Unbekannter Schacht auf der Sparrenburg entdeckt", der allein schon wegen des Titels seine Aufmerksamkeit beanspruchte. Aber an dem Tag wurde er durch einen jungen Mann abgelenkt, der auf einer Bank saß, selbstvergessen sein Akkordeon bediente und frankophile Melodien spielte. Just in dem Moment, in dem der junge Musiker eines seiner Stücke beendete, erschien hinter ihm in einem nahen Durchgang ein dreiköpfiges Kamerateam. Die beiden Männer und die Frau schauten sich kurz um, entdeckten den Akkordeonspieler und hielten zielstrebig auf ihn zu, ohne auch nur im geringsten auf den Weg zu achten, was Wanstohn mit einem missbilligenden Blick als höchst unzivilisiert quittierte. Unter den Absätzen der drei knickten die Blumen gleich reihenweise ab. Kurz bevor sie den Akkordeonspieler erreichten, nahm der groß gewachsene Mann des Teams das Mikrophon energisch in die linke Hand. Die junge Frau, wahrscheinlich eine Praktikantin, zog einen Bleistift hinter ihrem Ohr hervor und zückte geflissentlich einen Block. Der dritte im Bunde führte die Kamera an sein Auge, drückte auf einen Schalter, nuschelte kurz „okay" und begann eine Aufnahme.

Der Reporter und die Frau nahmen den Akkordeonspieler kurzerhand in die Mitte. Der Kameramann baute sich passend gegenüber auf, so dass der junge Mann nicht mehr entkommen konnte. Der Mann mit dem Mikrophon grinste mit geröteten Wangen in die Kamera. Der junge Musiker spielte ungerührt weiter.

Die Worte des Reporters hallen in Wanstohns Gedächtnis immer noch nach: „Hallo. Wir von Bielefeld Zentral TV interessieren uns heute dafür, wie zufrieden die Bürger der Stadt mit der Lebensqualität in Bielefeld sind." Danach wendete er sich abrupt auf dem Absatz um und sprach den Akkordeonspieler reichlich unwirsch an: „Sind Sie zufrieden mit der Lebensqualität in Bielefeld?" Der Akkordeonspieler stoppte sein Spiel und ließ sein Instrument sinken. Durch die Aktion zunächst sichtlich überrumpelt antwortete er: „Ja, sicher." Dann grinste er und gab, sich mit seinem augenblicklichen Schicksal arrangierend, Auskunft: „Hier kann man es gut aushalten. Alles ist mit öffentlichen Verkehrsmitteln erreichbar, es gibt gut ausgebaute Fahrradwege und die Stadt wirkt immer sehr sicher." Nach dieser Antwort räusperte er sich, schaute offen in das Gesicht des Interviewers und ergänzte: „Ich denke, also die Lebensqualität ist hoch." Die Frau des Teams lächelte zufrieden und notierte etwas auf ihrem Block.

„Vielen Dank", rang sich der Reporter unfreundlich ab. Er drehte sich abrupt, ohne weiteren Kommentar, auf dem Absatz herum und winkte seinem Team zu, ihm zu folgen. Durch dieses Intermezzo neugierig geworden, beendete Wanstohn die Lektüre seiner Zeitung und verfolgte nun aufmerksamer das Treiben des Reporterteams. Die nächsten Opfer hatte der Mann mit dem Mikrophon schnell ausgemacht. Es handelte sich dabei um ein Ehepaar, das einen der Parkwege entlangschlenderte. Das Team kürzte die Entfernung zu den beiden ab, indem sie erneut den Weg verließen und alles niedertrampelten, was ihnen in die Quere kam. Das Paar sah das Team kommen und blieb stehen. Der Reporter baute sich vor den beiden auf, dirigierte sein Team in Position und strich sich kurz das glatte Haar noch glatter. Nachdem er sich zu Ende gestriegelt hatte, begann die Prozedur von vorne. Er wandte sich der Kamera zu, wiederholte seinen Satz und seine Frage, dieses Mal mit einem etwas windschiefen Lächeln. Die Frau stieg direkt darauf ein, als habe sie ihr Leben lang nur auf dieses Interview gewartet: „Ach ja, es ist ganz toll hier." Bevor die Frau weitersprechen konnte, fiel ihr Mann ihr ins Wort: „Allein die kulturelle Vielfalt. Man kann ins Theater gehen oder in die Oetkerhalle. Es gibt schöne Cafés in der Altstadt. Wir sind ja auch im Golfclub, wissen Sie?", nickte der Mann sich selber zu und zupfte an seinem über die Schultern geworfenen Pullover, dessen Ärmel er sehr sorgfältig, einem Windsorknoten gleich, vor der Brust verknotet hatte. Die Frau übernahm in der kurzen Atempause ihres Mannes das Wort: „Ganz besonders gefällt mir auch, dass die Stadt so viel Sicherheit ausstrahlt. Auf der Straße hat man auch nachts immer ein gutes Gefühl. Es ist hier ganz toll."

Der Reporter nickte während der Ausführungen des Paares gelangweilt. Bevor sie ihre Ausführungen mit weiteren Belanglosigkeiten ergänzen konnten, unterbrach er sie: „Vielen Dank für die Auskunft und einen schönen Tag wünsche ich Ihnen." Auch hier wartete der Reporter keine Sekunde länger als nötig, drehte sich genauso unvermittelt wie bei dem Akkordeonspieler um und winkte seinem kleinen Team erneut, ihm zu folgen. Der Frau des Teams gelang es gerade noch, einen Haken auf ihrem Block zu machen, dann folgte sie eilig dem Kameramann und dem Reporter. Wanstohn hatte den Reporter inzwischen wahrlich ins Herz geschlossen und war im Begriff, seine Zeitung weiter zu lesen, in der stillen Hoffnung, nicht angesprochen zu werden. Da hatte der alte Mann die Rechnung allerdings ohne den Reporter gemacht. Der schaute sich nur kurz suchend um und entdeckte den Professor auf der Bank. Sofort stürmte er auf Wanstohn zu, wiederum schnurgeradeaus und wiederum ohne Rücksicht auf mögliche Verluste. Wanstohn sah das Team im Stechschritt auf sich zumarschieren und erkannte eine Veränderung im Gesicht des Reporters. Nicht nur, dass dessen Wangen noch röter glänzten, er las in dem Gesicht und den nun wild entschlossen dreinblickenden Augen ab, dass der Reporter ihn erkannt haben musste. Noch während sie sich der Bank näherten, bedeutete der Reporter seinem Team hektisch, sich bereit zu halten.

Wanstohn faltete die aufgeschlagene Zeitung zusammen und murmelte „Banausen", als er sah, wie das kleine Team ein weiteres Mal die Blumenbeete niederwalzte.

Als die drei vor dem Wissenschaftler stehen blieben, änderte der Reporter seine Haltung und setzte, wie Wanstohn fand, ein vermeintlich gewinnendes Lächeln auf, rückte seine Krawatte zurecht und sprach abwechselnd zu Wanstohn und in die Kamera: „Aaah, Professor Wanstohn, da freuen wir uns aber sehr, ein so bekanntes Gesicht interviewen zu dürfen." Noch bevor dieser etwas erwidern konnte, schwallte der Reporter weiter. „Sagen Sie, Professor, wie zufrieden sind Sie mit der Lebensqualität in Bielefeld?"

Wanstohn warf einigermaßen konsterniert die Stirn in Falten. Diese Form medialer Belästigung war ihm schon seit längerem ein Dorn im Auge und er war versucht, diesem besonders unangenehmen Vertreter seiner Zunft dies auch deutlich zu machen. Schließlich besann er sich aber kurzerhand eines Besseren und um seine Augen erschienen eine Reihe Lachfalten, als seine Miene sich unvermittelt aufhellte.

„Oh, danke der Nachfrage, ich bin äußerst glücklich, hier in Bielefeld eine Heimat gefunden zu haben", stellte Wanstohn die Ungeduld des Reporters auf die Probe.

Der holte bereits wieder Luft, aber Wanstohn wusste, dass er aus dieser Nummer nur herauskam, wenn es ihm gelang, den Spieß umzudrehen. Der Reporter verschluckte sich an seinem Atemzug, als Wanstohn süffisant und ohne Unterlass weiter redete: „Die vielen netten Menschen, das schöne Wetter, die herrlichen Parks, die himmlische Ruhe, das prächtige Grün, das Lied der Vögel, die einzigartige Architektur, die fabelhaften Bildungseinrichtungen, das multikulturelle Miteinander, ach ja.“ Wanstohn lächelte den Reporter breit an und sein Grinsen wurde noch breiter, als er ihn abschließend fragte: „Und, wie gefällt es Ihnen denn hier? Sind Sie Bielefelder?“

Der Reporter schnappte nach Luft „Ja, äh ja, vielen Dank, wir gehen dann auch mal weiter“, stotterte er. Wie zuvor drehte das Team unvermittelt ab und setzte sich erneut in Bewegung.

Wanstohns soeben noch verschmitzte und freundliche Gesichtszüge verfinsterten sich zusehends, als er das merkwürdige Team scharf musterte, während es sich entfernte. Sie hielten auf das große Spinnerei-Gebäude zu. Aber noch bevor das Team um die Ecke biegen konnte, kam ihnen ein junger Mann entgegen, den Wanstohn durchaus zu seinen Studierenden hätte zählen können. Insgeheim hoffte er, dass dem jungen Mann die blöde Fragerei erspart blieb. Allerdings hielt das Team, wie zu erwarten war, direkt vor dem jungen Mann an und die Prozedur wiederholte sich noch einmal.

„Hallo wir von Bielefeld Zentral TV interessieren uns für die Lebensqualität in Bielefeld. Wie sind Sie mit der Lebensqualität in Bielefeld zufrieden?“, hörte Wanstohn den Reporter einmal mehr fragen.

Der Tonfall, in dem der junge Mann antwortete, machte unmissverständlich klar, dass er ungehalten darüber war, so unvorbereitet angesprochen zu werden. „Ätzend. Hier laufen nur Spießer rum, wie dieses Paar dahinten“, der junge Mann deutete auf das Ehepaar, das erst vor wenigen Minuten interviewt worden war, „diese vorgetäuschte Freundlichkeit ist echt Ekel erregend.“

Wanstohn drehte sich um und beobachtete das Geschehen. Irgendetwas an der Art, wie sich das Fernseh-Team um den Mann aufgestellt hatte, irritierte ihn. Er erhob sich von der Bank und ging langsam auf die kleine Gruppe zu. Der junge Mann echauffierte sich immer weiter: „Und was soll dieser Scheiß mit den Kameras? Sicherheit, pah! Big Brother is watching you, oder was? Da 'ne Kamera, da 'ne Kamera, da eine, da eine, da und da. Ich will hier wech!“

Wanstohn lächelte über die unbekümmerte und ehrliche Antwort des jungen Mannes und ging noch ein paar Schritte näher heran, um genauer zu verstehen, was dort vor sich ging. Doch dann tauchten plötzlich, wie aus dem Nichts, zwei Gestalten in dunkelblauen Overalls auf und alles Weitere geschah blitzschnell.

Wanstohn sah, dass der Reporter hässlich grinste, und noch bevor der junge Mann auch nur erahnte, wie ihm geschah, hatten die beiden Gestalten in den Overalls ihm eine schwarze Kapuze über den Kopf gestreift, während das Kamerateam sich passend gruppierte, um die Vorgänge vor möglichen Zeugen abzuschirmen. Der Größere der beiden Overallträger zückte einen Elektroschocker und jagte mehrere tausend Volt in den Körper des jungen Mannes, der sogleich erstarrte und dann zusammensackte. „Sie wollen hier weg, ihrem Wunsch wird voll und ganz entsprochen“, hörte Wanstohn den Mann breit grinsend sagen. Der zweite Mann im Overall fing den erschlafften Körper des Mannes auf. „Stylt ihm die Synapsen um“, blaffte er, als spräche er von einem Friseurtermin. Mit diesen Worten verschwand die Gruppe hinter der Ecke des Spinnereigebäudes. Der ganze Spuk hatte nur wenige Sekunden gedauert.

Wanstohn hielt zunächst schockiert an, verlängerte dann aber zügig seine Schritte. Er schaute um die Ecke, jedoch war weit und breit niemand mehr zu sehen. Als er sich im Park umschaute, schien auch sonst niemand irgendetwas von dem Geschehen bemerkt zu haben. Er suchte noch etliche Minuten weiter, aber sowohl das Kamerateam als auch der junge Mann sowie die beiden Gestalten in den Overalls blieben verschwunden. In seiner Verzweiflung meldete Wanstohn den Vorfall der Polizei. Eilfertig überprüfte der diensthabende Polizist die Aufzeichnungen aus dem Ravensberger Park. „Tut mir leid, Herr Wanstohn", erklärte der Polizist milde lächelnd, als er zurückkehrte, „auf unseren Überwachungs-Monitoren ist weder eine Entführung noch ein Kamerateam zu entdecken."

Wanstohn starrte den Polizisten ungläubig an, wollte dem Mann eine passende Antwort entgegnen, schluckte sie aber schließlich einfach runter und verließ die Wache wortlos.

Die Erinnerung an die Ereignisse lässt Wanstohn immer noch vor Wut schäumen. Seine Gesichtszüge verfinstern sich, seine Hände verkrampfen und ballen sich zu Fäusten, so dass sich das Weiße seiner Knöchel unter der altersgegerbten Haut abzeichnet. Wer, um Himmels Willen, kann solch eine Aktion durchführen? Und dann auch noch so effizient und skrupellos? Der Gedanke schreckt ihn auf. Die Konferenz, die er einberufen hat. Ein schneller Blick auf die Uhr verrät ihm, dass er sich beeilen muss, die Kollegen warten und Hardy, Jan und Lukas sind immer noch nicht zurück. Er hätte die Konferenz verschieben sollen, bis er die fehlenden Beweise vorliegen hat. Aber seit dem Vorfall im Ravensberger Park treibt ihn ständig der Gedanke um, dass jederzeit in Bielefeld Menschen entführt werden und es niemand mitbekommt. Außerdem hatte er einen Termin finden müssen, an dem möglichst viele Kollegen anwesend sein können, ohne ihren überquellenden Kalender vorschieben zu können. Diese Zusammenkunft findet in wenigen Minuten statt. Wanstohn hat keine Wahl, er muss die Konferenz ohne die fehlenden Beweise beginnen. Hektisch packt er ein paar Bilder und Artikel zusammen, in der stillen Hoffnung, so lange Zeit schinden zu können, bis seine Studenten eintreffen. Der alte Mann streicht sich noch einmal durchs Haar und macht sich auf den Weg zum Konferenzsaal. An seiner Bürotür hinterlässt er eine Nachricht, wo er zu finden ist und steigt in den Fahrstuhl.

Auf dem Weg nach unten hängt Wanstohn weiter trüben Gedanken nach. Er hatte die drei Studenten zunächst nur zögerlich in seine Nachforschungen eingeweiht. Aber sein Gefühl hatte ihm gesagt, dass er ihnen trauen könne. Vielleicht deshalb, weil der Philosophiestudent Hardy Hart mit fast untrüglicher Sicherheit stets die richtigen Fragen stellt. Jetzt würde Wanstohn sich am liebsten dafür ohrfeigen, dass er ihrem Drängen nachgegeben hat, ihn zu unterstützen. War es richtig von ihm gewesen, einen gewissenhaften Philosophiestudenten, einen lebenslustigen Soziologiestudenten und einen blassen Informatikstudenten aus ihrem Alltag herauszureißen und sie einer unbekannten Gefahr auszusetzen? Sie hatten ihm mehrfach versichert, dass das völlig in Ordnung ginge. Da sie aber immer noch nicht zurück sind, ist Wanstohn nun nicht mehr völlig überzeugt. Sicher, Hardy ist seine Integrität keinesfalls abzusprechen, ob aber dessen Kommilitone Jan die Sache ernst genug nimmt? Wanstohn ist sich nicht sicher. Zuweilen erweckt Jan Flamingo den Eindruck, als versuche er, nur ein wenig mehr Glamour in den trockenen, theoretischen Alltag eines Soziologiestudenten zu bringen. Aber Hardy beteuert stets Jans absolute Zuverlässigkeit und Loyalität. Bleibt der dritte im Bunde. Der recht farblose Lukas Gugell. Wie ein Schatten hängt er in der letzten Zeit an Jan und bewundert nahezu alles, was dieser anpackt. Ein Soziallegastheniker wie er im Buche steht, dessen intensivste Beziehung in den letzten Monaten, zumindest nach dem was Wanstohns gehört hat, zur CPU seines Rechners besteht. Ausgerechnet der interessiert sich für die ausschweifende Lebensweise eines Jan Flamingo. Gegensätze ziehen sich zwar an, aber dieses Duo erscheint Wanstohn suspekt. Andererseits sind Lukas' technische Kenntnisse und Fähigkeiten mehr als bemerkenswert und könnten sicherlich noch von Nutzen sein. Der Professor hat keine Wahl, da es keine anderen gibt, denen er so weit traut.

Mit einem sanften Ruck kommt der Fahrstuhl zum Stillstand. Wanstohn verlässt das Hauptgebäude der Universität und schlägt den Weg zum Zentrum für interdisziplinäre Forschung ein, das direkt am Waldrand des Teutoburger Waldes hinter dem Universitätsgebäude liegt. Auf dem Weg streifen seine Blicke immer wieder über den Wald, als könne er dadurch die Rückkehr der drei beschleunigen.

2

10:45 Uhr, Teutoburger Wald, heutiger Tag

Die Spitze des Bielefelder Funkturms an der Hünenburg ragt wie eine überdimensionale Stecknadel in den Himmel. Hardy, Jan und Lukas schnappen hinter einem Holzstoß liegend nach Luft. Der Lauf herauf in den Wald war weiter als sie angenommen hatten.

Als sich sein Puls einigermaßen normalisiert, späht Hardy vorsichtig hinüber zu dem eingezäunten Areal. In regelmäßigen Abständen patrouillieren mit Maschinenpistolen bewaffnete Wachen entlang des Zaunes. Vor dem Haupteingang erkennt Hardy durchaus beunruhigt sechs weitere Wachen. Neben ihm taucht der kurz geschorene Kopf von Lukas Gugell auf. „Na toll, das ist ja bewacht wie Fort Knox“, erklärt er angesichts der Patrouillen bestürzt, um dann mit absoluter Überzeugung festzustellen, „an denen kommen wir nie vorbei.“ Dabei krempelt Lukas sich akkurat die Ärmel seines braun-karierten Holzfällerhemdes auf, das sicherlich in den frühen 90er Jahren mal modern war, als wolle er sogleich den nächstbesten Baum fällen.

„Hey, hey, hier ist mal ein bisschen Optimismus angebracht“, spöttelt Jan, der nun ebenfalls neben den anderen beiden auftaucht.

Hardy schüttelt zweifelnd den Kopf: „Er hat recht, guck dir all die Kameras und Wachen an.“

Jan verdreht die Augen: „Ach was. Ihr seid doch sonst so locker, was geht denn? Lasst mich mal machen, ich denke, wir ...“ Er schickt sich an aufzustehen, aber Hardy hält ihn zurück, wobei er mit dem Finger und einem ungläubigen Kopfschütteln auf dessen Hemd weist, das dem Hausnamen Flamingo alle Ehre macht.

„Tut mir leid, Jan, aber mit dem Hemd fällst du hier mehr auf als Gulliver in Lilliput. Wartet hier“, bedeutet Hardy den beiden, springt auf und verschwindet augenblicklich zwischen den Bäumen. Daran, dass Hardy im Zweifelsfall die besseren Argumente hat, ist Jan bereits gewöhnt, auch wenn es in diesem Fall seine Klamotten sind. Grundsätzlich hält Jan ein hellbraunes Leinenhemd und eine hellbraune Leinenhose, wie Hardy sie trägt, zwar eher für stillos, aber in diesem Fall könnte er immerhin recht haben. Trotzdem war, ist und bleibt er der Meinung: Abenteuer sind okay, aber die Frisur muss sitzen. Daher schaut er kurz zu Lukas rüber, zuckt mit den Schultern, macht es sich hinter dem Holzstoß so bequem wie möglich und schließt die Augen.

Für Lukas verstreichen die darauf folgenden Minuten unendlich träge und nach einer Weile beginnt er, nervös auf seinem Hintern hin- und herzurutschen. „Wo bleibt der denn?“, fragt er ungeduldig.

Jan, der beschlossen hat, die Sache ganz entspannt zu sehen, streckt sich, gähnt herzhaft, reißt seine Augen weit auf und schaut sich suchend um: „Das hat er von den Pfadfindern gelernt.“

„Was?“

Jan fuchtelt mit den Armen in der Luft herum, die anmutigen Bewegungen eines Magiers persiflierend. Dann hält er abrupt inne, blickt Lukas scharf an und lässt ein scharfes Zischen zwischen den Zähnen hindurch vernehmen. „Mit der Umwelt verschmelzen“, erklärt er mit geheimnisvollem Unterton.

Der erwartungsvolle Gesichtsausdruck, den Lukas aufsetzt, verrät Jan, dass der offensichtlich nicht verstanden hat.

Jan zuckt mit den Schultern. „Was weiß denn ich? Wahrscheinlich ist er nach Hause gegangen. Komm, wir hauen auch ab, Junior." Er zieht die Beine an, um aufzuspringen, doch im gleichen Augenblick landet eine Gestalt zwischen ihnen, die irgendwo aus den Bäumen über ihnen heruntergesprungen sein muss. Jan und Lukas schrecken zusammen.

„Es gibt einen Hintereingang, da lang", erklärt Hardy, dem nicht bewusst ist, dass er den beiden einen Riesenschreck eingejagt hat.

„Mist!", flucht Jan, ob nun deshalb, weil ihn Hardys unverhofftes Auftauchen aufgeschreckt hat oder weil er sich bereits auf dem Heimweg wähnte, bleibt offen.

Hardy lässt auch keine Zeit für weitere Erklärungen, springt sofort wieder auf und wetzt in die angedeutete Richtung davon. Flamingo springt ebenfalls auf und setzt ihm mit einigem Unwillen nach. Lukas schaut einen Moment irritiert von einem zum anderen, besser gesagt, dahin, wo sie eine Sekunde zuvor noch standen, und realisiert überrascht, dass er allein ist. Den Umständen entsprechend, um nicht zu sagen für seine Verhältnisse sogar recht schnell, sprintet er in seinem typischen Nähmaschinentakt hinter Hardy und Jan her.

Die Tür, die die drei kurz darauf erspähen, ist unscheinbar. Sie führt zu einer halboffenen Wendeltreppe, die auf die erste Ebene der Anlage des Funkturms führt. Die drei lehnen an der Wand neben der Tür und verschnaufen. Während Jan erfolglos versucht, die fest verschlossene Tür zu öffnen, fragt er etwas unwirsch in die Runde: „Oh Mann, wozu das eigentlich alles?"

Hardy zuckt zusammen. Von der Treppe her sind leise Schritte zu hören. „Schnauze jetzt", zischt er und deutet nach oben.

Die Schritte werden lauter, jemand kommt eindeutig

näher. Die drei versuchen sich so eng wie möglich an die Wand zu pressen und halten den Atem an. Das kratzende Geräusch eines Schlüssels wird hörbar, ein bewaffneter Wachmann tritt heraus und zündet sich eine Zigarette an. Jan, Hardy und Lukas pressen sich, wenn überhaupt möglich, noch enger an die Wand und werfen sich leicht panische Blicke zu. Der Wachmann geht in die Richtung, aus der sie vor weniger als einer Minute gekommen sind, ohne die drei neben der Hauswand zu bemerken. Noch bevor die Tür zurück ins Schloss fällt, schiebt Jan blitzschnell seinen Fuß dazwischen.

„Clever muss man sein, Junior“, flüstert Jan breit grinsend.

Lukas, einmal mehr überzeugt von Jan Flamingos Talent für die perfekte Improvisation und dessen Gespür für das richtige Timing, nickt ehrerbietig. Jan, der, wie unter Männern üblich, nichts von Lukas' Gedankengang mitbekommt, dreht sich auf dem Absatz um und verschwindet durch die Tür. Hardy und Lukas folgen. Sie hasten die Wendeltreppe hoch, stürmen gebückt über die Rampe und betreten vorsichtig den Funkturm, der an dieser Stelle den Teutoburger Wald überragt, als habe ein mittelalterlicher Riesenmerlin ein gewaltiges Schwert, wie ein Excalibur, in den felsigen Untergrund gerammt.

„Schnell jetzt“, Hardy sieht sich hinter der Tür um und entdeckt eine weitere Wendeltreppe, die er mit großen Schritten hochhastet. Lukas und Jan bleiben dicht hinter ihm. Oben angekommen, schieben sich die drei durch eine schwere Stahltür und landen auf einer großen Plattform, die über und über bestückt ist mit Antennen und zudem, glücklicherweise, menschenleer. Schnell umrunden sie die Plattform, wobei sie fieberhaft nach einer Möglichkeit fahnden, Lukas' kleinen EyeTop, einen äußerst leistungsfähigen Minicomputer, den er seit einigen Wochen wie eine Trophäe am linken Unterarm trägt, mit dem System zu verbinden.

Jan entdeckt als erster ein dickes Kabel und winkt Lukas herbei: „Junior, ich glaub, ich hab was gefunden."

„Ganz ruhig, bin ja schon dabei." Lukas kniet sich sofort neben dem dicken Kabel nieder, zieht mit geübten Fingern seinen Leatherman heraus und schneidet mit filigranen Handbewegungen das Kabel auf. Dann verbindet er seinen EyeTop mithilfe zweier Krokoklemmen mit zwei der innen liegenden Kabel, die er soeben freigelegt hat. Schließlich tippt er behände ein paar kurze Befehle auf dem Touchscreen. Lukas ist die Ruhe selbst. Er arbeitet schnell und systematisch. Das hier ist seine Welt. „Wir haben tatsächlich eine der Hauptleitungen gefunden, aber die haben diverse Sicherheitstüren eingebaut", merkt er an, „die dürften aber kein größeres Problem darstellen", fügt er grinsend hinzu.

Hardy Hart behält sichtlich nervös die Tür im Auge. „Wir ham' keine Zeit, die Wache kommt gleich zurück", versucht er Lukas zur Eile zu drängen.

„Ja, ja, ich mach ja schon." Lukas kratzt sich kurz am Kopf, gibt weitere Befehle über seine Tastatur ein, um dann siegesgewiss zu verkünden: „Okay, ich bin drin."

Jan klopft ihm anerkennend auf die Schulter: „Dann saug alles ab, was du findest." Auf dem Display des kleinen Computers rasen endlose Datensätze durch.

Hardy hält es nicht länger an seinem Platz. Er stößt Jan an: „Los, wir gucken, ob unten die Luft rein ist." Mit Nachdruck in der Stimme flüstert er Lukas zu: „Und beeil dich."

Lukas murmelt völlig versunken auf sein Display starrend: „Jaha, nervt nicht."

Hardy und Jan springen auf. An der Tür dreht Jan sich

noch einmal zu Lukas um: „Mach hin." Damit verschwinden beide durch die Tür.

Nur Augenblicke später erwacht Lukas aus seiner Datenstarre: „Moment noch. Hier gibt es ... Das ist ja unglaublich, seht euch das an." Er wendet sich um, von den anderen beiden ist keiner mehr zu sehen. Nachdem der Datentransfer abgeschlossen ist, löst Lukas routiniert die Verbindung, verstaut sorgfältig die Kabel und stürzt den beiden hinterher.

Fast zeitgleich gibt an einem anderen Ende Bielefelds ein Rechner ein kurzes Warnsignal von sich. Helga Grabowsky schaut kurz auf und tippt auf ein paar Tasten. Ihr Bildschirmarbeitsplatz bei der S.I.E.kom ist ihr zweites zu Hause geworden. Die Zuverlässigkeit, mit der die Maschinen arbeiten, wirkt beruhigend auf sie. Außerdem weiß sie die Sicherheit einer regelmäßigen Bezahlung und eines geordneten Lebens zu schätzen, wodurch es ihr unter anderem ermöglicht wird, ihr Faible für biedere, aber sündhaft teure Kleidung auszuleben. Bislang geht ihr Plan wunderbar auf, aber nun beginnt sie leicht zu zittern. Sie hat etwas entdeckt und sie weiß, dass das Ärger bedeutet. „Jemand hat sich in unser Netzwerk gehackt", stammelt sie leicht verunsichert, während sie ihren Bürostuhl so dreht, dass sie ihre Vorgesetzte ansehen kann.

Luci Fair ist aufgrund ihrer Stellung in dem Unternehmen eine Autoritätsperson. Sie ist schon sehr früh sehr weit gekommen in der Hierarchie des Unternehmens, nicht zuletzt durch ihre sprichwörtliche Kaltblütigkeit. In ein Buch versunken, lehnt sie an der Wand und hebt nur unmerklich ihren Kopf, als sie die Worte von Helga Grabowsky vernimmt. Ihre Augen fixieren forschend die unsichere und verschüchterte Frau. „Was?", fragt sie mit deutlich gereizter Stimme, da sie ihre Lektüre unterbrechen muss.

Helga Grabowsky zuckt zusammen und will am liebsten mitsamt Stuhl und Schreibtisch im Boden versinken. Luci Fair stößt sich von der Wand ab, ohne Grabowsky aus den Augen zu lassen und geht ein paar Schritte auf sie zu. Helga Grabowsky jagt ein Schauer über den Rücken, ihre Hände beginnen leicht zu zittern.

„Das muss ich sofort dem Meister melden", sagt Luci Fair mehr zu sich selbst als zu Helga Grabowsky. Der rot-schwarze Lederanzug knirscht leise, als Luci Fair zum Tisch geht und einen Knopf drückt. Sie spricht in ein unsichtbares Mikrophon: „Entschuldigt bitte die Störung, Meister. Jemand hat sich unbefugt in unser Datennetz eingeloggt."

Auf dem Monitor vor Luci Fair erscheint augenblicklich das platte, viereckige Gesicht von Ashtar Sheran, der es sich auf einer Massageliege bequem gemacht hat. Im Hintergrund des Monitorbildes quält sich eine Masseurin, der der offensichtliche Ekel, mit dem sie ihre Arbeit verrichtet, ins Gesicht geschrieben steht. Die gelblichen Augen des Mannes funkeln böse in die Kamera: „Ein Hacker? Deswegen belästigen Sie mich?", fragt Sheran sichtlich ungehalten über die Störung.

Helga ist froh, dass sie sich hinter ihrem Arbeitsplatz verschanzt hat. Dabei kann der Meister sie gar nicht sehen, denn die Kamera ist auf Luci Fair gerichtet. Helga findet es trotzdem angebracht, auf Nummer sicher zu gehen.

„Ich habe klare Anweisungen gegeben, also verfahren Sie in der üblichen Weise, Luci", erklärt Sheran barsch.

Die Angesprochene wirkt etwas verlegen und vergewissert sich flüchtig, ob jemand ihrer Untergebenen sie ansieht, aber alle sind in ihre jeweilige Arbeit vertieft. „Jawohl,

Meister", erwidert sie möglichst cool. Sofort springt ihr Blick zurück zu Grabowsky: „Wo fand der Eingriff statt?"

Am Schreibtisch neben Helga Grabowsky schiebt Jacques André seine Brille zurecht und streicht sich ungeschickt durch seine akkurat gestylte Fönfrisur: „Am Funkturm auf der Hünenburg." Er lärmt ungeschickt mit seinem Stuhl und starrt wieder auf seinen Monitor. Luci Fair ignoriert ihn, sieht André nicht an, greift aber zum Handy: „Bramsen, es gibt Probleme am Funkturm, prüfen Sie das." Dann fügt sie noch hinzu: „Sie haben freie Hand." Ein gefährlicher Unterton. Das platte Gesicht auf dem Monitor zeigt ein leicht gönnerhaftes, spöttisches Lächeln. „Sehen Sie Luci, geht doch!", tönt die Stimme des Meisters aus dem unsichtbaren Lautsprecher.

Der Anflug eines Lächelns deutet sich auf Luci Fairs Gesicht an: „Danke, Meister und entschuldigt nochmals die Störung." Ihre Hand schnellt vor, um den Monitor wieder abzuschalten. Doch noch bevor sie den Knopf findet, quäkt Sherans Stimme erneut aus dem Lautsprecher „Ach Luci. Sagen Sie, was ist eigentlich mit unserer E-Mail für Dr. Lihn geschehen?"

Unauffällig zieht Luci Fair ihre Hand zurück und blickt streng über den Schreibtisch zu André. „Die Mail ist heute morgen raus gegangen." André verschluckt sich beinahe, so schnell spricht er die Worte aus. Er ist alles andere als ein Held. Seine erste Liebe gilt Computern und der Entwicklung elektronischer Geräte. Die stets angespannte Stimmung in der Zentrale der S.I.E.kom kratzt an seinen Nerven, was nicht zuletzt daher rührt, dass keiner der Mitarbeiter jemals unbeobachtet bleibt. Aus jedem Winkel wachen Kameras über das tägliche Treiben und unzählige Mikrophone wurden über das gesamte Gelände verteilt montiert. Jacques André weiß darüber wahrscheinlich besser als die meisten anderen im Raum Bescheid, da er an der Installation maßgeblich beteiligt war. Als besonders unangenehm empfindet er aber die Situation, wenn sich einer der Vorgesetzten direkt in der Schaltzentrale aufhält, was in der letzten Zeit öfter der Fall ist. Er nimmt allen Mut zusammen, als er hinzufügt: „Es scheint, als würde Frau Dr. Lihn glauben, Professor Wanstohn habe diese Mail geschrieben."

„Sie hat ihr Eintreffen mit dem Zug um 13:14 Uhr bestätigt", führt Grabowsky die Kette von Informationen fort. Sheran seufzt zufrieden: „Gut, gut ... Luci, fangen Sie Dr. Lihn am Bahnhof ab und setzen Sie sie wie verabredet fest." Eine schnelle Bewegung und der Monitor ist wieder dunkel. Sheran ist Luci Fair zuvor gekommen.

„Jawohl, Meister", sagt sie zu dem dunklen Monitor, greift nach ihrem Buch und verlässt den Raum.

Helga Grabowsky lehnt sich nach vorne, und flüstert leise an ihrem Monitor vorbei: „Gutes Teamwork." Jacques André nickt und lächelt bescheiden zurück.

In einer Ecke der Zentrale klingelt ein Telefon. Eine Telefonistin hebt den Hörer ans Ohr. „Guten Tag. Ich begrüße Sie in der Welt von S.I.E.kom. Was kann ich für Sie tun?", beginnt sie mit einem einlullenden Singsang in der Stimme. „Wie bitte? Aber selbstverständlich dürfen Sie das fragen. S.I.E.kom ist der städtische Interessenverband für Energie und Kommunikation. Es ist unsere Philosophie, jeden Bürger Bielefelds zum günstigsten Preis mit Strom und Kommunikationswegen zu versorgen."

Wieder am Fuß des Funkturms angekommen, schleichen Jan und Hardy geduckt über die Rampe und verharren hinter der Tür, durch die sie in das Gebäude eingedrungen sind.

„Wo bleibt denn unser Junior?“, wundert sich Jan mit einem Blick über die Schulter. Sie lauschen kurz, aber es ist nichts zu hören. Schließlich öffnet Hardy die Tür und sie beide huschen hindurch.

„HÄNDE HOCH! Zurück an die Wand!“, werden sie draußen äußerst unfreundlich empfangen. Der Wachmann ist in einen dunkelblauen Overall gekleidet, seine Gesichtszüge sind seltsam leer, aber die Waffe, die er auf Jan und Hardy richtet, spricht eine unmissverständliche Sprache. Jan verdreht die Augen angesichts der sich anbahnenden Katastrophe. Trotzdem überlegt er fieberhaft, was man tun könnte. Auch Hardy fixiert den Wachposten, er wartet auf eine Gelegenheit zur Flucht.

Der Wachmann bewegt sich auf die Tür zum Turm zu, drängt in seiner Vorwärtsbewegung Hardy und Jan weiter zurück, greift an sein Revers und spricht in sein Funkgerät: „Ich hab hier …“, weiter kommt er nicht. Plötzlich fliegt die Turmtür auf und erwischt den Wachmann mit voller Wucht am Kopf, der sogleich wie ein nasser Sack zu Boden geht. Lukas tritt konsterniert aus der Öffnung. „’tschuldigung, das wollt ich nicht“, stammelt er zu dem Wachmann, der Anstalten unternimmt, sich wieder aufzurappeln. Wie gelähmt beobachten Hardy und Lukas, wie Jan vorspringt und den Wachmann mit einem gezielten Schlag an die Schläfe bewusstlos schlägt. Dann wendet er sich lässig zu Gugell um: „Fleißig, fleißig, Junior.“ Gugell strahlt etwas dümmlich dreinschauend über das ganze Gesicht.

„Ich will ja euer Pläuschchen nicht unterbrechen, aber wir sollten hier schleunigst verschwinden“, schaltet Hardy sich ein, „Lukas, schick eine Nachricht an Wanstohn, wir haben die Daten und sind auf dem Rückweg.“ Hardy beginnt zu rennen.

„Schon dabei", Gugell hat seine Fassung wieder gefunden und tippt kurz auf seinem EyeTop herum.

Jan klopft Lukas noch einmal anerkennend auf die Schulter. „Nichts wie weg hier", sagt er und wetzt hinter Hardy her.

Während Lukas immer noch geflasht von dem Lob seines persönlichen Idols die SMS sendet und in Trab verfällt, regt sich der Wachmann am Boden, feuert in die Luft und brüllt: „Alarm!" Sofort heult eine Sirene los. Innerhalb kürzester Zeit tauchen von überall her weitere Wachen auf und verfolgen die Flüchtenden.

Den Waldweg herabpreschend, peitschen den dreien sogleich die ersten Geschosse um die Ohren. Neben ihnen spritzt der Waldboden auf. Sie laufen im Zick Zack, um den Kugeln auszuweichen.

Plötzlich taucht vor ihnen ein großer Jeep auf, in dem ein grimmig schauender, grobschlächtiger Mann offenbar versuchen will, sie alle zu überfahren. Die drei retten sich durch einen Sprung zur Seite und beobachten, wie Matt Bramsen den Wagen hart abbremst und fluchend die Autotür aufreißt. Hardy kann ihr nur knapp ausweichen und kontert mit größerer Souveränität, als er von sich erwartet hatte, die Attacke, indem er Bramsen die Tür mit einem krachenden Geräusch vor den Kopf drischt. Der fällt nochmals fluchend in den Wagen zurück und braucht einen Moment, bis er sich aus dem Fahrzeug schwingen kann. Das verschafft den dreien den notwendigen Vorsprung, um mit fliegenden Schritten zwischen den Bäumen unterzutauchen.

Die Wachen erreichen den Wagen, erkennen den Fahrer und stoppen. Bramsen kocht. Blut tropft von seiner Stirn, das er mit einer flüchtigen Bewegung wegzuwischen versucht. Er strafft seine breiten Schultern und richtet sich zu voller Größe auf, wobei er zornig brüllt: „Welcher Vollidiot hat die entkommen lassen?“

Schwer atmend und sich die Beule am Kopf reibend, antwortet der Wachmann, der Hardy und Jan beinahe gefasst hätte: „Niemand, ich hatte sie schon gestellt, aber …“ Doch Bramsen hat genug gehört. Mit einer blitzschnellen Bewegung zieht er seine 357er Python unter der schwarzen Lederjacke heraus und schießt den Mann über den Haufen. Der Wachmann wird durch die Wucht der aufprallenden Kugel einen guten Meter weit zurückgeworfen und bleibt mit verdrehten Gliedern tot liegen.

„Niemand? Das ist aber ein komischer Name“, knurrt Bramsen und spuckt aus.

Die Wachen starren ungläubig auf den leblosen Körper zu ihren Füßen. Sie haben die Hosen voll und vermeiden jeden Blickkontakt mit Bramsen. Der hebt den Kopf und stiert rachsüchtig auf die Stelle, an der die Flüchtenden im Gehölz untergetaucht sind. Ein feiner Blutfaden läuft an seinem gewaltigen Schnauzbart herunter und auf eine beängstigende Art und Weise dröhnt seine Stimme durch die wieder eingekehrte Stille des Waldes. „Und sehen wir uns nicht in dieser Welt“, er zieht seine Sonnenbrille aus der Brusttasche, „dann sehen wir uns in Bielefeld.“

3

7:30 Uhr, Münster, archäologisches Museum, heutiger Tag

Dr. Rita Lihn kaut nervös auf ihrer Unterlippe. Immer wieder fliegen ihre Augen auf der Suche nach Anhaltspunkten über den Bildschirm, um die Mail, die sie soeben erreicht hat, richtig zu deuten. Als erfahrene Archäologin ist sie es gewohnt, auch fremde oder merkwürdigste Texte zu lesen und zu verstehen, aber diese kurze Mail bereitet ihr Kopfzerbrechen. Herrje, sie hat sogar Dinge übersetzt, die ihr unter Kollegen den durchaus zweifelhaften Ruf einer Paläolinguistin einbrachten, als sie vor gut einem Jahr bei einem Tauchgang im Ägäischen Meer einige steinerne Texttafeln fand, die keiner der bekannten antiken Sprachen eindeutig zuzuordnen waren. Die Varietät der dort eingemeißelten Zeichen reichte von sumerischer Keilschrift über ägyptische Hieroglyphen, einigen Buchstaben, die dem antiken griechischen Alphabet ähnlich sahen, bis hin zu völlig unbekannten Zeichen.

Fasziniert von der Einzigartigkeit der Texte, begann sie noch vor Ort mit den Übersetzungsarbeiten. Das Hauptproblem dabei war nicht, wie von ihr zunächst vermutet, die so ungewöhnliche Verknüpfung der unterschiedlichen Schriftformen, sondern vielmehr die Tatsache, dass die Tafeln keiner bekannten Kultur zuzuordnen waren. Ohne eine kulturelle und zeitliche Verortung gestaltete sich die Übersetzung als außerordentlich schwieriges Unterfangen. Daher sah sie sich gezwungen, in mühsamer Kleinarbeit zunächst die elementaren Strukturen der unbekannten Sprache herauszuarbeiten, um überhaupt einen Ansatzpunkt zu bekommen. Trotz all dieser Widrigkeiten gelang ihr schließlich eine Übersetzung und sie stellte die These auf, dass es sich bei ihrem Fund um atlantische Texte handeln müsse. Die vage Idee, es könnte sich bei diesen Steintafeln tatsächlich um atlantische Artefakte handeln, beschlich Rita bereits, als sie das heterogene Sprachgemenge das erste Mal betrachtete. Allerdings tat sie es zu diesem frühen Zeitpunkt noch als lächerlichen Wunschtraum und abstruses Hirngespinst ab. Sie hatte den Ausführungen ihres Doktorvaters und langjährigen Mentors Professor Friedhelm Mazarin nie so rechten Glauben schenken wollen. Dieser jedoch hielt unerschütterlich daran fest, dass es das sagenumwobene Volk der Atlanter wirklich gegeben haben musste. Als passionierter Archäologe war ihm der zivilisatorische Quantensprung, der ungefähr 1.500 Jahre vor Beginn unserer Zeitrechnung einsetzte, ansonsten unerklärlich. Deshalb füllte er die so lokalisierte Leerstelle mit seiner Theorie von Atlantis. Dabei wurde er es auch nicht müde, Rita die unzähligen Indizien für seine Theorie bei jeder passenden und unpassenden Gelegenheit vorzuhalten. Vor knapp zwei Jahren verstarb Professor Mazarin unerwartet an schlichtem Herzversagen und es schmerzt Rita bis heute, dass sie ihm die Steintafeln, die ersten handfesten Indizien für seine und nun auch ihre Theorie von der Existenz Atlantis', nicht mehr hatte zeigen können.

Nachdem sie die Übersetzungen vollständig abgeschlossen und mehrfach geprüft hatte, veröffentlichte sie ihre Forschungsergebnisse und die brachten ihr den erwähnten zweifelhaften Ruf einer Paläolinguistin ein.

Die Frage, ob sie das als ein echtes Kompliment betrachten soll, oder ob man sich nur über sie lustig macht, hat sie bislang weitgehend verdrängt. Aber die Mail, die sie soeben erhalten hat, gibt ihr wesentlich mehr Rätsel auf als die Frage nach Atlantis insgesamt. Nochmals liest sie den Text: „Liebe Rita. Deine Anwesenheit ist hier umgehend erforderlich. Ich kann Dir jetzt keine Einzelheiten schildern, aber ich habe ein paar interessante Entdeckungen hier in Bielefeld gemacht. Alles weitere, wenn Du hier bist. Hohe Ideale, lebe für eines. Emmett."

Rita wirft sich in ihrem Schreibtischstuhl zurück. Ihre Hand trommelt auf der Seitenlehne, ihr Bein wippt unruhig, ihr ganzer Körper ist angespannt. Dann reibt sie sich kurz die Augen und stützt ihr Kinn auf eine Hand.

Nicht jetzt, denkt sie, warum ausgerechnet jetzt. Ein Anflug von Ärger ist ihrem Gesicht abzulesen. Ich könnte ihn an die Wand klatschen. Wochenlang höre ich nichts von ihm und dann so eine Nachricht. Ritas Gedanken überschlagen sich. Unruhig rutscht sie auf ihrem Sessel herum, bis sie sich schließlich nach vorne beugt und eine Antwort schreibt. Ihre Entscheidung ist gefallen. Just in dem Moment, als sie die Mail abschickt, poltert es an der Tür. Rita schreckt bei dem Geräusch zusammen. Die Tür öffnet sich und Pauls fröhliches Grinsen erscheint, im Verbund mit zwei Bechern Kaffee, im Türrahmen. Seit er vor zehn Monaten in dem Museum aufgetaucht war, hatte sich schnell mehr als nur eine kollegiale Beziehung zwischen ihnen entwickelt. Paul überzeugt zwar nicht durch ungeheure Fachkompetenz, aber durch eine schnelle Auffassungsgabe und eine nicht zu verachtende Hartnäckigkeit. Zudem ist Rita sich bei Paul sicher, dass er sich nicht hinter ihrem Rücken über ihre Atlantisthese lustig macht.

„Hey, Frau Doktor, alles in Ordnung?", fragt Paul, wobei er seine Zähne schelmisch blitzen lässt.

Seine unkomplizierte Art bringt Rita sonst regelmäßig zum Lachen, aber jetzt überlagert die Mail jeden klaren Gedanken.

„Was? Äh ja, ich", stottert Rita.

Paul ignoriert ihre Verwirrung und kommt sofort zum Thema: „Denkst du an den Termin? Die Finanziers des Museums warten auf dich. Ich bin mir ganz sicher, dass sie deine neuen Ergebnisse gutheißen und uns die Mittel bewilligen." Mit einem siegessicheren Lächeln stellt er einen Becher vor Rita auf den Tisch und lässt sich in den davor stehenden Sessel fallen.

Als sei das plumpsende Geräusch ein Startsignal, springt Rita auf und beginnt hastig ihre Tasche zu packen: „Paul, ich äh, ich kann jetzt nicht. Entschuldige mich bitte bei den Herren, aber ich muss weg."

Paul, der gerade im Begriff ist, einen tiefen Schluck aus seinem Becher zu nehmen, verschluckt sich und bekommt einen Hustenanfall. „Was? Bist du verrückt geworden?", fragt er keuchend.

Rita weiß, dass der Termin mit den Museumsdirektoren essentiell für ihr Projekt ist, aber die Mail von Emmett klingt existentiell: „Ich habe eine Mail erhalten, von ihm. Er braucht mich."

„Wer?" Irgendwo in Pauls Hirn legt sich ein Hebel um. „Oh nein! Was hat er dieses Mal so Wichtiges zu melden?" Paul fährt aus dem Sessel hoch und versucht Rita am weiteren Packen zu hindern. Rita schüttelt ihn ab und blickt Paul ernst an: „Er sagt, ich solle für meine Ideale leben."

Paul fragt sich eine Millisekunde, ob er sich verhört hat. Dann platzt er ärgerlich heraus: „Das ist doch Quatsch. Du hast doch nicht monatelang diese atlantischen Schriften übersetzt, um jetzt für einen Spruch dieser lebenden Antiquität alles hinzuwerfen. Nicht dafür!"

Rita hält inne und ergreift seine Hände: „Paul, du musst mich bei ihnen entschuldigen. Ich bringe das in Ordnung, wir holen den Termin nach." Rita lässt ihn los und packt ihre Tasche weiter.

Aber Paul will sich nicht geschlagen geben: „Du setzt alles aufs Spiel für eine weitere verrückte Idee?“ Er schnaubt durch den Raum und stellt sich mit verschränkten Armen in die Tür.

Rita zieht den Reißverschluss der Tasche mit einem Ruck zu, blitzt Paul, der ihr den Weg versperrt, streng an und hebt leicht ihre Stimme: „Es muss sein, lass mich durch.“

Paul lässt die Arme sinken und schüttelt den Kopf: „Rita, das kann nicht dein Ernst sein.“

Rita atmet hörbar durch. „Hör zu, das ist jetzt wichtiger als alles andere“, sagt sie ganz ruhig und fügt dann gereizt hinzu: „Jetzt lass mich durch.“

Paul bewegt sich nur um ein paar Millimeter zur Seite, doch sogleich nutzt Rita den Schwung seiner Bewegung, schiebt ihn beiseite und verschwindet ohne weiteren Kommentar durch die Tür.

4

11:31 Uhr, Konferenzsaal des ZiF, heutiger Tag

Der Konferenzsaal wirkt älter als er tatsächlich ist. Richtungsweisende Entscheidungen wurden hier in den letzten fünfundzwanzig Jahren getroffen. Wanstohn hat den Ort genau deshalb ausgesucht. Niemand wählt diesen Raum, wenn es nicht um etwas Wichtiges geht und Wanstohn weiß, dass die Kollegen das wissen. Im gut gefüllten Konferenzsaal wird bereits leise diskutiert, als der Historiker den Raum betritt. Gemächlichen Schrittes geht er durch den großen Saal, wobei er freundlich, aber knapp in die Runde grüßt. Dr. Ulf Feunder ist da, Philosophie. Ebenfalls Professor Armin Veig, das Informatik-Genie. Er war Wanstohn nie sonderlich gewogen. Wanstohn ignoriert den Gedanken daran und schaut sich weiter um. Er erkennt noch einige andere Kollegen. Die Professorin Katrin Klaim grinst aus müden Augen herüber. Ihrem Blick kann Wanstohn nicht entnehmen, ob sie ihn anlächelt oder ihn bereits auslacht.

Ein suchender Blick durch den Saal zeigt ihm, dass Jan, Hardy und Lukas noch nicht eingetroffen sind. Wanstohn bemerkt einen Anflug von Nervosität bei sich. Er muss also tatsächlich auf Zeit spielen, bis die Studenten eintreffen. Sie werden die Beweise liefern, die ich brauche, um zu überzeugen, sagt er leise zu sich.

Umständlicher als nötig schaltet er Beamer und Laptop ein. Es wird dunkler im Saal, die Präsentation startet. In großen Lettern prangt die markige Zeile „Bielefeld wird bedroht“ an der Wand. Im Raum kehrt augenblicklich Ruhe ein.

Wanstohn räuspert sich einmal, hebt dann seine Stimme an, wobei er sich bemüht, betont gelassen zu klingen: „Sehr verehrte Kollegen, vielen Dank, dass Sie alle gekommen sind. Die Lage ist ernst." Er bemerkt, dass seine Stimme leicht zittert und zwingt sich zur Ruhe. „Ich möchte Sie heute darüber in Kenntnis setzen, dass Bielefeld Opfer einer unbekannten Bedrohung beziehungsweise eines Angriffs geworden ist, dessen Ausmaß und Ziel ich noch nicht abschätzen kann."

Wanstohn versucht, möglichst jeden im Saal einzeln anzuschauen während er spricht, um die Ernsthaftigkeit seiner These zu unterstreichen. Die erhoffte Reaktion bleibt aus. Im Gegenteil: Die ersten schütteln den Kopf, während andere sich ein Grinsen nicht verkneifen können. Wanstohn nimmt einen Schluck aus dem Wasserglas, das vor ihm auf dem Pult steht. Als er fortfährt, versucht er, mehr Gewicht in seine Stimme zu legen: „Sie sollten alle wissen, dass auch Ihre gesamte Arbeit unter den gegebenen Umständen möglicherweise wertlos ist. Alle Informationen, die Sie in der jüngeren Vergangenheit gesammelt haben, alle Forschungen, die Sie betrieben haben, unterliegen einer Zensur durch eine unbekannte Macht."

Aus dem hinteren Teil des Raumes ist deutlich ein unterdrücktes Lachen zu vernehmen. Wanstohns Handy piept. Im Raum setzt erneutes Gemurmel ein. Der Professor blickt auf sein Telefon. Die Nachricht ist von Lukas Gugell. Wanstohn seufzt erleichtert auf. Den beunruhigenden Gedanken, dass sie möglicherweise zu spät eintreffen, schiebt er beiseite. Um Zeit zu gewinnen, blickt er nochmals jeden Einzelnen im Raum bedeutungsschwanger an. Dann wirft er seine Stirn in Falten, zieht die Augenbrauen hoch und fährt fort: „Ich werde Ihnen noch im Verlauf dieses Vortrages beweisen, dass z. B. sämtlicher Mailverkehr, den Sie tätigen, überwacht wird. Darüber hinaus vermute ich, dass Ihre per Mail versendeten Nachrichten die Stadt nicht so verlassen, wie Sie sie geschrieben haben."

„Oh Verzeihung", höhnt Dr. Feunder knapp. Die Spannung im Raum entlädt sich in allgemeinem lautstarkem Gelächter.

Wanstohn nutzt die Gelegenheit, um wieder Zeit zu gewinnen, und macht gute Miene zum bösen Spiel. Nachdem wieder Ruhe eingekehrt ist, spricht er mit ernster Miene weiter: „Ihr Mailverkehr mag Sie noch amüsieren. Aber amüsiert es Sie auch, dass diese Stadt vor unseren Augen ganz ungewöhnlich schnell, scheibchenweise aufgelöst wird?" Wanstohn legt eine kurze Pause ein, in der er seine Präsentation weiterklickt. Das Auditorium schweigt. Wanstohn fährt fort: „Ich habe ein Verzeichnis aller Orte angelegt, die in den letzten Monaten und Jahren in dieser Stadt verschwunden sind." Der Professor drückt eine Taste auf dem Laptop. Eine Abfolge verschiedener Gebäude wird an die Wand projiziert. „Sie sehen hier eine Reihe von Orten und Gebäuden, die vor nicht allzu langer Zeit noch in dieser Stadt standen, und die dann mit Atem beraubender Geschwindigkeit verschwunden sind, zum Beispiel die Delius-Eisbahn, das Oetker-Gebäude, das Hallenbad am Kesselbrink, die angrenzende Lindenallee der Bleichstraße." Wanstohn lässt jedes Bild kurz wirken.

Bevor er seine Aufzählung fortführen kann, unterbricht ihn Dr. Veig: „Das ist doch wohl ausgemachter Unsinn. Das sind einfache städtebauliche Maßnahmen."

Wanstohn reagiert nicht auf den Einwand und fährt unbeirrt fort: „Die Bäume auf dem Süsterplatz."

Dr. Veig erhebt erneut seine Stimme. Mit sachlichem Tonfall erklärt er: „Professor Wanstohn, sie entwickeln wirklich eine blühende Fantasie, doch leider ist meine Zeit zu knapp für solche Hirngespinste." Bei den letzten Worten, kann Veig ein Schmunzeln nicht verbergen. Er erhebt sich und bewegt sich auf den Ausgang zu.

Wanstohn spürt, wie langsam Zorn in ihm aufsteigt: „Aber so hören Sie doch …“, weiter kommt er nicht. Veig dreht sich auf dem Weg zur Tür um und lacht: „Glauben Sie nicht, es wäre besser, wenn Sie dazu einen Eintrag im Internet verfassen?“ Lachend verlässt Veig den Saal. Seine Bemerkung erntet überall im Saal Lacher. Weitere Zuhörer erheben sich spöttelnd, um den Raum zu verlassen.

„Es ist Ihr gutes Recht zu gehen, aber …“, versucht Wanstohn das Auditorium zu beruhigen, er wird jedoch erneut unterbrochen. Professor Feunder erhebt sich ebenfalls: „Ganz richtig und das mache ich jetzt auch.“ Ohne ein weiteres Wort verlässt er den Saal.

Wanstohn deutet mit dem Finger auf die Stelle, an der eben noch Professor Feunder zu sehen war: „Ich muss Sie warnen. Bevor Sie jetzt alle gehen, schauen Sie sich das hier an.“ Er klickt die Präsentation ein Bild weiter. „Früher gab es mal einen kleinen Fluss, der durch Bielefeld floss. Heute ist er verschwunden. Wo ist er hin?“ Suchend schaut Wanstohn sich im Saal um, als versuche er, das Gewässer im Saal wieder zu finden.

Die Wirkung dessen ist nicht überraschend. Das gesamte Auditorium lacht, viele stehen auf und gehen. Wanstohn rudert mit den Armen, um die Wogen der Emotionen zu glätten: „Meine Damen und Herren, hören Sie mir doch bitte zu.“

Die Geräuschkulisse im Saal ebbt nicht ab und Wanstohn verliert für einen kurzen Moment die Beherrschung: „Verdammt! Ich habe selbst beobachtet, wie nicht nur Gebäude in dieser Stadt verschwinden. Es werden auch Menschen entführt, vor unseren Augen.“

Auch jetzt setzt der Effekt, den Wanstohn erzielen wollte, nicht ein. Im Gegenteil, wieder verlässt ein ganzer Pulk von Wissenschaftlern den Saal. Wanstohn versucht die dabei entstehende Unruhe zu übertönen: „Wenn Sie mir nicht glauben, gedulden Sie sich nur noch einen Moment. Ich erwarte jeden Augenblick einige Studierende von mir, die in dieser Sache in diesem Augenblick recherchieren und die Beweise für die Richtigkeit meiner These vorlegen können."

Die Professorin Kerstin Klaim legt die Arme auf den Tisch und blickt Wanstohn aus ihren müden Augen ernst an: „Professor Wanstohn, meinen Sie nicht, dass unsere Zeit zu kostbar ist für solche Ammenmärchen?" Mit diesen Worten erhebt sie sich und bewegt sich Richtung Tür. Die wenigen übrig gebliebenen Zuhörer schließen sich ihr an.

Verzweiflung breitet sich in Wanstohn aus. Noch einmal versucht er, die Leute zurückzuhalten: „Meine Damen und Herren, bitte." Das letzte Wort von Wanstohn ist noch nicht verklungen, als die Tür ins Schloss fällt und er allein im Raum zurück bleibt. Wütend kracht seine Faust auf den Tisch nieder. Der Schmerz droht, seine Hand zu zersprengen und verwandelt seine bisherige Verzweiflung in unbändige Wut. Sein Schatten tanzt unruhig vor der Projektion hin und her, während er auf und ab geht. „Ignoranten", zischt er durch seine zusammengepressten Lippen.

Plötzlich springt die Tür auf. Nacheinander sprinten Hardy Hart, Jan Flamingo und Lukas Gugell vor Anstrengung keuchend in den Raum.

Die Neuankömmlinge werden von Wanstohn mit zornigen Blicken bedacht: „Es ist zu spät. Diese Ignoranten sind schon alle weg und haben mir nicht geglaubt."

Jan Flamingo hebt entschuldigend die Hände: „Das ist nicht wirklich unsere Schuld."

Wanstohn mustert sie prüfend: „Das weiß ich, Jan. Was ist geschehen? Erzählt."

Hardy Hart stützt sich am Tisch ab: „Prof, der Funkturm wird bewacht wie eine Festung. Aber wir konnten uns reinschleichen." Wanstohn lächelt Hardy aufmunternd zu, bevor dieser weiterspricht. „Allerdings sind wir dann erwischt worden."

„Geht es euch gut?", fragt Wanstohn, wobei in seiner Stimme echte Besorgnis mitschwingt.

Jan, der inzwischen lässig an der Wand lehnt, wirft beinahe beiläufig ein: „Ja, ja, alles in Ordnung."

In Wanstohns Gesicht zeichnet sich Erleichterung ab. „Und die Daten?", fragt er neugierig.

Als habe er nur auf sein Stichwort gewartet, plappert Lukas munter drauflos: „Sie hatten recht. Ich habe Informationen empfangen, die ich noch nie gesehen habe." Lukas zückt einen USB-Stick, den er dem Professor strahlend herüberreicht. „Scheinbar glaubt man außerhalb Bielefelds tatsächlich, dass es Bielefeld nicht gibt."

Wanstohn nimmt den Stick, sucht seine Sachen zusammen und schickt sich an, den Saal zu verlassen. Die drei Studenten folgen ihm. „Ich weiß", sagt er. „Nur deshalb bin ich dem Ruf an diese Uni gefolgt. Was hättet ihr getan, wenn euch alle Welt erzählt, es gäbe eure Geburtsstadt nicht?"

Jan schaut den Professor mit großen Augen an: „Sie sind hier geboren?"

Ohne das Tempo zu verlangsamen, antwortet Wanstohn: „Ja, aber dass du mich das fragst? Erzähl mal einem Nicht-Bielefelder, dass du aus Biele… äh." Wanstohn lacht beinahe.

„Professor, ich habe noch mehr gefunden. Es gibt für Bielefeld Hinweise auf Ley-Linien", vermeldet Lukas aufgeregt neben dem Professor hertrabend.

Der kleine Trupp erreicht Wanstohns Büro. Der Professor öffnet die Tür und schließt sie hinter den drei Studenten: „Zeigt mal her."

Hardy schaut Lukas zweifelnd an: „Ley-Linien?"

Wanstohn antwortet anstelle von Lukas: „Ley-Linien sind Anordnungen von Landmarken, etwa Megalithen oder prähistorische Kultstätten. Sie stellen angeblich auch eine Methode früher Landvermessung dar."

„Augenblick", Lukas tippt bereits wieder auf seinem EyeTop herum, „scheinbar sollen die Bewohner von Atlantis Tunnel gebaut haben, die die Kontinente Europa und Afrika miteinander verbinden."

Jan rollt übertrieben mit den Augen: „Das ist ja ganz toll, Junior. Und Hänsel und Gretel verliefen sich im Wald."

Hardy greift Lukas' Worte nachdenklich auf: „Atlanter bauen Tunnel? Könnte ein interessantes Thema für eine Hausarbeit sein."

Verständnislos schaut Jan zu Hardy rüber: „Herr Streber, das ist jetzt nicht der richtige Zeitpunkt. Die Frage ist doch, wie hilft uns das weiter?"

Hardy schaut zu dem alten Mann, der inzwischen seinen Rechner eingeschaltet hat und konzentriert auf den Bildschirm blickt. „Behalt das mal im Hinterkopf", bemerkt Wanstohn nebenbei, „aber das hier scheint mir im Moment wichtiger!"

„Prof, was ist los?" Neugierig tritt Hardy neben den weißhaarigen Wissenschaftler.

Wanstohn nickt versonnen vor sich hin: „So fügt sich immer mehr zusammen." Ruckartig wendet er sich um und wühlt sich durch einen Stapel Zeitungen. Dann hält er inne und wendet sich der Wand mit den Bildern und Zeitungsartikeln zu. Vor dem Artikel mit der Überschrift „Geheimer Schacht auf der Burg gefunden" bleibt Wanstohn stehen und haut sich mit der flachen Hand vor die Stirn: „Was wisst ihr über das Kiekstatt Rondell?"

Hardy, Jan und Lukas sind einen winzigen Moment durch den Themenwechsel verblüfft. Dann findet Hardy als erster die Sprache wieder: „Es ist das der Stadt zugewandte Rondell der Sparrenburg."

Jan übernimmt bruchlos: „‚Kiek Statt' ist Bielefelder Platt und heißt ‚Guck zur Stadt'."

„Vermutlich war an seiner Außenmauer ein erkerartiger Ausguck", gibt auch Lukas sein Wissen zum Besten. Hardy schüttelt den Kopf: „Allerdings ist das noch nicht empirisch unterfüttert."

Zufrieden lässt Wanstohn seinen Blick über die drei Studenten gleiten, als hätten sie soeben eine mündliche Prüfung mit Eins bestanden. „Sehr gut, sehr gut. An eben diesem Kiekstatt Rondell finden derzeit Ausgrabungen statt und wie es scheint, gibt es einige Dinge mehr darüber, die wir noch nicht wissen", stellt er gewichtig fest. „Schaut hier, in diesem Artikel steht, dass auf der Burg ein unbekannter Schacht erforscht wird. In diesen Daten aber …", Wanstohn hält kurz inne, „also hier wird ein alter Text zitiert, in dem von einem Drachen unter der Burg die Rede ist." Nach dieser Erklärung herrscht für einen Augenblick Stille im Raum.

Jan Flamingo schüttelt fragend den Kopf, als habe er sich verhört, und fragt ironisch: „Ein Drache? Mhm."

Wanstohn überhört die Ironie und nickt „Drachen sind in der Mythologie seit jeher ein Symbol für etwas Furcht erregendes oder …, oder …" Er gestikuliert wild und versucht, das passende Wort zu finden. „… möglicherweise eine Waffe!"

„Eine Atombombe?", wirft Lukas mit sagenhaft kindlicher Begeisterung ein.

„Oder noch was Schlimmeres, wer weiß. Ihr müsst zur Burg gehen und mehr über diese Ausgrabungen herauskriegen.“ Wanstohn schwingt sich aus seinem Stuhl und eilt Richtung Tür. „Los, kommt!“, ruft er den dreien zu, die von der plötzlichen Agilität ihres Professors überrascht werden.

Wanstohn schlägt ein so zügiges Tempo an, als sie durch die Flure der Universität hasten, dass Hardy, Jan und Lukas Mühe haben, ihm zu folgen. Unterwegs greift der alte Mann den Gesprächsfaden wieder auf: „L hat in seiner Abteilung genau das Richtige für diesen Auftrag.“ An einer Kreuzung stoppt er kurz und ändert abrupt die Richtung: „Aber vorher will ich euch noch etwas zeigen, was ihr auch noch nicht wisst.“

Jan stößt Hardy grinsend an und flüstert: „Wahrscheinlich die Drachenhöhle.“

Wanstohn führt sie zielsicher in einen entlegenen Winkel des Universitätsgebäudes, den weder Hardy noch Jan oder Lukas je betreten hätten. Vor einem Fahrstuhl hält der Professor unvermittelt an und betätigt den Knopf. Hardy zeichnet die Bewegung der Fahrstuhltür in dem Moment, in dem sie sich öffnet, mit der Hand nach.

Der Professor stellt sich vor die Armaturen des Fahrstuhls: „Aufgepasst 1 – 1 – 01“, der Fahrstuhl setzt sich in Bewegung und rauscht in die Tiefe. Unten angekommen hält er mit einem leichten Knarren an. Wanstohn zeigt sich keineswegs irritiert, als er sich der Tür zuwendet: „Sesam, öffne dich.“ Die Türen verschwinden in der Wand und der Wissenschaftler und seine Studenten stehen in einem schwach beleuchteten Raum vor einer riesigen Schalttafel.

Davor sitzt an einem kleinen Holztisch ein Mann in einem grauen Kittel, der Kaffee trinkt und in einer Zeitung blättert. Als er die näher kommenden Schritte hört, lässt er die Zeitung sinken und lächelt freudig: „Professor Wanstohn, Sie waren lange nicht hier."

Wanstohn geht auf den Mann zu und streckt ihm die Hand entgegen, die der Mann freudig ergreift. Wanstohn blickt ihn offen an: „Tut mir sehr leid, Herr Folke, ich weiß, es ist eine schlechte Ausrede, aber ich hatte viel zu tun."

Folke lächelt den Professor weiterhin an: „Das macht doch nichts, Professor. Sie sind der Einzige, der hier überhaupt mal reinschaut und ein Schwätzchen hält."

Wanstohn nickt erfreut und wendet sich mit einer einladenden Geste zu Jan, Hardy und Lukas um: „Herr Folke, das sind drei Studenten von mir, denen ich gerne die Spezialität des Hauses zeigen würde."

Die drei Studenten grüßen mit großen Augen. Folke erwidert den Gruß und wendet sich dann schnell der Schalttafel zu: „Selbstverständlich, Herr Professor. Gehen Sie ruhig runter, ich fahre die alten Aggregate gerne schon mal hoch." Wanstohn ist schon wieder unterwegs, winkt den Studenten, ihm zu folgen und eilt eine alte eiserne Treppe hinab, die sich am Ende der Schalttafeln befindet.

Folke legt mehrere Schalter um. Das Klicken der Schalter vermischt sich mit dem Klappern der eiligen Schritte auf der Treppe.

Der Professor durchquert zügig mehrere Türen, biegt um zwei Ecken und bleibt vor einer schweren Stahltür stehen. Es kostet ihn offensichtlich etwas Mühe, die Tür zu öffnen. Schließlich schwingt sie quietschend auf und er tritt hindurch. Jan, Hardy und Lukas folgen ihm neugierig. In dem dunklen Raum dahinter springen die Lampen an.

Jan pfeift leise anerkennend. Wanstohn ist sich der Wirkung, die der Anblick bietet, durchaus bewusst und verkündet: „Und das, meine Herren, ist die unterirdische Haltestelle der Universität Bielefeld, die angeblich niemals gebaut wurde.“ Auf dem Gleis steht eine alte Straßenbahn. Mit offenen Mündern treten die drei weiter auf den Bahnsteig hinaus.

Jan dreht sich fragend zu Wanstohn um: „Wow, und das Ding hier“, Jan deutet auf die Bahn, „das fährt auch?“

Wanstohn zuckt mit den Schultern. „Keine Ahnung.“

Lukas kann seine Überraschung nicht verhehlen. „Stark.“

Wanstohn nickt zufrieden. „Ich zeige euch das in der Hoffnung, dass ihr mir endlich glaubt. Es gibt Einiges mehr in dieser Stadt als das, was manche zu wissen glauben und andere zu glauben schwachsinnig finden.“ Während Jan, Hardy und Lukas staunend die Bahn betrachten, setzt Wanstohn sich bereits wieder in Bewegung. Er winkt ihnen, ihm zu folgen: „Und jetzt zu L.“ Wanstohn macht auf dem Absatz kehrt. Jan, Hardy und Lukas gehen dem Professor zögerlich hinterher, der bereits wieder durch die Tür verschwunden ist.

5

12:29 Uhr, L's Labor, heutiger Tag

In dem Flur vor L's Labor verlangsamt Wanstohn endlich seine Schritte, damit Jan, Hardy und Lukas aufschließen können. Er hält auf eine bestimmte Tür zu, die er ruckartig öffnet. Gefolgt von den Studenten betritt er das Labor.

Der Raum ist vollgestopft mit unendlich vielen technischen Spielereien. Roboter, teils im Versuchsstadium, teils in vollem Betrieb, erledigen einfache Handgriffe. Hier herrscht geschäftiges Treiben. Wissenschaftlerinnen und Wissenschaftler in weißen Kitteln hasten umher, verweilen kurz an Computern, um etwas zu notieren und setzen die Arbeit in einer anderen Ecke fort. Ein Beamer projiziert ein dreidimensionales Hologramm an eine Wand im hinteren Teil des Labors. Die Mitte des Raumes wird von einer aufwändigen Stahlkonstruktion beherrscht, an der zwei Roboterarme befestigt sind, die einen Apfel von links nach rechts und umgekehrt legen. Daneben überwacht ein fast kahlköpfiger, kleiner Mann konzentriert den Vorgang. Als er die Neuankömmlinge bemerkt, hebt er den Kopf und begrüßt Wanstohn mit offenen Armen: „Chef!"

Wanstohn erwidert die herzliche Begrüßung. Die beiden Männer schauen sich einen Augenblick an, als hätten sie sich monatelang nicht gesehen und überprüften, ob der Andere noch immer derselbe ist. Schließlich löst Wanstohn sich aus L's Armen und sagt in ernstem Tonfall: „Wir sprachen neulich über Ihre neue Kamera."

L's Miene verrät für einen kurzen Moment Ratlosigkeit: „Ja, ja, äh … Wo hab ich sie denn?"

Jan schaut belustigt hinter L her, der zielsicher einen bestimmten Punkt im Labor ansteuert, nur um anschließend den nächsten Punkt aufzusuchen, den er anpeilen kann. L mag zwar ein Experte für die Herstellung technologisch weit entwickelter Spielereien sein, aber in seinem Labor verhält er sich reichlich orientierungslos, schießt es Jan durch den Kopf. L hält nun auf einen grauen Schrank zu, dessen Bruder einer dieser modernen Kühlschränke mit Farbdisplayanzeige und Eiswürfelmaschine sein könnte. In Erwartung, ein kühles Getränk abstauben zu können, folgt Jan L neugierig: „Was ist das denn?"

L fährt beinahe erschrocken herum. „Was, ähm, … ah, oh ja." Er zupft an seinem Kittel, deutet auf den Kühlschrank und erklärt begeistert: „Das hier ist unser 3D-Drucker. Hier stellen wir Soundplates für den Soundadjuster her."

Lukas verfolgt näher kommend interessiert die Ausführungen von L. „Stark, lassen die sich etwa mit einem Eye-Top verbinden?" In Lukas' Augen zeichnet sich ein Glanz ab, der sonst eher bei einem Dreijährigen unterm Weihnachtsbaum zu beobachten ist.

L lächelt den Informatikstudenten mit einer Mischung aus Erstaunen und sichtlichem Stolz an: „Ja, genau", beginnt er langsam, „einen besseren Soundadjuster haben wir nie entwickelt." Dabei nickt er Lukas begeistert zu, in der Gewissheit, einen Seelenverwandten gefunden zu haben. Er streckt ihm eine Handfläche entgegen, zeigt mit dem Zeigefinger der anderen Hand darauf und vollführt eine kreisförmige Bewegung, während er mit verschwörerischer Stimme leise zu Lukas spricht: „Er simuliert einen 12.1 Sound mit einer Leistung von …"

Wanstohn, der das Geschehen verfolgt und weiß, dass L's Erklärungen stundenlang dauern können, wenn er erst mal jemanden gefunden hat, der seine Interessen teilt, unterbricht die weiteren Ausführungen: „L, entschuldigen

Sie, aber wir haben momentan keine Zeit für eine mobile Disco."

L schluckt seine weitere Ansprache herunter und zieht bedröppelt weiter.

Lukas ist jedoch mit einem Satz bei ihm und gibt ihm einen ermunternden Klaps auf die Schulter: „Kommen Sie, L, ich nehm die Dinger mit, dann kann ich unterwegs Musik hören." Er stopft sich eine Handvoll Plates in die Hosentasche.

L's Mikro-Depression verflüchtigt sich sofort und er ist wieder Herr der Lage: „Äh, das ist kein …"

Wieder bringt L den Satz nicht zu Ende. Dieses Mal unterbricht ihn Lukas: „Ich weiß, L. Der Soundadjuster imitiert sämtliche Geräusche."

L nickt schicksalsergeben. Nach einem verstohlenen Seitenblick auf Wanstohn, sieht er sich suchend im Labor um. „Und mit diesen Plates lässt er sich dezentral betreiben. Wenn man die Plates passend verteilt, kann man auf einer einfachen Rasenfläche die Atmosphäre eines ausverkauften Fußballstadions simulieren."

Jans Belustigung hat sich in der Zwischenzeit in Wohlgefallen aufgelöst. Technik interessiert ihn von jeher so sehr wie die indischen Reispreise im 3. Jahrhundert. Daher beugt er sich von der anderen Seite zu L herüber und flüstert ihm sarkastisch ins Ohr: „Fantastisch, L."

Während L noch durch Jans plötzlichen Übertritt in seinen Nahbereich irritiert ist, nimmt Lukas ihm geistesgegenwärtig die Plates aus der Hand: „Danke, L."

L schaut verdattert in seine Hände, dann von einem zum anderen, schüttelt kurz den Kopf und setzt seinen Suchlauf fort, indem er nun die nächste Tür ansteuert. „Äh ja, folgen Sie mir, folgen Sie mir bitte", stottert er und verschwindet durch die Tür.

Wanstohn und die drei Studenten lassen sich nicht lange bitten. Im nächsten Raum sind unter der Decke kreisförmig zahllose Speaker montiert. Vor einer Wand parkt ein mobiler Hologramm-Projektor. L schaut sich wieder suchend um und geht dann zielstrebig in eine Ecke, schiebt ein paar Ordner und lose Blätter hin und her, schüttelt den Kopf, geht zurück in den ersten Raum und verweilt schließlich unschlüssig neben der Stahlkonstruktion mit den Roboterhänden. Sein Blick wandert ziellos an den daneben aufgereihten Monitoren entlang und bleibt neben seiner Hand stehen. Seine Finger klopfen ungeduldig im Takt. Nach einer gefühlten Ewigkeit zeichnet sich ein Siegerlächeln auf seinem Gesicht ab. „Ah, hier." L hebt eine Kamera hoch, die die ganze Zeit direkt neben ihm gelegen hatte und verdächtig an eine einfache Digitalkamera erinnert. Davon lässt L sich allerdings nicht irritieren. Er setzt eine wichtige Miene auf und erklärt fachmännisch: „Obacht, die Herren, die BFC 9000 ist die neuste Kamera, die wir entwickelt haben. Sie schafft eine Ultrahochauflösung von 800 Millionen Pixel." L will die Kamera an Wanstohn geben, der aber, anstatt sie an sich zu nehmen, auf Lukas deutet. Lukas nimmt die Kamera in die Hand und betrachtet sie kurz bewundernd: „Damit kann man einen Floh, der sich die Glieder streckt, auf einen Kilometer filmen."

Hardy klopft Lukas freundschaftlich auf die Schulter: „Ja, ja, das Bild kann man auf eine Kinoleinwand projizieren und hat immer noch ein ..."

L wird die Sache nun zu bunt. Er vollführt eine fahrige Geste und erklärt mit frustriertem Unterton: „Wie es scheint, bin ich hier überflüssig ..."

Jan ist plötzlich hellwach, grinst L aufmunternd an, den er um mehr als einen Kopf überragt, nimmt ihn freundschaftlich in den Arm und sagt tröstend: „L, seien Sie nicht traurig."

L entzieht sich mit leiser Empörung der Umarmung: „Die BFC 9000 ist bis zu 200 Meter wasserdicht und außerdem äußerst stoßfest."

Wanstohn nickt L dankbar zu und gibt den Studenten einen Wink, als Zeichen zum Aufbruch. Hinter ihnen schwadroniert L weiter über die Vorzüge der Kamera, als sie die Tür öffnen: „Zur besseren Tarnung haben wir die BFC in das Gehäuse einer handelsüblichen Kamera eingebaut und mit einer besonderen Legierung versehen."

Um L nicht völlig zu übergehen, hebt Wanstohn grüßend die Hand und verlässt gefolgt von Jan, Hardy und Lukas das Labor.

L scheint die Absicht der vier nicht zu realisieren und folgt ihnen bis zur Tür, ohne seinen sprudelnden Redefluss zu unterbrechen: „In unseren Versuchen hat sie sogar eine Explosion mit C4 Sprengstoff überstanden. Bumm!" L's Handflächen klatschen ineinander. „Beinahe unverwüstlich", lacht er. Seine letzten Worte bleiben ohne Antwort.

Die vier Männer gehen schweigend den Flur hinunter, bis Jan das Schweigen nicht mehr aushält: „Professor, warum gehen Sie eigentlich nicht selbst zur Burg?"

Scheinbar hat der alte Mann bereits auf die Frage gewartet. Mit einem tiefen Atemzug baut er sich vor den drei Studenten auf, legt jeweils einen Arm auf Jans, den anderen auf Lukas' Schulter und sieht sie bedeutungsvoll an, bevor er mit ruhiger Stimme zu einer Erklärung ansetzt: „Also, passt mal auf. Wenn meine Theorie stimmt, dann kennen sie mich und mein Gesicht. Dass der Reporter mich neulich im Park erkannt hat, war kein Zufall. Ich würde nicht einmal in die Nähe der Burg kommen. Bitte, zeichnet alles, was dort geschieht, mit der Kamera auf.

Danach sehen wir hoffentlich klarer." Das Schweigen der drei Studenten fasst Wanstohn als Zustimmung auf und fragt abschließend: „Die Standardausrüstung habt ihr?"

Während Jan und Lukas stumm nicken, ergreift Hardy pflichtbewusst für alle das Wort: „Ja, haben wir. Wir erledigen das, Prof."

Jan schaut leicht verdrießlich zu Hardy rüber, dann zu Wanstohn und seufzt: „Wenn's denn sein muss." Als er keine Antwort erhält, tippt Jan sich grüßend an die Stirn: „So long, Professor."

Die Drei marschieren los. Wanstohn blickt ihnen hinterher und bevor sie hinter einer Ecke verschwinden, sagt er zu sich selbst: „Wird schon, passt auf euch auf."

Jan Flamingo stapft mit großen, fast wütenden Schritten den Flur entlang, bleibt plötzlich stehen und sieht Hardy ernst an: „Vielleicht hat der Alte auch einfach nur eine Schraube locker. Atombombe unter der Burg. Was kommt als nächstes? Außerirdische landen auf dem Jahnplatz?" Bei diesen Worten greift er sich in den Schritt und grinst verschmitzt von einem zum anderen schauend. „Das hier ist ein Drache!"

Hardy schüttelt innerlich den Kopf. Lukas und er gehen von Jans testosteronbestimmter Bemerkung unbeeindruckt weiter. Erst vor einem weiteren Fahrstuhl halten sie wieder an. Während Lukas den Finger auf den Knopf presst, führt Hardy eine Handbewegung aus, als schöbe er die Fahrstuhltür beiseite: „Nun, die Haltestelle gibt es schließlich auch. Ich glaube ihm." Begleitet von einem kurzen „Ping" öffnen sich die Türen.

Sie betreten den Aufzug und Jan drückt auf den vorletzten Knopf. „Hardy, dein Idealismus bringt uns noch in Teufels Küche", versetzt er mit Grabesstimme.

Unten angekommen, durchqueren sie zügig die große Halle der Universität in Richtung Ausgang. Bereits zwei Meter vor der Eingangstür vollführt Hardy wieder eine Bewegung mit der Hand, so als stoße er sie auf die Entfernung auf. Jan sieht die Bewegung, stupst Lukas an, rollt mitleidig die Augen, bleibt aber ansonsten stumm. Draußen angekommen verfallen die drei in ein lockeres Lauftempo in Richtung Sparrenburg.

6

13:14 Uhr, Hauptbahnhof Bielefeld, heutiger Tag

Über den leeren Bahnsteig treibt ein kräftiger Wind eine leere Plastiktüte vor sich her. Aus den Lautsprechern quäkt eine völlig unverständliche Stimme, wenige Sekunden später hält der Intercityexpress auf dem Gleis. Die Türen öffnen sich mit einem Zischen und ein Schaffner springt heraus. Seinem gelangweilten Blick ist deutlich anzusehen, dass er diesen Halt für absolut überflüssig hält. Er kann sich auch nicht erinnern, dass hier wirklich jemals jemand aus dem Zug gestiegen wäre, seit er die Strecke fährt. Entsprechend flüchtig huschen seine Augen über den leeren Bahnsteig. Ihm entgeht Luci Fair, die an einer Säule lehnend, eben noch lesend, nun aufmerksam den Zug betrachtet. Der missmutige Schaffner dreht sich um, will das Signal zur Weiterfahrt geben, als unvermittelt sein persönliches Weltbild um eine Erfahrung bereichert wird. Aus einer der vorderen Türen des Zuges wird ein Trolley auf den Bahnsteig gewuchtet. Gleich danach steigt Rita Lihn aus dem Zug. Ihr Kostüm, das sie im Büro trug, ist einer grünen Shorts und einer hellblauen Jeansjacke gewichen, unter der sie ein grünes Tanktop trägt. Die Haare hat sie zu einem Zopf zusammengebunden. Unter der Jacke trägt sie einen breiten Gürtel mit verschiedenen kleinen Taschen, in denen sich ihr Archäologenbesteck befindet. Prüfend blickt sie sich auf dem Bahnsteig um, als sie neben ihrem Trolley innehält.

Luci Fair klappt etwas zu laut ihr Buch zu, stößt sich leicht von der Säule ab und hält auf Rita Lihn zu: „Frau Dr. Lihn?“ Mit diesen Worten streckt sie Rita Lihn ihre Hand entgegen.

Der Schaffner schiebt seine Mütze zurück und kratzt sich ungläubig am Kopf, bevor er endlich das Signal zur Weiterfahrt gibt.

Rita mustert Luci Fair nur kurz, bevor sie ein fragendes Lächeln zeigt und die dargebotene Hand ergreift: „Ja?"

Noch ehe Rita die Hand zu schütteln vermag, zieht Luci Fair die ihre bereits zurück. „Ich bin Luci Fair. Professor Wanstohn lässt sich entschuldigen." Luci Fair zuckt entschuldigend mit den Schultern und spricht betont freundlich weiter. „Er ist leider momentan noch indisponiert und hat mich beauftragt, Ihnen so lange unsere Ausgrabungen auf der Sparrenburg zu zeigen. Dort wird er uns später mit seiner Anwesenheit beehren." Sie vollführt eine einladende Geste den Bahnsteig entlang und wendet sich in Richtung der abwärts führenden Treppe. „Bitte hier entlang." Luci Fair wendet sich ruckartig um, ohne eine Antwort abzuwarten, und setzt sich in Bewegung.

„Oh, sehr nett, danke." In Ritas zunächst freundlicher Miene zeichnet sich ein Fragezeichen ab, als sie ihren Koffer aufnimmt und Luci Fair folgt.

„Wenn Sie mir bitte folgen wollen", weist Luci Fair, akribisch darauf bedacht, stets zwei Stufen vor Rita zu bleiben, den Weg, ohne sich auch nur einmal umzuschauen. Dabei setzt sie den Small Talk in der professionellen Manier einer geübten Fremdenführerin fort: „Ich hoffe, Sie hatten eine angenehme Reise."

Angesichts des forschen Vorgehens ihrer Begleiterin überlegt Rita kurz, ob sie möglicherweise im falschen Film gelandet ist oder doch besser eine Station hätte weiterfahren sollen. Noch während sie darüber nachdenkt, setzt sich oben auf dem Gleis der Zug in Bewegung und Rita folgt der fremden Frau hinab in die Stadt, die es nicht gibt.

7

13:30 Uhr, Sparrenburg Bielefeld, heutiger Tag

Hardy läuft, gefolgt von Jan und Lukas, einen der steilen, schmalen Fußwege zur Burg hinauf. Am Fuß der Festungsanlage halten sie kurz inne, werfen einen Blick auf die Brücke, die die Burg über einen breiten Graben vom Rest der Welt abtrennt. Die Brücke ist der einzige Zugang zur Burg. Die drei erklimmen flink die steile Böschung abseits des Hauptweges und gehen am Rand der Brücke in Deckung.

Hardy beschleicht das Gefühl, er habe ein Déjà-vu, als er am äußeren Ende der Brücke zwei bewaffnete Männer in dunkelblauen Overalls erkennt. Er zuckt kurz zusammen und bedeutet den anderen, sich schnell hinter ein paar Büsche zu ducken. Durch das dichte Blätterwerk erkennen sie einen Konvoi schwarzer Limousinen mit verdunkelten Scheiben, der im selben Moment den Hauptweg heraufgefahren kommt und von den Wachen auf der Brücke gestoppt wird.

Jan stupst Hardy verschwörerisch lächelnd in die Seite: „Die feinen Herrschaften werden vorgefahren."

„Oho, man kennt sich", grinst Hardy windschief zurück.

„Sind das etwa Wachen?", schaltet Lukas sich mit seiner unnachahmlichen Ahnungslosigkeit in das Gespräch ein.

Entgeistert schaut Jan erst zu Hardy und dann zu Lukas rüber. „Nein. Der Graf begrüßt heut persönlich", versetzt er flapsig.

Mit einem leicht gequälten „Ha ha" signalisiert Lukas, dass er die Ironie möglicherweise doch verstanden hat.

Die Limousinen passieren die Durchfahrt und die Wachen nehmen mit stoischer Ruhe wieder ihre Plätze vor der Brücke ein.

Jan rutscht nervös hin und her: „Sollen wir nicht versuchen, von einer anderen Stelle weiter hinten zu filmen?"

„Da sieht man doch gar nichts", wendet Hardy ein, ohne den Blick von den Wachen zu nehmen. „Wenn das was bringen soll, müssen wir da rein. Wer lenkt die Wachen ab?"

Lukas mustert interessiert den Weg, sieht zu den Wachen herüber, schaut die Böschung rauf und runter und räuspert sich umständlich. Seine Entscheidung ist gefallen, er will Hardy und Jan einmal richtig imponieren und erklärt in weltmännischem Tonfall: „Ich würd's machen."

„Okay, dann los, Junior!" Jan deutet auf sich und Hardy, zeigt die Böschung hinab und zeigt Lukas, wo er entlang gehen soll. Lukas nickt und Jan befiehlt süffisant: „Los Junior, überall, wo kein Schnee liegt, kannste traben."

In Windeseile klettert Jan gefolgt von Hardy die Böschung hinab, läuft unter der Brücke durch, um auf der anderen Seite die Böschung wieder hochzuklettern. Lukas, der die Augen noch nicht von den Wachen genommen hat, dreht den Kopf dahin, wo die beiden anderen eben noch gestanden haben, um zu fragen, was er eigentlich sagen soll, aber als er seinen Kopf endlich wendet, sind die beiden längst verschwunden. Lukas blickt angestrengt nachdenkend den steilen Weg hinab, auf dem von seinen beiden Gefährten bereits nichts mehr zu sehen ist, zuckt mit den Schultern und schleicht geduckt hinter den Büschen entlang, bis er auf den Weg zur Brücke stößt. Dort richtet er sich auf, streckt sich ächzend und hält geradewegs auf die Wachen zu. Dabei gibt er sich größte Mühe, wie ein harmloser Tourist auszusehen, stellt aber auf halbem Wege fest, dass er keine Ahnung hat, wie sich ein Tourist verhält. Auf den letzten Metern vor der Brücke überlegt er mit wachsender Nervosität, was er eigentlich genau tun soll, wenn er dort ankommt, und steht schließlich viel schneller vor den Wachen, als ihm lieb ist. Sogleich strahlt er die Wachen dümmlich an und plappert fröhlich drauflos: „Einen wunderschönen Guten Tag, ich hab gehört, hier finden Ausgrabungen statt. Und ich bin Hobbyarchäologe. Ist das nicht ein Zufall? Ich denke, Sie haben nichts dagegen, wenn ich mich hier ein wenig umschaue." Lukas klopft sich innerlich auf die Schulter, wenngleich er sich nicht ganz sicher ist, ob wirklich er es war, der dies gerade gesagt hat, geschweige denn, ob er damit die gewünschte Wirkung erzielt. Ein Anflug von Unsicherheit ereilt ihn und sein anfangs dümmliches Grinsen gerät in eine verlegene Schieflage.

„Unmöglich!", raunzt einer der beiden Wachmänner. „Die Ausgrabungen sind nicht öffentlich. Verschwinde, Kleiner!"

In Lukas soeben noch halbwegs fröhlichem Gesicht zeichnet sich nun schlagartig Enttäuschung ab. „Och, schade", entfährt es ihm, gefolgt von einem langgezogenen „ooaachh, ach Mann ey". Er muss sich etwas einfallen lassen, tritt einen kleinen Kiesel weg, um seine schlecht gespielte Enttäuschung zu unterstreichen.

Die zweite Wache macht einen Schritt auf Lukas zu. Die Augen fest auf den offensichtlich leicht durchgeknallten jungen Mann gerichtet, spricht er, ohne sich umzuschauen, seinen Kollegen an: „Was ist denn mit dem los?"

Lukas vermutet inzwischen, dass die Wachen ihm seine Geschichte abgekauft haben. Er steigert sich so sehr in seine Rolle hinein, dass er gar nicht realisiert, dass er nicht gemeint war. „Da gehe ich einmal in meinem Leben den ganzen Weg hier hoch …"

Bevor er den Satz zu Ende führen kann, unterbricht ihn der erste Wachmann mit deutlich lauterer Stimme: „He, mach den Weg frei Kleiner, das ist kein Spielplatz hier!"

Erschrocken schaut Lukas auf. So langsam geht ihm sein Repertoire an Blödsinnigkeiten aus und er fragt sich verunsichert, wo die anderen bleiben. Daher stampft er umso wütender mit dem Fuß auf, baut sich zu voller Größe auf, spannt alle Muskeln an und schaut angestrengt verärgert an dem Wachmann hinauf: „Ich gehe da jetzt rein. Und daran wird mich keiner hindern."

Der Wachmann tritt drohend einen Schritt auf Lukas zu.

„Komm doch, komm doch, traust dich nich", provoziert der Informatikstudent. Dazu springt er unkoordiniert herum, wie ein Drittklässler, der sich hinter seinem großen Bruder versteckt. Bloß, der große Bruder ist nicht zu sehen.

Die Wachmänner glauben, ihren Augen und Ohren nicht länger trauen zu können, und schauen dem tanzenden Zwerg vor ihren Augen mitleidig zu, der nun zu dem ausdrucksstark meckernden Singsang eines maximal Vierjährigen anhebt: „Ne ne nene ne."

Das ist dann auch das letzte, was die Wachmänner für eine Weile wahrnehmen. Als sie sich anschicken, Lukas hinterherzusetzen, der sich wild umherhüpfend bereits ein paar Schritte zurückgezogen hat und immer noch seinen Meckergesang zum Besten gibt, springen Jan und Hardy links und rechts der Brücke hervor und setzen die Wachmänner mit zwei gezielten Schlägen ins Genick kurzerhand außer Gefecht.

„Wer nicht öffnen will …", beginnt Hardy lachend, „… muss fühlen", vollendet Jan den Satz, während sie sich kurz abklatschen. Lukas grinst über das ganze Gesicht wie ein syrischer Baklava-Bäcker: „Super gemacht, Männer, da fällt mir ein Witz ein."

Hardy kräuselt die Nase, Jan stöhnt kurz auf und beide lenken eilig ihre Schritte über die Brücke. Im Burgtor holt Lukas sie ein, als sie ihr Tempo reduzieren. Hardy lugt vorsichtig um die Ecke und sieht bereits den nächsten Wachmann. Zum ersten Mal fällt ihm bewusst das S.I.E.kom-Emblem auf dem Overall auf, behält es aber vorerst für sich, springt kurzentschlossen auf die brusthohe Mauer neben ihnen, stemmt sich hoch und bedeutet den anderen, ihm zu folgen. Die drei hasten mit leisen Schritten durch das Unterholz. Die diversen Sträucher, die an dieser Stelle überall entlang der äußeren Burgmauer wachsen, bieten ihnen genügend Deckung. Sich nach allen Seiten absichernd, überqueren sie das Schusterrondell, klettern die Böschung herab und laufen oberhalb der ehemaligen Stallungen parallel zum Hauptgebäude der Burg über die äußere Burgmauer. Der Ausblick nach unten ist schwindelerregend, auf der Außenseite der Abgrund, auf der Innenseite die Wachen. Unbeschadet erreichen sie das Ende der Stallungen. Dort klettern sie die Mauer hinunter und verstecken sich in einem frisch ausgehobenen Graben des Geländes, das auf der gegenüberliegenden Seite von der Burgmauer und innen vom Hauptgebäude und dem Burgfried begrenzt wird. Für eine Ausgrabung herrscht auf dem Gelände ein ziemlich geschäftiges Treiben. Zahllose Archäologen laufen zwischen den freigelegten Ruinen umher. Einige graben und hacken durch den tiefen Sand, während andere an bestimmten Stellen mit Pinseln vorsichtig einige Steine bearbeiten. Dazwischen wälzt eine Planierraupe Unmengen Sand von einer Seite zur anderen. Auf den ersten Blick wirkt das Szenario nicht sonderlich ungewöhnlich, obgleich eine undefinierbare Hektik das

Geschehen bestimmt. Auf den zweiten Blick stören jedoch die vielen bewaffneten Wachleute das Bild einer normalen archäologischen Ausgrabungsstätte.

„Wow, was geht denn hier ab?“, fragt Hardy erstaunt, nachdem er das Treiben eine Weile beobachtet hat.

Jan hingegen schaut leicht genervt zu Lukas herüber, der sich hinter Hardy und ihm übereifrig mit dem Rücken an die Wand presst und dabei die BFC 9000 in Bond-Pose im Anschlag hält: „Hör mal, null null sechs'nhalb, wie wäre es, wenn du endlich mal filmen würdest?“, versucht Jan den übereifrigen Informatiker herunter zu kühlen.

Lukas nickt knapp und dreht sich ruckartig um, die Kamera im Anschlag: „Alles klar, rück mal.“

Jan rutscht seufzend ein Stück zur Seite und Lukas springt an ihm vorbei. Dann richtet er die Kamera auf den kleinen Ausschnitt des Geländes, den sie aus ihrer Bodensenke überblicken können. Hardy blickt auf das Display der Kamera und verzieht unwillkürlich das Gesicht. Jan bemerkt den Gesichtsausdruck und tippt den voll konzentrierten Lukas an: „Bisschen wenig im Bild Junior, was?“

„Naja, irgendwie“, bevor Lukas den nicht vorhandenen Gedanken zu Ende sprechen kann, zischt Hardy von der anderen Seite: „Wir müssen näher ran.“

Lukas schleicht sofort vorwärts, ohne auf die anderen zu warten oder auf das, was auf dem Gelände geschieht, weiter zu achten. „Hey, vorsichtig. Nicht so schnell“, raunzt Hardy und stürzt Lukas hinterher.

Lukas blickt kurz über die Schulter: „Bis ihr mal in'n Quark kommt.“

„Oh, jetzt kommt er aber“, grient Jan spöttisch in Hardys Richtung.

Hardy überhört Jans Bemerkung und zischt hinter Lukas her: „Alter, komm mal klar.“

Jan, der sich angesprochen fühlt, zieht verblüfft die Augenbrauen hoch. „Ich komm schon klar, Herr Superagent", schimpft er leise zu Hardy rüber.

„Hab ich dich gemeint?", fragt Hardy genauso genervt zurück.

Ungeachtet dessen schlängelt sich Lukas immer weiter in Richtung Ausgrabungsgelände.

Hardy beendet den für ihre Situation reichlich unpassenden Streit mit einem Wink in Richtung Lukas: „Sieh mal, der Kleine."

Jans Ärger ist noch nicht verraucht: „Der hängt nicht so hinterher wie du."

Hardy schüttelt den Kopf: „Nein, aber dafür erfasst ihn gleich die Kamera." Er deutet auf einen Punkt irgendwo hinter Lukas und ergänzt im Aufspringen: „Halt ihn auf! Ich halte euch den Rücken frei."

Auf einer verfallenen Mauer gegenüber hat Hardy mit seinen scharfen Augen tatsächlich eine Überwachungskamera entdeckt, die beinahe den ganzen hinteren Burghof überwacht, wie er mit einem Blick feststellt. Jan folgt Hardys Fingerzeig, als sein Blick zu Hardy zurückwandert, ist dieser einmal mehr bereits verschwunden. Mit einem Hechtsprung setzt er hinter Lukas her und erwischt ihn am Fuß. „Hey, halt, du kannst doch nicht einfach so wegmarschieren."

„Bis ihr so weit seid", tönt Lukas gespielt genervt, aber offensichtlich sehr zufrieden damit, einmal nicht der Letzte zu sein.

„Armleuchter, guck mal da hoch", bedeutet ihm Jan streng.

Lukas zieht sich erschrocken zurück: „Mist! Nur noch zwei Meter, dann krieg ich alles drauf." Die Gefahr missachtend, schiebt Lukas sich weiter vor.

Jan packt Lukas am Kragen und zieht ihn zurück. „Warte doch mal kurz“, sagt er bestimmt, als Lukas sich ungeduldig losreißen will, „sie dürfen uns nicht erwischen.“

Nach einer kleinen Ewigkeit signalisiert Hardy, der unvermittelt neben der Kamera auftaucht, ein Okay zu ihnen herunter. Erst jetzt bemerkt Lukas, worauf Jan hinauswollte.

„So, ich bitte einzutreten.“ Jan schwenkt seinen Arm, als führe er Lukas in seinen privaten Salon. Sie schlüpfen hinter den alten Brunnen oberhalb des Ausgrabungsgeländes.

In der Zentrale der S.I.E.kom erlischt ein Bildschirm, was Helga Grabowsky einen größeren Schrecken einjagt als üblich, wenn etwas nicht nach Plan läuft. Sie ist ohnehin schon dadurch verunsichert, dass Matt Bramsen nach längerer Zeit wieder das Kommando in der S.I.E-Zentrale übertragen wurde. Die Geschichten über dessen Zeit in der Fremdenlegion, ob nun erfunden oder wahr, sind auch an ihr Ohr gedrungen. Scheinbar aus dem Nirgendwo kommend, wurde er von Ashtar Sheran sogleich mit umfangreichen Vollmachten ausgestattet. Nicht dass Helga Grabowsky sich in die Firmenpolitik einmischen würde, aber sie hat diesen Vorgang als ungewöhnlich eingestuft. Zudem verbreitet Bramsens stets mürrischer Gesichtsausdruck, gepaart mit seiner heiseren Stimme, eine gefahrvolle Aura in der sonst eher einschläfernden Rechenzentrale. Daher drückt sie hektisch einige Tasten, um die Kamera wieder zu aktivieren, aber der Bildschirm bleibt schwarz. „Eine der Burgkameras ist ausgefallen“, sagt sie kleinlaut, in der stillen Hoffnung, Bramsen würde sie nicht hören. Direkt im Anschluss schickt sie noch ein stummes Stoßgebet gen Himmel.

Ihr Wunsch wird nicht erhört. „Checkt die Systeme und bringt das in Ordnung. Aber ein bisschen plötzlich!“, bellt Bramsen herüber.

Helga tippt verzweifelt auf einige Tasten. Sie ahnt, dass Bramsen sie dafür zur Verantwortung ziehen wird, ob sie nun daran schuld hat oder nicht. Nach einer Weile, in der sie fieberhafte Aktivität simuliert, erklärt sie fast flüsternd: „Ich bekomme einfach keinen Kontakt.“

Bramsen baut sich direkt hinter ihr auf und blickt über ihre Schulter auf den Monitor.

Am Bildschirm neben ihr räuspert sich Jacques André, dem die Panik in Helga Grabowskys Gesicht nicht entgangen ist: „Herr Bramsen, sehen Sie, Kamera zwei.“

Bramsen wirft einen prüfenden Blick auf den angegebenen Monitor und lächelt süffisant: „Ungebetene Gäste. Denen werden wir einen heißen Empfang bereiten. Macht die Anlage klar.“

„Aber Herr Bramsen, halten Sie das wirklich für eine gute Idee?“ Helga verschluckt fast ihre Zunge, als ihr bewusst wird, dass die kritische Nachfrage aus ihrem Mund gekommen ist.

„Jap“, knurrt Bramsen und beugt sich drohend zu ihr herunter. „Aber das geht dich nichts an.“

Bramsens Mundgeruch verschlägt Helga fast den Atem. Auch Jacques André sind die Geschichten über Bramsen wohlbekannt, deshalb rast sein Herz so, dass er fürchtet, Bramsen könne seine erhöhte Pulsfrequenz, die wie eine Basstrommel rhythmisch durch die Zentrale dröhnt, hören. Er reißt sich zusammen und erklärt in betont sachlichem Tonfall: „Frau Grabowsky wollte nur darauf hinweisen, dass es noch keine Erfahrungswerte für die Genauigkeit der Anlage gibt.“

Blitzschnell fährt Bramsen herum und funkelt Jacques

André böse an. Dabei schiebt er wie zufällig seine Jacke zurück, so dass der Kolben seiner 356er über dem Gürtel blitzt. „Für diese hier schon. Anfangen!“, brüllt er in Andrés Richtung.

„Wie Sie wünschen“, beeilt André sich, resigniert die aufsteigenden Wogen zu glätten. Weitere Widerworte erscheinen ihm wenig opportun.

Rita Lihn lässt ihren Blick über das Ausgrabungsgelände schweifen, während Luci Fair sie herumführt. An vielen Stellen zeugen Reste der massiven Grundmauern von der einstigen Größe der Burganlage. Inmitten des hektischen Treibens der vielen Arbeiter fällt Rita ein in einer Art schwarzen Shaolin-Anzug gekleideter, kahlköpfiger Mann auf. Dieser Mann steht etwas erhöht auf einer der erst kürzlich ausgegrabenen Mauern und beobachtet, wie die Ausgrabungen vonstatten gehen. Aus der Art und Weise, wie die Arbeiter an dem Mann vorbeigehen, wobei sie stets einen etwas größeren Bogen als notwendig um ihn herum schlagen, schließt Rita, dass er das Geschehen kontrolliert. Ihr entgeht auch nicht, dass an vielen Ecken Männer in dunkelblauen Overalls in Position stehen. Bewaffnet.

Luci Fair führt Rita zu dem schwarz gekleideten Mann im Zentrum der Ausgrabungsstätte. Der wendet sich langsam um, beinahe als habe er sie erwartet. Seine Hände hält er wie zum Gebet mit gegeneinander gedrückten Fingern vor der Brust. Der Mann mustert Rita durchdringend, bevor er sie mit einer unangenehm bedächtigen, schon fast einschläfernden Stimme begrüßt: „Frau Dr. Lihn, mein Name ist Somo Bishi, ich begrüße Sie. Professor Wanstohn sagte mir, dass Sie sich für unsere Ausgrabungen hier interessieren.“

Die junge Archäologin ist einigermaßen überrascht,

dass er sie sogleich erkennt. „Ja, eigentlich …“, dann besinnt sie sich eines Besseren, reicht Bishi die Hand und strahlt. „Ich freue mich, Sie kennen zu lernen.“

Bishi ignoriert ihre anfängliche Unsicherheit. „Sie sind hier genau richtig. Ihr Ruf ist Ihnen vorausgeeilt, daher freue auch ich mich sehr, Sie kennen zu lernen. Wir interessieren uns hier für den Grafen von Ravensberg“, der ölige Charme, den Bishi seinen Worten beimischt, verursacht Rita Unbehagen. Während er spricht, lässt er die junge Frau nicht aus den Augen.

Unwillkürlich hebt Rita eine Augenbraue, mit der sie kaum merklich ihren Ekel gegenüber dem Mann zum Ausdruck bringt. Ansonsten gibt sie sich völlig gelassen. „Bernard von Ravensberg?“, fragt sie beiläufig, schaut an Bishi vorbei und geht zu einem Tisch, auf dem diverse Fundstücke der Ausgrabungen aufgereiht worden sind. Prüfend nimmt sie eines der Stücke in die Hand: „Er gilt als Erbauer dieser Burg. Die Sparrenburg diente der Sicherung des Bielefelder Passes über dem Teutoburger Wald und dem Schutz der Stadt Bielefeld. So weit ich weiß, war der Graf der Letzte seines Geschlechts, er blieb kinderlos, als er 1346 starb.“ Rita legt eine kurze Pause in ihre Aufzählung hinlänglich bekannter Fakten ein, die sie ausdruckslos herunterrattert. „Noch etwas? Hm, ach ja, angeblich hatte er eine hohe Affinität zur Antike, was für das Zeitalter ziemlich bemerkenswert wäre. Antike Schriften tauchten eigentlich erst in der Renaissance wieder auf. Ich glaube, das ist alles, was über ihn bekannt ist“, schließt sie ihren, wie sie selbst meint, belanglosen Vortrag, da sie nur Fakten wiedergegeben hat, die jeder im Internet nachlesen kann.

Bishi hingegen gibt sich durchaus beeindruckt. „Sie sehen, Frau Dr. Lihn, ich hatte Recht. Sie sind die Archäologin, die wir hier brauchen.“ Der kahlköpfige Mann ringt sich ein künstliches Lächeln ab, das Rita genauso aufgesetzt erwidert.

Im gleichen Augenblick schwillt im hinteren Teil der Ausgrabungsstätte ein Gemurmel an, so dass Bishi sich von Rita abwendet. Zwei Archäologen treten aufgeregt aus der Ecke eines erst vor kurzem freigelegten Gebäudes hervor. Zwischen sich tragen sie eine kleine Truhe: „Herr Bishi, wir haben die Truhe bergen können", ruft der Erste bereits von weitem.

Bishi verzieht bei dem Ruf leicht das Gesicht, als sei ihm die Lautstärke unangenehm, während die Archäologen auf sie zueilen.

„Schauen Sie nur, die Zeichen deuten auf das Hochmittelalter hin", erklärt der zweite Archäologe atemlos, als sie Bishi, Lihn und Fair erreichen.

Bishi beachtet die Archäologen nicht weiter, die die Truhe vorsichtig vor ihm auf dem Tisch platzieren. Seine Augen sind gierig auf die verschlossene Truhe geheftet. Bishi winkt Rita Lihn, damit sie neben ihn tritt: „Kommen Sie, Frau Dr. Lihn, unter Umständen werden Sie Zeugin eines historischen Moments."

Die Archäologen öffnen das einfache Schloss der Kiste, indem sie es kurzerhand aufbrechen, und treten zurück. Rita registriert missbilligend, wie Bishi völlig sorglos und unsachgemäß in die Kiste greift und eine Art Leinwand herauszieht, die auf einer Seite alte Schriftzeichen zeigt. Zähneknirschend unterdrückt sie den Impuls, Bishi zurechtzuweisen.

Nur zwölf Meter davon entfernt filmt Lukas Gugell, der sich hinter einem aufgeschütteten Sandberg duckt, die Szene. Neben ihm hockt Jan, der die Wachposten im Blick behält, die an den Ecken des Geländes postiert sind, momentan ihre Blicke aber einzig auf Bishi richten, anstatt das Gelände zu bewachen. Es herrscht eine gespannte Erwartung, selbst die Archäologen lassen ihre Arbeit ruhen und starren zu Bishi herüber.

Ritas Augen fliegen bereits über die Leinwand, die Bishi nun hochhält. Ihr Puls beschleunigt sich, während sie den Text vor sich hin murmelnd übersetzt. Ein leichter Schauer läuft über ihren Rücken, als ihr klar wird, dass diesen Text, abgesehen von ihr, bestenfalls eine Handvoll Menschen übersetzen könnte. Spontan fällt ihr nur eine Person ein, mit der sie sich über diese Schriftzeichen intensiver ausgetauscht hat, denn das, was da gerade vor ihren Augen enthüllt wurde, erinnert sie deutlich an ihren Fund aus der Ägäis: Atlantis.

Auf Lukas' Stirn bilden sich erste Schweißtropfen, er ist voll konzentriert auf das kleine Display der BFC 9000 und was er sieht, scheint ihm durchaus zu gefallen. „Alter, die hat Beine bis zum Boden“, flüstert er begeistert zu Jan herüber. Jan verlagert blitzschnell den Schwerpunkt seines Interesses auf das Display: „Lass sehen.“

„Nein, ich soll das hier filmen“, wehrt Lukas ihn ab.

Jan will nach der Kamera greifen, aber Lukas zieht sie schnell zurück. „Jetzt stell dich nicht so an“, tönt Jan, vielleicht etwas zu laut für ihre prekäre Situation.

Zwei der über das Gelände patrouillierenden Wachen hören den Streit und nähern sich interessiert dem großen Sandhaufen. Als der erste Wachmann die beiden entdeckt, reißt er sofort seine Waffe hoch und brüllt: „Los, aufstehen! Hände hoch! Mitkommen!“

Jan und Lukas sind jedoch völlig vertieft in ihre Balgerei und bekommen überhaupt nicht mit, dass sie inzwischen mehr Aufmerksamkeit erregt haben, als ihnen lieb sein kann. „Neien, das ist mein Job“, nölt Lukas Jan beherzt an.

„Du kannst ja kaum den Fokus scharf stellen", gibt Jan gereizt zurück.

„Immerhin weiß ich, wo bei so einem Ding vorne ist", versetzt Lukas schnippisch.

Die Wachmänner sehen sich kurz an, dann stößt der eine Jan sein Maschinengewehr in den Rücken und brüllt: „Schluss mit den Mätzchen, sonst knallt's!"

Jan fährt erbost herum und will sich soeben zornig auf seinen Angreifer stürzen, als er in die Mündung von dessen Maschinengewehr blickt. Jan hält inne, während Lukas ihm von hinten einen Schubser versetzt. Der erste Wachmann tritt einen Schritt vor und richtet nun ebenfalls seine Waffe auf die beiden: „Mitkommen, aber zackig!"

Erst jetzt erfasst Lukas den Ernst der Lage und lässt schnell die Kamera unter seinem Hemd verschwinden. Die Wächter ziehen die beiden hoch. Mit erhobenen Händen treten Jan und Lukas ins Freie. Immer wieder stoßen die Wachen ihnen ihre Gewehre in den Rücken und treiben sie auf Somo Bishi zu, dem der ungebetene Aufruhr nicht entgangen ist.

Hardy, der immer noch an der Mauer hinter der Kamera hängt, fährt der Schreck in alle Glieder, als er sieht, wie Jan und Lukas abgeführt werden. Panisch schaut er sich nach einem Ausweg um.

Jan ist endgültig auf hundertachtzig, als er grob vor Bishi geschubst wird: „Was soll der Scheiß? Das ist ein freies Land, hier darf jeder hingehen, wo er will."

Luci Fair tritt hinter Bishis Rücken hervor und grinst höhnisch: „Tja, selbst die heile Welt ist nicht mehr das, was sie einmal war."

Lukas schaut bewundernd nickend zu Jan herüber, atmet tief durch und sagt so beherzt und nüchtern wie möglich: „Das ist Freiheitsberaubung. Nach Paragraf 2, Absatz

2 des Grundgesetzes ist die …“ Weiter kommt er nicht, denn einer der beiden Wachmänner versetzt ihm mit dem Kolben seines Maschinengewehrs einen Schlag in die Magengrube. Lukas sackt stöhnend zusammen.

In der Zentrale der S.I.E.kom ist die Luft bereits zum Schneiden dick. Wie ein Tiger im Käfig rennt Bramsen ungeduldig auf und ab: „Wird das jetzt wohl bald was mit unserer Geheimwaffe?“ Er betont das letzte Wort überdeutlich.

Jacques André verzieht das Gesicht, als er Bramsens Atem erneut riecht, und hämmert noch hektischer auf der Tastatur herum.

Auf der Burg nickt Bishi kurz Luci Fair zu, die die Neuankömmlinge böse anblitzt. „Schnauze! Ab jetzt redet ihr nur, wenn ihr gefragt werdet!“, blafft sie die beiden an.

Jan hat sich inzwischen wieder gesammelt und beschließt, dass Angriff die beste Verteidigung ist. Er tritt einen Schritt vor und beginnt mit sonorer Stimme zu sprechen: „Moment mal. Was mein Freund hier sagen möchte, ist, dass wir verstehen, wenn Sie ungestört sein möchten. Bitte, könnten wir dann jetzt gehen?“ Sein Lächeln wird von einem Augenaufschlag begleitet, der jedem Katzenbaby alle Ehre gemacht hätte.

Luci Fairs Augendeckel klappen einmal auf und zu, als habe sie sich verhört. Ihr Kopf zuckt angewidert zurück. „Raus mit der Sprache, was habt ihr hier verloren?“, stößt sie mit unverblümter Drohung in der Stimme hervor.

Jan wird die Ruhe selbst. Diesen Tonfall konnte er noch nie leiden. Er weiß, wer so spricht, befindet sich selten im Recht und er weiß auch, wie man mit jemandem umgehen muss, der so spricht. Selbstgefällig verlagert er sein ganzes auf ein Bein, verschränkt die Arme vor der Brust st Luci Fair unverschämt an: „Also ja, wenn Sie fragen. Wir sprachen gerade darüber, die Wäsche aufzuhängen und ...", bevor Jan seinen Satz zu Ende bringen kann, holt einer der Wachmänner hinter ihm aus und schlägt ihm kräftig in den Magen, woraufhin Jan ebenfalls keuchend zu Boden geht.

Lukas hat sich inzwischen wieder hochgerappelt, blinzelt Jan kurz zu und grinst Luci Fair schelmisch an: „Ja und da dachten wir, schauen wir mal, wie denn das Wetter so wird. Hier auf der Burg hat man ja den besten Blick auf Bielefeld."

Der andere Wachmann holt erneut aus, als Bishi seine Hand hebt und ihm mit einem Blick zu verstehen gibt, innezuhalten. Dann dreht er unmerklich seinen Kopf und blickt Jan und Lukas durchdringend an „Tatsächlich?", fragt er knapp. „Ihr habt wahrscheinlich nicht die leiseste Ahnung, worum es hier geht", zischt er drohend.

Dann nickt er einem der anderen Wachmänner knapp zu und lässt ruckartig seine Hand sinken. Der Wachmann tritt vor, richtet seine Waffe auf die beiden Archäologen und erschießt sie, ohne mit der Wimper zu zucken.

Als die Archäologen von den Kugeln niedergerissen werden, schlägt Rita erschüttert die Hände vors Gesicht: „Um Himmels Willen", presst sie hervor.

Die beiden Studenten sind sprachlos vor Entsetzen. Rita Lihn starrt wie gelähmt auf die beiden toten Männer: „Das ist doch ...", ihre Stimme erstirbt.

Luci Fair zückt blitzschnell ihre Waffe und donnert die Wachmänner ungerührt an: „Ich will wissen, wer die sind, durchsucht ihre Taschen."

Hardy, der das Geschehen aus seinem Versteck heraus genauso schockiert verfolgt, zieht schleunigst den Kopf ein. Das Herz hämmert in seiner Brust. „Was ist denn das hier?", fragt er sich selbst halblaut, um seinem Entsetzen Luft zu machen. Schließlich nimmt er allen Mut zusammen und lugt wieder über die Mauer. Er versucht, gleichmäßig zu atmen und schließt die Augen. Dabei streckt er seine Hand aus, als könne er mit einem Schlag alle Wachen aus dem Weg räumen: „Los jetzt, komm schon!"

In der Zentrale der S.I.E. unternimmt André einen weiteren Versuch, um Bramsen aufzuhalten. „Aber Herr Bramsen, die Waffe ist noch nicht einsatzbereit ..."

Bramsen platzt der Kragen, er greift kurzerhand über André hinweg und seine Finger finden die richtige Taste. „Schnauze! Feuer frei!" Seine Stimme ist eiskalt.

Während die Wachmänner auf Jan und Lukas zutreten, um sie zu durchsuchen, zerfällt plötzlich ein Bauwagen nach einem kurzen Aufblitzen hinter ihnen beinahe lautlos zu Staub. Völlig überrascht wenden sich alle der Staubwolke zu.

„Es klappt." Hardy lacht wegen der scheinbar gelungenen Optimierung seiner telekinetischen Fähigkeiten, in seinem Versteck leise auf und springt beherzt von der Mauer herunter.

Jan und Lukas blicken sich nur einen kurzen Moment an, dann springen sie auf, stoßen die Wachen beiseite und sprinten auf das Tor zu, das in den inneren Burghof führt.

Hinter ihnen durchschneidet Luci Fairs Stimme die allgemeine Verwirrung: „Schnappt sie euch!" Sofort fallen von überall her Schüsse. Die Kugeln reißen kleine Löcher in den Boden und kommen Jan und Lukas gefährlich nahe. Einige Wachmänner setzen ihnen sogleich hinterher.

Hardy rennt von allen unbemerkt in einem Affentempo um das Ausgrabungsgelände herum, da sich jetzt alle auf Lukas und Jan konzentriert.

Jan und Lukas erreichen die Durchgangstür zum Burghof. Der nächste Wachmann ist keine drei Meter hinter ihnen. Jan reißt die Tür auf und die beiden schlüpfen hindurch. Der Verfolger ist ihnen dicht auf den Fersen. Im Innenhof werfen sich Jan und Lukas mit aller Kraft gegen die Tür, so dass die schwere Pforte mit voller Wucht gegen den Schädel des Wachmanns prallt. Dieser taumelt zurück und hält sich benommen den Kopf. Die nachfolgenden Wachmänner können ihren Lauf nicht rechtzeitig abbremsen und rennen voll in den Wachmann hinein, wobei sie ihn umreißen und allesamt in einem Knäuel zu Boden gehen.

Jan und Lukas verkeilen indessen die Tür von innen, als unvermittelt Hardy von der anderen Seite her auftaucht. Sie winken kurz herüber und laufen gemeinsam durch das Burgtor.

Am Ausgrabungsgelände zerrt Luci Fair unsanft an Ritas Arm und führt die perplexe Archäologin zu ihrem Wagen. „So werden Archäologen archäologische Fundstücke. Ab in den Wagen!" Brutal drückt sie Rita auf die Rückbank.

Vor der Brücke kommt der Wachmann allmählich wieder zu sich. Hardy und Jan fackeln nicht lange, Hardy tritt dem Wachmann die Arme weg und dieser schlägt haltlos auf dem Boden auf. Die drei Studenten flitzen, das aufgeregte Geschrei der Wachmänner im Nacken, den kleinen Weg herunter, sprinten über die Wiese vor der Burg und finden einen der steilen Pfade, der von der Burg herabführt. Ohne sich noch einmal umzusehen, halten sie auf die Altstadt zu.

„Ups, daneben", schluckt Jacques André in der Zentrale. Die Monitore vor ihm zeigen, wie der Bauwagen auf der Burg zu Staub zerfällt.

Bramsen ist außer sich vor Wut. „Das kann doch wohl nicht wahr sein! Habt ihr Dachpappen keine Augen im Kopf! Ihr sollt treffen, nicht üben!"

André lehnt sich in seinem Stuhl zurück und blickt seinen Vorgesetzten unsicher an. Er weiß, dass Bramsen einen Fehler gemacht hat. Es war falsch, die Waffe zu zünden. „Entschuldigen Sie, aber es ist nicht unser Fehler. Das Gerät ist einfach noch nicht präzise genug", erklärt er zu seiner Verteidigung.

Bramsen, der nervös auf und ab läuft, hält mitten in der Bewegung inne. Dann ist er mit einem Satz neben André. „So, ach ja", spricht er im ruhigen Onkelton, bevor er blitzschnell seinen 356er zieht und mit einer fließenden Bewegung die Waffe auf André richtet und den Hahn durchzieht. Die Kugel streift Andrés Schulter, er wird auf seinem Stuhl herumgewirbelt und fällt auf den Boden, wo er mit schmerzverzerrtem Gesicht liegen bleibt. Bramsen greift nach unten und zieht André mit einer Hand an den Haaren wieder hoch. In der Anderen hält er seinen Revolver, den er André nun brutal ins Gesicht drückt: „Was hab ich gemacht?", fragt Bramsen lockend.

Er wartet die Antwort nicht ab, sondern wiederholt die Frage brüllend: „WAS HAB ICH GEMACHT?", Bramsens Stimme überschlägt sich: „War das jetzt unpräzise oder wollt ich dich nicht umlegen?" Mit diesen Worten knallt er Andrés Kopf auf den Tisch und fährt zu Helga Grabowsky herum, die das Geschehen mit angehaltenem Atem verfolgt. Hastig wendet sie sich ihrem Rechner zu.

André sinkt auf den Boden zurück und wimmert leise. Grabowsky wartet gar nicht erst Bramsens möglichen nächsten Ausfall ab, ihre Augen kleben auf den Monitoren und sie plappert hektisch los: „Äh, habe die Eindringlinge von der Burg gesichtet. Die Analyse der abgefragten Daten ergibt, dass sie in Richtung Stadt laufen."

Bramsen wird schlagartig ruhig. Seine Aufmerksamkeit richtet sich plötzlich einzig auf die Bilder, die die Überwachungskameras liefern. „Die kenn ich doch", Bramsen klopft mit seiner Pistole auf den Bildschirm. „Informiert alle Einheiten. Sie dürfen nicht noch mal entkommen. Ich werde sie abfangen, haltet mich auf dem Laufenden." Mit diesen Worten stürmt Bramsen aus der Tür, zückt sein Handy und bellt hinein: „Sie sind in der Stadt, findet sie!" Er bedeutet allen Agenten, die in der Zentrale stehen, mit einer knappen Geste, ihm zu folgen.

Sobald Bramsen fort ist, springt Helga auf, holt ein paar Handtücher, stürzt zu Jacques und hebt vorsichtig seinen Kopf an. Seine Augen sind geschlossen. „Nein, stirb nicht." Helgas Stimme ist voller Furcht. Plötzlich schlägt er die Augen auf. Jacques, der über jeden Verdacht, ein Held zu sein, erhaben ist, versucht sich begleitet von einem gequälten Schmerzenslaut aufzusetzen: „Das tut weh."

Helgas Erfahrung im Umgang mit Schusswunden beschränkt sich auf das jahrelange Gucken von Fernsehkrimis. Beherzt reißt sie Jacques' Hemd auf und presst die Handtücher auf die Stelle, an der die Kugel ihn gerade so gestreift hat. In ihrer Panik entgeht ihr völlig, dass die Wunde nicht besonders stark blutet.

„Kannst du aufstehen?", fragt sie immer noch vor Entsetzen zitternd.

Jacques, der felsenfest davon überzeugt ist, dass seine halbe Schulter weggeschossen wurde, drückt sich mit Helgas Hilfe langsam vom Boden hoch: „Danke, es geht schon", lächelt er heldenmütig. „Hat er sich beruhigt?"

Helga blickt vorsichtig in Richtung Tür und nickt: „Er ist weg."

Jacques atmet vorsichtig, jede Bewegung scheint ihm Höllenqualen zu bereiten. „Wenn das der Meister wüsste", nickt er vor sich hin, als würde sich sein Zustand dadurch verbessern.

8

13:52 Uhr, Bielefeld Altstadt, heutiger Tag

Hardy, Jan und Lukas hasten so schnell wie möglich durch die für diese Zeit ungewöhnlich dicht bevölkerten Straßen der Altstadt. Den Weg wählt Hardy nicht ohne Grund. Der alljährliche Leinewebermarkt, Bielefelds Stadtfest in der Fußgängerzone, wird soeben eröffnet. Insgeheim hofft Hardy, dass sie in der Masse untertauchen können.

Mit jedem Schritt nimmt der Lärm des Jahrmarkttrubels zu. Sie schieben sich an Menschentrauben vorbei, die Crepês- und Gurkenstände, Hot Dog-, Eis- und Bierbuden belagern. Dann und wann grüßt Jan zu einer der vielen Bühnen herüber, auf der lokale Künstler wieder einen zeitlich unglücklichen Slot am frühen Nachmittag für ihren Auftritt bekommen haben. Als sie schließlich die Fahrgeschäfte erreichen, steigert sich der Lärm zu einem ohrenbetäubenden Crescendo. Hier dröhnt ihnen mit unerbittlicher Härte das vermeintlich Beste der 60er, 70er, 80er, 90er und die neusten Hits von Heute entgegen.

Hardy biegt ab und hält schnurstracks auf das Zentrum der Altstadt zu. Als sie sich dem Alten Markt nähern, bedeutet Hardy den anderen beiden zu stoppen. Mit einem Blick erkennt Hardy, dass der Marktplatz im Gegensatz zur übrigen Fußgängerzone erstaunlich wenig frequentiert wird. Sie drängeln sich unter das Vordach einer Falafelbude, um den Platz genauer in Augenschein zu nehmen. Den Mann, der sie über eine Zeitung hinweg beobachtet, als sie im Gedränge an ihm vorbeistolpern, bemerken sie nicht. Nachdem sich die drei eilig darüber verständigt haben, dass die Leere des Platzes wahrscheinlich auf die spannungsgeladene Eröffnungsrede des Bürgermeisters zurückzuführen ist, setzen sie sich erneut in Bewegung. Der Mann mit der Zeitung betätigt einen Knopf an seinem Handy und heftet sich mit einigem Abstand an ihre Fersen.

Hardy führt Jan und Lukas in Richtung Obernstraße, als er am Ende einige Männer in den gleichen Overalls erblickt, wie sie die Wachmänner auf der Sparrenburg getragen hatten. Wie vom Blitz getroffen bleibt er stehen, so dass Jan und Lukas ihn beinahe umrennen. Jan erfasst sofort, was Hardy sieht und zieht ihn an der Schulter zurück. Die drei lenken ihre Schritte zurück auf den Alten Markt. Jan blickt nervös über seine Schulter. Die Männer in den Overalls setzen ihnen ohne Anzeichen von Eile nach. Ihr Blick verrät ihm aber, dass sie erkannt worden sind. Fieberhaft sucht Jan nach einem Ausweg und deutet in Richtung Niedernstraße. Auch dort erscheinen finster dreinblickende Männer in blauen Arbeitsanzügen. Jan, Hardy und Lukas beginnen zu rennen. Verfolgt von den Männern in den dunklen Overalls, überqueren sie hastig den Marktplatz. Doch scheinen inzwischen aus jeder der angrenzenden Straßen grimmig dreinschauende Männer auf sie zuzuhalten. Einige tragen Overalls, andere sind in zivil, wie Jan mit Entsetzen feststellt. Ohne zu überlegen, schlagen die drei einen Haken und biegen ab in den Gehrenberg, auch bekannt als längster Laufsteg der Stadt. Innerhalb weniger Monate haben hier mehr Cafés mit ihren riesigen Fensterfronten eröffnet als an einer beliebigen Pariser Hauptstraße im Frühling. In einiger Entfernung erscheinen hier nun ebenfalls Verfolger in blauen Overalls. Die drei sitzen in der Falle. Offensichtlich haben die Männer vor ihnen sie jedoch noch nicht bemerkt. Jan blickt sich gehetzt um und zieht die anderen beiden kurzerhand ins M Kaffee. Das M war das erste in der Reihe der aus dem Boden geschossenen Coffee Shops und bietet nach vielbekundeter Meinung den besten Kaffee der Stadt. Im Café ducken sie sich, von den anderen Gästen unbeachtet, hinter eine Anrichte, mitten im Raum. Hardy beobachtet die Straße, während Jan erst einmal tief Luft holt.

„Jan, schön, dass du vorbeischaust. Was darf es sein?" Der Angesprochene zuckt sichtlich erschrocken zusammen und atmet erleichtert auf, als er das Gesicht von Katrin hinter der Theke entdeckt. Ihr Gesichtsausdruck verrät nicht eindeutig, ob sie über das seltsame Verhalten ihrer neuen Gäste amüsiert oder konsterniert ist. Allerdings bringt Jan nicht mehr als ein gestammeltes „Äh, äh" zustande.

Lukas findet überraschenderweise als Erster die Sprache wieder: „Ich glaub, wir nehmen erst mal drei Kaffee."

Katrin beschließt offensichtlich, sich nicht weiter über Jan und seine Freunde zu wundern, da ihr sein Hang zur Exzentrik wohlbekannt ist. Und weil sie ihn mag, antwortet sie mit einem strahlenden Singsang in der Stimme: „Kommt sofort."

Inzwischen hat auch Jan die Fassung zurückgewonnen. Er rappelt sich hoch, beugt sich zu Katrin über die Theke, setzt ein entwaffnendes Lächeln auf und fragt charmant: „Habt ihr 'nen Hinterausgang?"

Katrin zieht lächelnd eine Augenbraue hoch: „Klar, gibt's Probleme?"

Jan wiegt den Kopf hin und her. „Kann ich dir das später erklären?", fragt er schließlich möglichst unaufgeregt.

Katrin nickt, während sie um die Theke herumgeht. Vorne nimmt sie Jan am Arm und zieht ihn in Richtung einer Tür im hinteren Teil des Cafés: „Na, dann kommt mal mit." Katrin öffnet die Tür und die drei schlüpfen mit ihr hindurch.

Mareike schüttelt langsam den Kopf. „Keine Ahnung,

aber der sieht gut aus“, erklärt sie, begleitet von bewundernden Blicken in Richtung Jan.

Sie haben kaum zu Ende gesprochen, als die Eingangstür aufgerissen wird und Männer in dunkelblauen Overalls in den Laden stürmen. Die Männer blicken misstrauisch von einem Tisch zum nächsten. Mareike setzt ihr unverbindlichstes Lächeln auf: „Was darf es sein, meine Herren?“

Währenddessen klettern Jan, Hardy und Lukas im Hinterhof über die Mauer, nachdem Jan Katrin einen Kuss als Dank auf die Wange gedrückt hat.

In der S.I.E. Zentrale zucken Helgas Augen immer wieder vom Bildschirm herüber zu Jacques, auf dessen Stirn sich Schweißperlen gebildet haben.

„Wenn wir ihren Weg nachvollziehen könnten, ergibt sich vielleicht eine Struktur und wir erkennen, wo sie hin wollen“, erklärt er mit schmerzverzerrter Stimme.

„Prima Idee, Jacques, ich werde mal das Analysetool durchlaufen lassen“, Helga versucht unbekümmert zu klingen. Sie drückt einige Tasten auf der Tastatur, dann springt sie auf und eilt zum Arzneischrank, zieht ein paar Mullbinden heraus und läuft zurück zu Jacques: „Hier, press das da drauf.“ Sofort springt sie zurück an ihren Rechner. „Das Tool arbeitet wirklich schnell. Sie liefen Richtung Uni, bevor wir sie auf dem Alten Markt erwischt haben“, grinst sie zu Jacques herüber.

„Ich informiere Bramsen“, Jacques will zum Telefon greifen und wimmert erneut.

„Das mach ich“, Helga drückt Jacques zurück auf den Stuhl und greift zum Telefon. „Herr Bramsen, wir haben die Wegdaten der Flüchtenden analysiert, sie laufen Richtung Uni.“

„Ihr seid ja doch zu was nutze. Dann wollen sie zu Wanstohn“, schnauzt Bramsen in seiner unvergleichlich charmanten Art. Ein Klicken ist das nächste, was Helga hört, gefolgt von dem Besetztzeichen ihres Telefons.

13:58 Uhr, S.I.E.kom Generatorhalle, heutiger Tag

Die Halle, in die Rita Lihn geführt wird, erscheint beinahe antiseptisch. Riesige Zylinder stehen in Reih und Glied nebeneinander. Auf ihnen reflektiert das kalte Neonlicht, das von den Leuchtstoffröhren unter der Decke herabstrahlt und die futuristische Wirkung der Halle unterstreicht. Die junge Frau erkennt Somo Bishi auf den ersten Blick, obwohl er ihr den Rücken zuwendet. Vor ihm steht die geheimnisvolle Kiste, die an der Sparrenburg ausgegraben wurde. Seine ganze Haltung vermittelt einen ausgeglichenen, fast fröhlichen Eindruck. „Ausgezeichnet“, ist das letzte Wort, das sie hört, bevor er sein Handy vom Ohr nimmt und sich zu ihr umdreht. „Nun, Frau Dr. Lihn, da sind Sie ja wieder. Ich dachte schon, Sie wollten uns wieder verlassen“, höhnt Bishi spöttisch.

Die junge Archäologin prüft mit einem raschen Blick, ob die Halle einen Fluchtweg bietet, ahnt aber zugleich, dass Luci Fair, die sich hinter ihr postiert hat, nur auf eine falsche Bewegung lauert. Zudem scheinen die Wachmänner, die sie hereingeführt haben, ebenfalls ihr Handwerk zu verstehen. Die Mündungen ihrer automatischen Waffen folgen Rita bei der kleinsten Bewegung, daher beschließt sie, das Spiel vorläufig mitzuspielen. „Nachdem ich Ihre Aktivitäten auf der Burg bewundert habe, ist eine gewisse Neugierde wohl kaum zu vermeiden“, antwortet sie sarkastisch.

„Ah, sehr gut, wissenschaftliche Neugierde", Bishi lächelt sie mit kalten Augen an und wendet sich dann mit einer ausholenden Geste den Zylindern zu, „Frau Dr. Lihn, was Sie hier sehen, ist auf der Welt wahrscheinlich einzigartig. Programmiertes Wasser, haben Sie davon gehört?" Die letzten Worte dehnt der kahlköpfige Mann so lang, als sorge allein seine Aussprache schon für die erforderlichen Kenntnisse.

Die Kaltschnäuzigkeit hinter Bishis Isotopie überrumpelt Rita förmlich. Sie beschließt trotzdem sich nicht das Thema des Gesprächs diktieren zu lassen. „Nein, tut mir leid, aber sagen Sie, woher kamen die Archäologen?", versucht sie das Thema zurück auf die Ereignisse auf der Burg zu lenken.

Bishi, die Frage von Rita ignorierend, erklärt mit unüberhörbarem Stolz in der Stimme: „Programmiertes Wasser wirkt hygroskopisch, es entzieht den Objekten die H2O-Anteile – also die Feuchtigkeit –, wodurch sie zu Staub zerfallen. Das Ergebnis durften Sie auf der Burg miterleben. Beeindruckend, nicht wahr?", lächelt Bishi böse. „Was meinen Sie, was man damit alles erreichen kann, wenn wir es erst im großen Stil einsetzen."

Die Tragweite dessen, was der scheinbar größenwahnsinnige Verbrecher soeben enthüllt hat, entlockt Rita ein leises Keuchen.

Bishi hingegen führt seine Ausführungen ungerührt fort: „Leider ist unsere Entwicklung noch nicht ganz abgeschlossen. Wir haben bislang immer noch Probleme mit der Zielerfassung. Allerdings hoffen wir, mit dem heutigen Fund unserem Ziel einen bedeutenden Schritt näher gekommen zu sein."

Rita nickt betont desinteressiert und blickt Bishi skeptisch an. Der lässt sich nicht aus der Ruhe bringen: „Wie

Sie ganz richtig angemerkt haben, hatte Bernhard Graf von Ravensberg eine gewisse Affinität zur Antike. Diese bezog sich allerdings nicht allein auf das Studium alter Schriften. Ashtar Sheran sagt, der Graf habe Informationen über den Drachen von Fumé gehabt."

Die Aussage trifft die Archäologin völlig unerwartet. „Der Drache von Fumé?", fragt sie, nach Luft schnappend. „Der Drache gehört zum Mythos um Atlantis." Die Worte kommen ganz automatisch aus ihrem Mund. „Man sagt, er habe sein Ziel nie verfehlt."

Bishi strahlt wie ein zufriedener Onkel über das ganze Gesicht: „Ausgezeichnet! Das Dokument, das wir heute gefunden haben, ist der Schlüssel zu ihm und das fehlende Puzzleteil zur Vervollkommnung unserer Anlage."

Langsam begreift Rita, welche Rolle sie bei diesem perfiden Plan spielen soll und gewinnt ihre Selbstsicherheit zurück. Ohne ihr Wissen steht Bishi mit leeren Händen da. Sogleich setzt sie ein pikiertes Gesicht auf und erklärt in ihrem distinguiertesten Tonfall: „Ich hatte das immer für ein Ammenmärchen gehalten. Es darf mich doch sehr wundern, dass Sie auf diesen ausgemachten Unsinn hereingefallen sind."

Bishis Strahlen bricht augenblicklich in sich zusammen: „Vielleicht ist es das, vielleicht auch nicht. Ashtar Sheran sagt, Sie werden dieses Dokument entziffern."

Die Kälte in Bishis Stimme lässt die Raumtemperatur in der weiten Halle scheinbar um ein paar weitere Grade sinken. Rita spürt, dass Bishi keinen Widerspruch dulden wird. Sie zwingt sich zu äußerer Gelassenheit, verschränkt die Arme vor der Brust und lehnt sich zurück, als entspanne sie sich. „Sagt er das?", fragt sie abwartend und flüstert tonlos: „Dieser Sheran scheint ja allerhand zu wissen."

Bishi scheint diese Reaktion erwartet zu haben und ist

davon überzeugt, dass spätestens die Inszenierung einer alternativlosen Drohkulisse den Widerstand der Archäologin brechen wird. Genau, wie Sheran es prophezeit hatte. „Ashtar Sheran ist sozusagen der Leiter unseres Unternehmens. Er will, dass Sie mit uns den Drachen von Fumé suchen und finden“, erklärt er in einem Tonfall, der keinen Widerspruch duldet. Er lässt eine kleine Pause folgen, um seine Worte wirken zu lassen. „Er sagt, Sie sind die führende Paläolinguistin.“ Bishi spuckt die Worte förmlich aus, bevor er mit gespielter Freundlichkeit fortfährt: „Damit bilden wir eine Interessengemeinschaft.“ Nach einer erneuten Pause fragt er betont teilnahmslos: „Wir können Sie begeistern?“

Die junge Frau ist von der skrupellosen Dreistigkeit ihres Gesprächspartners erneut erschüttert, zwingt sich aber weiterhin, sich ihren Zorn nicht anmerken zu lassen. Innerlich vor Wut schnaubend, schaut sie sich in der Halle um, um etwas zu finden, dass sie Bishi über den Schädel ziehen kann, obwohl sie weiß, dass sie gegen die Wachen keine Chance hätte.

Bishi scheint ihre Stimmung zu erraten. „Andernfalls wird sich Frau Fair gerne um Sie kümmern“, erklärt er süffisant lächelnd. Als habe die nur auf den passenden Moment gewartet, tritt die eiskalte Killerin in Ritas Blickfeld und tätschelt beinahe zärtlich ihre Waffe.

„Offensichtlich habe ich keine Wahl“, merkt Rita mit einem Seitenblick auf die Frau im schwarzen Anzug an.

Somo Bishi nickt zustimmend. Luci Fair wirkt deutlich weniger überzeugt und richtet die Pistole auffällig zufällig auf Rita.

„Wenn Sie so überzeugend freundlich auftreten, helfe ich Ihnen natürlich gerne“, beeilt Rita sich daraufhin, wenn auch unwillig, hinzuzufügen.

Bishi hebt warnend einen Finger: „Aber“, er zögert einen winzigen Augenblick, „bilden Sie sich bitte nichts ein.“

Trotz ihrer prekären Lage denkt Rita nicht im Traum daran, Bishi in dieser Hinsicht in Sicherheit zu wiegen und funkelt ihn stattdessen streitlustig an. Der Glatzkopf greift nach der Truhe, die neben ihm auf dem Tisch steht, öffnet sie und zieht die Leinwand heraus. Er breitet sie auf dem Tisch aus. Schließlich tritt er mit einladender Geste beiseite. „Wollen wir beginnen?“, fragt er im feierlichen Tonfall eines Zeremonienmeisters.

Die Archäologin zögert einen Augenblick, gibt sich dann einen Ruck, umrundet Bishi und beugt sich über den Text.

Luci Fair steht die Enttäuschung förmlich ins Gesicht geschrieben. Sie hatte offensichtlich gehofft, Bishi würde ihr dieses Archäologenpüppchen, wie sie Rita Lihn insgeheim nennt, überlassen, um sie weich zu klopfen. Entsprechend baut sie sich neben Bishi auf und deutet auf Rita. „Wenn sie Probleme macht, dann ...“, zischt sie mordlüstern. Doch Bishi bedeutet ihr mit einer herrischen Geste zu schweigen.

Der Paläolinguistin ist dieses kurze Interludium zwischen Bishi und Fair entgangen, da sie sich der Wirkung des Textes nicht länger entziehen kann. Die Zeichen und Symbole auf dieser Leinwand erscheinen ihr fast so vertraut wie die Worte ihrer Muttersprache, so lange hat sie sich mit der atlantischen Sprache befasst. Schon auf den ersten Blick erkennt sie, dass sie vor einem bedeutenden Dokument steht, und beschließt, die darin enthaltenen Informationen nur scheibchenweise preiszugeben. „Hier ist von Stagira die Rede und von dem Ort, an dem Aristoteles beigesetzt wurde. Der Drache von Fumé ruht bei Aristoteles“, versucht sie eine Übersetzung anzubieten, die ausreicht, um Bishis Interesse zu befriedigen, aber nicht alles verrät.

Bishi setzt erneut sein ekelhaft übertrieben freundliches Lächeln auf: „Sehen Sie, Frau Fair, sie kann doch ganz vernünftig sein."

„Schade", erwidert Luci Fair unwirsch.

Mit dem sicheren Gefühl, dass Rita Lihn ihm über kurz oder lang die richtige Übersetzung des Manuskripts liefern wird, dreht Bishi sich abrupt in Richtung Ausgang um: „Wenn Sie mich jetzt bitte entschuldigen!" Zügigen Schrittes verlässt er die Halle, lenkt seine Schritte in Richtung der Fahrstühle des Verwaltungstowers und fährt nach oben. Dort angekommen, biegt er nach links ab und öffnet eine der beiden großen Doppeltüren zu seinem rundum verglasten Büro.

Von hier oben genießt Bishi einen erhebenden Blick über die Stadt, die sich, wie er findet, gerade angemessen zu seinen Füßen erstreckt. Direkt unter ihm liegt der Bahnhof, dahinter erstrecken sich die Häuser Bielefelds, bis hin zur Kuppe des Teutoburger Waldes, auf der die Sparrenburg liegt. Eine Glastür führt hinaus auf die Dachterrasse. Auf der Terrasse lehnt am Geländer die schwarz gekleidete krötenförmige Gestalt des einzigen Mannes, dem Bishi sich noch zu Respekt verpflichtet fühlt: Ashtar Sheran.

„Mein Meister", sagt Bishi unterwürfig, als er auf die Terrasse hinaustritt.

„Bishi, ich hoffe, es gibt gute Nachrichten", fragt Sheran, ohne sich umzudrehen.

„So ist es, Meister. Frau Dr. Lihn hat den Aufenthaltsort des Drachens lokalisiert. Ich habe bereits alles für eine Expedition in die Wege geleitet und Frau Dr. Lihn hat sich ebenfalls zur Teilnahme bereit erklärt." Bishi versucht sich die innere Anspannung nicht anmerken zu lassen, die ihn in Sherans Gegenwart regelmäßig überfällt.

Sheran stutzt kurz, ehe er sich langsam umwendet: „Aber es gab Probleme?“ Der Tonfall, mit dem Sheran die Frage stellt, deutet unmissverständlich darauf hin, dass er längst über alles informiert ist.

„Unbedeutende. Sie wurden beseitigt“, erklärt Bishi etwas zu hastig.

„Deine Überredungskunst ist sprichwörtlich.“ Es scheint, als zöge der Anflug eines Lächelns über Sherans Miene hinweg.

„Danke, Meister.“

„Es ist gut zu wissen, dass ich mich auf dich verlassen kann. Das kann ich doch, oder?“ Die unterschwellige Drohung in Sherans Stimme ist unüberhörbar. „Viel Erfolg für die Expedition. Unser Ziel wird bald erreicht sein.“

Bishi verbeugt sich vor Sheran und geht in dieser devoten Haltung langsam rückwärts in Richtung Tür. Sheran beachtet ihn nicht weiter. Er ist ganz in Gedanken versunken und wendet sich böse lächelnd der Stadt zu.

9

14:10 Uhr, Wanstohns Büro, heutiger Tag

„Sie haben die Archäologen erschossen?“, fragt Wanstohn ungläubig. Nur wenige Augenblicke zuvor waren Hardy, Jan und Lukas in Wanstohns Büro gestürmt. Nach dieser Eröffnung bleibt es minutenlang still. Jeder im Raum hängt seinen düsteren Gedanken nach. Selbst Jan, der sonst nie um einen Spruch verlegen scheint, blickt nur schweigend aus dem Fenster. Hardy zittert vor Aufregung, während er im Raum auf und ab tigert. Lukas hingegen starrt mit leerem Blick auf die mit Zeitungsschnipseln übersäte Wand.

„Prof, wir haben die Sache bisher zu leicht genommen“, durchbricht Hardy schließlich die bedrückende Stille. „Diese Leute in den Overalls, das ist kein einfacher Wachdienst, das sind Agenten! Das sind Killer!“

Hardys Feststellung hängt wie ein Gewittersturm in dem Büro. Wanstohns schlimmste Befürchtungen scheinen eingetreten zu sein. Er überlegt kurz, die Polizei einzuschalten, fürchtet aber, dass sie ihm noch weniger Glauben und Gehör schenken als seine Kollegen. Schließlich wischt er die trüben Gedanken beiseite und greift entschlossen zur BFC 9000, verbindet sie mit seinem Rechner und startet die Aufnahme. „Völlig richtig, deshalb dürfen wir keine Zeit verlieren“, erklärt er bestimmt, während er die Geräte anschließt.

Ohne sich umzudrehen, fragt Jan mehr sich selbst als jemand Bestimmtes: „Was geht hier eigentlich ab?“ Niemand antwortet.

Über den Bildschirm huschen die wackeligen Bilder, die Lukas aufgezeichnet hat. Die ersten zwei Minuten sind kaum über den Monitor geflackert, als Wanstohn zur Maus greift. Nachdenklich murmelt er Unverständliches vor sich hin. Das Bild auf dem Monitor zeigt die Schrift auf der Leinwand, die Lukas eher zufällig in dem Moment gefilmt hat, als Bishi sie aus der Kiste zog. Wanstohn lässt das Band pausieren, während seine Augen über den Bildschirm fliegen. „Der Drache spricht: Ich wurde demjenigen in Obhut gegeben, der nicht herrschen wollte. Als er starb, gab er mich an den ersten Nachfolger, der sich als würdig erwies. Der hält mich nun in der Ewigkeit. Mich findest du nur, wenn du Zeit und Raum überbrückst, wenn die Naht verschwindet, die euch trennt“, mitten im Satz bricht Wanstohn ab und schüttelt seine schlohweiße Mähne, während er auf den Bildschirm deutet. „Tja, da steht noch mehr, aber der Arm ist davor.“

Hardy, der durch Wanstohns Ausführungen zum Monitor gelockt wird, tigert erneut durch den Raum.

Lukas schaut ratlos von einem zum anderen. „Professor, was bedeutet das alles?“

Obwohl Jan immer noch unbewegt aus dem Fenster starrt, scheint er Wanstohns Worte genau verstanden zu haben. Aus seinem Gesicht entweicht alle Farbe. „Wenn sie jetzt noch die Superwaffe kriegen, ist Feierabend.“

Die Stille, die sich darauf hin in Wanstohns Büro ausbreitet, wird ohrenbetäubend. Unbehagen ergreift von den schweigenden Männern Besitz.

Plötzlich fährt Hardy wie vom Donner gerührt herum: „Halt, wartet mal. Prof, kann ich noch mal die Daten sehen, die Lukas vom Funkturm hatte?“

Wanstohn nickt und ruft die Dateien auf seinem Rechner auf. Hardys Augen beginnen zu glänzen, als er die endlosen Texte überfliegt. Mit einem Mal stoppt er den abwärts laufenden Text. „Das ist es“, ruft er so bestimmt aus, als habe er soeben das Rad erfunden.

Die anderen drei starren ihn verwundert an. Es gibt Momente des Lebens, die werden durch zufällige Synchronizitäten geprägt. Dies ist so ein Moment. Jan, Lukas und Wanstohn fragen gleichzeitig: „Was?“

„Atlantis!“ Hardy wächst förmlich um drei Zentimeter und zeigt bedeutungsschwer auf Lukas. „Lukas hat doch von diesen Ley-Linien erzählt. Diese Tunnel, die von den Atlantern angelegt wurden, um die Kontinente zu verbinden.“

Nachdenklich streicht Wanstohn sich über seinen Bart und blickt fragend zu Lukas herüber. Der fängt den Blick auf und wendet sich Jan zu. Jan nickt Lukas knapp zu und seine Augen heften sich auf Hardy: „Hardy, komm auf den Punkt.“

Hardys Gesichtszüge irrlichtern zwischen Entrückung und Enttäuschung. Sie entschließen sich schließlich für Begeisterung, während ihm die Worte aus dem Mund sprudeln: „Versteht ihr denn nicht? Hier ist von Platon die Rede. Derjenige, der nicht herrschen wollte. Platon beschrieb den idealen Staat in der ‚Politeia‘. Die Philosophen sollten dort die Könige sein, weil sie diejenigen waren, die nicht herrschen wollen. Und Platon hat in einem anderen Dialog, der ‚Kritias‘, Atlantis beschrieben.“ Hardys selbstbewusster Blick in die Runde vermittelt den Eindruck, dass er in diesem Moment sogar Doktor Faustus mit seinen eigenen Waffen schlagen könnte.

Jan zieht die rechte Augenbraue fragend hoch und beginnt langsam zu sprechen: „Ich erinnere mich …“, mimt er ein Erkennen. Dabei nickt er Hardy bedächtig zu, erwacht unvermittelt aus seiner Zeitlupe, um den Punkt zu markieren, „und dann hat er mit einem Drachen darüber gesprochen.“ Hardy, der zunächst beglückt über Jans Erkennen strahlt, entgleisen sämtliche Gesichtszüge. Bevor er aber eine passende Antwort zurückschleudern kann, schaltet sich Wanstohn wieder ein: „Du könntest Recht haben."

Jan klappt der Unterkiefer runter, nachdem nun offensichtlich auch der Professor den Verstand verloren hat. „Er hat mit einem Drachen gesprochen?"

Wanstohn nimmt die Hand von seinem Bart und schaut Jan ruhig an: „Nein. Die griechischen Philosophen hatten so etwas wie Künstlernamen. Aristos heißt der Erste. Telos, das Ziel. Der erste Nachfolger, der sich als würdig erwies. Er spricht von Aristoteles und der ruht in der Ewigkeit."

Jan spielt mit seinem Gesicht das komplette Repertoire einer Gesichtsdisko ab, bis sich seine Züge schließlich verdüstern. „Und die Ewigkeit bedeutet den Tod. Na dann", stellt er resignierend fest.

Hardy lässt sich durch Jans finstere Prognose nicht ablenken, sondern hält an Wanstohns Zuspruch fest. In Philosophiegeschichte kennt er sich bestens aus. „Genau. Wo ist Aristoteles begraben?", fragt er interessiert in die Runde.

Jan zuckt ratlos mit den Schultern. Wanstohns Hand fährt wieder an seinen Bart und er versinkt in Gedanken. Nur Lukas tippt flink auf seinem EyeTop herum: „Nordgriechenland, Chalkidiki, Stagira", verkündet er laut, hocherfreut endlich mal als einziger etwas zu wissen.

Wanstohn erwacht aus seiner stoischen Haltung und springt auf: „Dann müssen wir da anfangen, nach dem Grab zu suchen. Es deutet alles darauf hin, dass dieser ominöse Drache dort zu finden ist und nicht auf der Sparrenburg." Die Spannung fährt langsam aus seinem Körper und sein Blick verliert sich erneut in der Ferne: „Aber was hat es mit dem Drachen genau auf sich? Ist noch mehr auf dem Band?" Wanstohn richtet die Frage mehr an sich selbst als an Lukas, seine Finger drücken die Play-Taste der Kamera. Auf dem Bildschirm bewegen sich die Bilder wieder.

Aus den winzigen Lautsprechern quäken die Stimmen von Flamingo und Gugell, die ausführlich die äußerlichen Vorzüge von Rita Lihn preisen, und von der sie noch immer nicht wissen, wer sie ist. Wanstohn hingegen schreckt merklich zusammen, als er die junge Frau auf dem Bildschirm endlich erkennt.

Grundsätzlich bringt keine Ton- oder Videoaufnahme von sich selbst Jan wirklich in Verlegenheit, aber der Ausdruck blanken Entsetzens, der in diesem Augenblick in Wanstohns Augen erscheint, lässt ihn nun doch aus seiner Apathie hochschrecken.

„Da, da … das ist …“ Schwer atmend ringt Wanstohn um seine Fassung. „Um Himmels Willen, sie haben Dr. Lihn. Das ist eine Katastrophe.“

Jan überhört die Worte des Professors gänzlich. Er rudert mit seinen Armen, als wolle er die aufgeheizte Stimmung wieder entschärfen, wobei er vollauf mit dem Gedanken beschäftigt ist, seine despektierlichen Äußerungen über Dr. Lihn erklären zu wollen. Nach einer gefühlten Ewigkeit klickt es auch irgendwo in Jans Hinterstübchen, als ihm klar wird, dass Wanstohns Interesse offensichtlich nicht ihren Kommentaren gilt, da er weiterhin unverwandt auf den Bildschirm starrt, anstatt sie zur Rede zu stellen. Schließlich überführt er seine Ruderbewegungen dahingehend, als wolle er sich in der angespannten Situation nur ein wenig Luft zufächeln.

Lukas Gugell, ein stets aufrechter, aufmerksamer und blinder Beobachter zwischenmenschlichen Sozialverhaltens, fragt in seiner sprichwörtlich unbeteiligten Art: „Wer ist Doktor Lihn?“

Wanstohn deutet hektisch auf den Bildschirm: „Dr.

Rita Lihn ist Paläolinguistin und forscht seit Jahren über Atlantis. Sie kann das Dokument übersetzen und hat darüber hinaus Kenntnisse, die sie für diese Verbrecher enorm wertvoll machen. Damit ist sie in größter Gefahr. Ich muss sie sofort da rausholen.“ Wanstohns Redeschwall rauscht über Jan hinweg wie eine kalte Dusche. Während er noch überlegt, ob diese ganzen Stimmungsschwankungen überhaupt gut für Wanstohns Gesundheit sein können, legt Hardy bereits nach: „Das ist viel zu gefährlich für einen allein. Wir müssen sie da gemeinsam rausholen.“

An diesem Punkt verzieht Jan erschrocken das Gesicht und er vollführt eine abwehrende und zugleich beruhigende Handbewegung, um zu verhindern, dass sie, angeführt von Hardys Übereifer, gleich ins nächste Schlamassel geraten: „Nun mal ganz langsam, Hardy.“

Wanstohn überhört Jan glattweg: „Nein, wir müssen unsere Kräfte aufteilen. Ich kümmere mich um Dr. Lihn, ihr müsst nach Stagira und den Drachen finden, bevor er in die falschen Hände fällt. Falls ich scheitere, ist das unsere letzte Chance.“

Wanstohn springt auf, kramt ein paar Sachen auf seinem Schreibtisch zusammen und schickt sich an, den Raum zu verlassen. Im Gehen wendet er sich um, winkt den dreien hektisch, ihm zu folgen: „Verlieren wir keine Zeit. Findet Aristoteles, löst das Geheimnis um den Drachen.“ Die Tür fällt mit einem Klacken ins Schloss.

14:27 Uhr, Eingangsbereich der Universität, heutiger Tag

Die architektonische Gestalt des Hauptgebäudes der Bielefelder Universität mag jeden ästhetisch geschulten Blick mit Recht befremden, dient aber angeblich praktischen

Zwecken. Alle Fakultäten, inklusive der Verwaltung, befinden sich unter einem Dach. Das weitläufige Gelände ist zwar rundum befahrbar, aber alle Zugänge für Fahrzeuge sind grundsätzlich abgesperrt, so dass spätestens am frühen Nachmittag auf dem Gelände einigermaßen Ruhe einkehrt. Die nachmittägliche Stille wird bestenfalls hin und wieder für fünf Minuten dadurch unterbrochen, dass eine S-Bahn wissensdurstige Studierende auf ihrem Weg zur nächsten Vorlesung absetzt. Der Anblick der ungeordneten Prozession, die sich dann in Richtung Haupteingang bewegt, bis sie vom gähnenden Maul der Wissensfabrik verschlungen wird, gehört zum alltäglichen Bild. Genau wie der Anblick der Prozession der schon etwas Wissenderen, die auf dem Weg zur S-Bahn von der Uni sanft wieder ausgeatmet werden. In der Zeit dazwischen ist der Vorplatz fast ausgestorben.

An diesem Nachmittag ist es anders, ganz anders. Ein Konvoi dunkler Limousinen brettert mit völlig unangemessener Geschwindigkeit die Zufahrtsrampe zum Hauptgebäude der Universität hoch und bremst vor dem Haupteingang mit quietschenden Reifen ab. Die Türen fliegen auf, eine beachtliche Anzahl Männer in dunkelblauen Overalls springt heraus und baut sich in Windeseile in einer 90-Grad-V-Formation vor dem Haupteingang auf. Alle Männer tragen schwere Waffen und ihre leeren Mienen verraten, dass sie bereit sind, jeden Befehl fraglos auszuführen. Auf ihrer Brust und ihrem Rücken prangt das Logo der S.I.E.kom.

Zuletzt öffnet sich die Fahrertür der zuerst vorgefahrenen Limousine. Matt Bramsen steigt aus. Er schnippt seine fast vollständig abgebrannte Kippe verächtlich durch die Luft, mustert kurz die bereitstehenden Männer und setzt sich an ihre Spitze. Diese geordnete Formation ist kein alltäglicher Anblick an der Uni. Die Männer reißen die Eingangstüren auf und marschieren entschlossen die breite Treppe hoch, ohne auch nur einen Moment ihre Formation zu verlieren. Dabei würdigen sie die kahlen Betonwände genauso wenig eines Blickes wie die ihnen entgegen kommenden Menschen, die automatisch einen Bogen um den bedrohlichen Trupp schlagen. Am oberen Treppenabsatz angelangt, weist Bramsen den Trupp mit wenigen Gesten an, zu warten. Die Blicke der Männer schweifen suchend durch die große Halle, die sich vor ihnen erstreckt.

Der Fahrstuhl hält auf der ersten Etage. Hardys Hand zuckt in Richtung der Türen, als versuche er sie wiederum zu öffnen, ohne sie zu berühren. Jan sieht die Bewegung aus den Augenwinkeln und kann sich nicht länger zurückhalten. „Na trainierst du wieder deine telekinetischen Fähigkeiten?“, fragt er mit larmoyantem Lächeln.

Hardy fühlt sich zwar ertappt, erklärt aber mit entwaffnender Selbstverständlichkeit: „Nein, ich übe mich im Gebrauch der Macht.“

„Ach ja!“, schnappt Jan lachend, während die Fahrstuhltüren auseinandergleiten. Die vier biegen nach rechts ab, treten durch die Glastür und befinden sich auf der Galerie, von der man einen guten Überblick über die gesamte Halle hat. Die Galerie wird durch Brücken, auf denen sich kleine Stehcafés befinden, an drei Stellen jeweils mit der gegenüberliegenden Seite verbunden. Jan, Hardy, Lukas und Wanstohn schicken sich an, die dem Haupteingang am nächsten gelegene Brücke zu überqueren.

Die Gäste des Stehcafés sind in Gespräche vertieft. Auch Studentin Svenja, bis sie aufblickt und Jan auf sich zukommen sieht. Ihre Freude darüber, ihn wiederzusehen, hält sich durchaus in Grenzen, nachdem er sie erst kürzlich zum wiederholten Male versetzt hat. Trotzdem findet sie Jan interessant. Interessanter als die meisten anderen Kommilitonen jedenfalls. Sie unterbricht ihre Gesprächspartnerin, entschuldigt sich freundlich, steht auf und stellt sich Jan mitten in den Weg. „Hallo Jan, mein Lieber“, begrüßt sie ihn mit Grabesstimme, die ihre Worte konterkariert, aber von einem hinreißenden Augenaufschlag begleitet wird, wie Jan sachkundig feststellt.

Im selben Augenblick hebt Bramsen unten in der Halle seinen Kopf.

Die Ohrfeige von Svenja erwischt Jan völlig unerwartet. „Wollten wir nicht zusammen einen Kaffee trinken gehen?“, schimpft sie mit dem Blick einer zürnenden Göttin.

„Ich würde ja gern ...“, will Jan zu einer Erklärung ansetzen.

„Da oben!“, brüllt Bramsen, als er die Gesuchten entdeckt. Ein S.I.E. Agent reißt sofort seine Waffe hoch und nimmt die Galerie unter Beschuss.

Die Wucht der Kugel wirft Svenja in Jans Arm. Hardy sieht, wie sich ein Blutfleck auf dem weißen T-Shirt ausbreitet, und reagiert am schnellsten: „Runter, Mann!“ Er reißt Jan und Lukas zu Boden. Wanstohn lässt sich einfach fallen, als die Kugeln das kleine Stehcafé zersieben. Die Studierenden auf der Galerie, die eben noch in Gespräche oder Bücher vertieft waren, springen schreiend in Deckung. Panik bricht aus.

Lukas reißt Jan hektisch am Arm: „Wir müssen hier weg!“

Hilflos schaut Jan von Lukas zu Svenja: „Ich kann sie doch nicht einfach so liegen lassen.“

Hardy blickt sich gehetzt um und packt Jan am Kragen.

„Du musst, sonst bist du der Nächste", spricht er eindringlich auf Jan ein und winkt Dennis, einen weiteren Kommilitonen, herbei, der nahebei unter einem Tisch kauert. „Dennis, kümmer dich um Svenja." Der Angesprochene kriecht widerspruchslos heran.

Vorsichtig legt Jan Svenja in Dennis Arme. „ Pass gut auf sie auf", bedeutet er Dennis flehend. Sein Blick ist weich geworden, als er Svenja ansieht: „Tut mir leid, Svenja, wir holen den Kaffee nach. Ich muss los. Dennis kümmert sich um dich."

Svenja Augen flackern, als sie Jan offensichtlich unter Schmerzen antwortet: „Es geht schon Jan. Los, hau ab!"

Jan fühlt sich, als habe man ihm flüssiges Eisen in den Rachen gekippt. Er ist hin und her gerissen. Einerseits könnte er nie wieder ruhig schlafen, sollte er Svenja so im Stich lassen, andererseits weiß er, dass alles umsonst war, was sie bisher erdulden mussten, wenn er nun seinem Gewissen nachgibt und bei Svenja bleibt. Die S.I.E. Agenten stürmen bereits die Treppe hinauf. Er hat keine Wahl. „Ich werde es dir erklären, versprochen." Äußerst widerwillig lässt Jan sich endlich von Hardy mitziehen. Lukas und Wanstohn folgen ihnen.

Jan, Lukas, Hardy und Wanstohn stürzen die Treppe auf der anderen Seite des Stehcafés hinab. Im selben Moment tauchen oben die S.I.E. Agenten auf. Am Fuß der Treppe, rasen die vier in Richtung des erstbesten Hörsaals. Zwei S.I.E. Agenten, die den Befehl hatten, am Fuß der Treppe zu warten, erblicken die Flüchtenden und nehmen sofort die Verfolgung auf.

Der Hörsaal ist leer, als die vier die Stufen herunterspringen. Selbst Wanstohn nimmt bei jedem Schritt mindestens drei Stufen auf einmal. Unten schlüpfen sie durch eine weitere Tür, die aus dem Saal führt, dicht gefolgt von den beiden S.I.E. Agenten. Die vier sprinten durch die langen, unterirdischen Gänge der Universität, ohne ein konkretes Ziel vor Augen zu haben.

Lukas, der inzwischen an letzter Stelle läuft, hört die schweren Stiefel der S.I.E. Agenten hinter sich auf den Beton stampfen.

Ohne weiter darüber nachzudenken, reißt Jan die nächstbeste Tür auf. Sie führt direkt in die Küche der Mensa, die um diese Uhrzeit bereits vollkommen verwaist ist. An unzähligen Kochtöpfen, riesigen Herden und diversen Förderbändern für die fertigen Speisen stürmen Wanstohn, Jan und Hardy vorbei. Lukas entdeckt am Rand einen vollen Putzeimer, den er im vollen Lauf mit einem geschickten Tritt so hinter sich zirkelt, dass sich das Wasser über die Fliesen des Küchenbodens ergießt. Er blickt sich kurz um und betrachtet zufrieden sein Ergebnis, ohne sein Tempo zu verlangsamen. Seine Gefährten verlassen soeben durch die rückwärtige Tür die Küche. Hinter Lukas öffnet sich die Tür. Die beiden S.I.E. Agenten rasen herein. Die Pfütze bemerken sie erst in dem Moment, als sie den Boden unter den Füßen verlieren und äußerst unsanft auf die harten Fliesen schlagen.

Zwanzig Meter weiter lacht Lukas sich ins Fäustchen, übersieht dadurch aber seinerseits eine weitere Pfütze, rutscht weg und knallt mit dem Kopf gegen eines der Förderbänder. Im Vergleich zu der Angst, die ihn jetzt überfällt, ist der pochende Schmerz in seiner Schläfe geradezu lächerlich.

Die Tür, durch die sie kurz zuvor hereingekommen sind, wird ein weiteres Mal aufgerissen und ein schier endloser Strom S.I.E. Agenten ergießt sich in die Küche. Lukas rappelt sich schnell auf und krabbelt geräuschlos hinter das Förderband, bevor die Agenten ihn entdecken können. Übelkeit steigt in ihm auf. Er kauert sich zusammen und hält den Atem an.

Die Tür, durch die Hardy, Jan und Wanstohn geflohen sind, fällt lautstark ins Schloss. Das rhythmische Stampfen schwerer Stiefel nähert sich Lukas' Versteck. Er wünscht sich fast, sein Herz bliebe stehen, so laut dröhnt der Herzschlag in seinem Kopf. Auf seiner Stirn bilden sich Schweißperlen, die Muskeln verkrampfen sich. Fieberhaft sucht er nach einer Möglichkeit, seine Glieder zu strecken, als die stampfenden Schritte leiser werden. Die S.I.E. Agenten stürmen an seinem Versteck vorbei, öffnen die hintere Tür und setzen den anderen nach.

Erleichtert atmet Lukas tief durch und streckt ein Bein aus. Dabei stößt er mit dem Kopf gegen das Blech des Förderbandes, wodurch ein hohles Klappgeräusch erklingt. Lukas schrickt zusammen, irgendetwas sagt ihm, dass er nicht allein im Raum ist. Und tatsächlich, der letzte S.I.E. Agent, eben noch im Begriff, seinen Kollegen zu folgen, hält mitten in der Bewegung inne. Misstrauisch hebt er seine Waffe, während seine Augen die Küche auf der Suche nach der Quelle des Geräusches scannen. Auf Zehenspitzen, um jedes unnötige Geräusch zu vermeiden, tastet er sich langsam zurück in die Küche. Er spürt, dass sein Opfer nahe ist. Lukas verflucht sich unterdessen für das gewählte Versteck. Er ist praktisch blind. Hebt er den Kopf, wird der andere ihn mit Sicherheit sehen. Hebt er ihn nicht, hat er keine Ahnung, aus welcher Richtung der S.I.E. Agent kommen wird.

Hardy, Jan und Wanstohn laufen einfach immer weiter, reißen Türen auf, stürzen hindurch und die Türen fallen hinter ihnen wieder ins Schloss. Wanstohn spürt, dass seine Kondition ihn langsam im Stich lässt. Am Ende eines längeren Flurs bedeutet er Jan und Hardy gestenreich stehen zu bleiben. „Ich lenke sie ab, versteckt euch hier irgendwo. Wenn sie weg sind, macht ihr euch sofort auf den Weg nach Griechenland. Findet den Drachen. Er ist der Schlüssel!“, erklärt er nach Atem ringend.

Hardy greift Wanstohn übermäßig vertrauensvoll an die Schulter und sucht dessen Blick. Seine Augen glänzen voller Verzweiflung. Er will nicht wahrhaben, was Wanstohn eben gesagt hat, will einen anderen Vorschlag unterbreiten, aber Wanstohn kommt ihm zuvor, indem er ihn und Jan in einen schmalen Verschlag schiebt. „Dafür ist keine Zeit. Los, rein hier. Konzentriert euch auf die Aufgabe“, sagt er ernst. „Rein da. Und keine Widerrede!“

Unfähig, dem etwas zu entgegnen, lässt Hardy sich mit Jan in den Verschlag schieben. Ihm entgeht nicht, dass die Bewegungen des Professors fahrig sind, und Wanstohns Blick, als er die Tür schließt, zeigt Angst. Todesangst.

„Komm raus, ich finde dich sowieso“, flüstert der S.I.E. Agent lockend, als wolle er ein Kaninchen aufscheuchen. Angespannt lauscht er in den Raum, während er weiter geräuschlos die Reihen der Förderbänder abschreitet. Hinter dem letzten Förderband vernimmt er leise Atemgeräusche. Zufrieden, seine Beute gefunden zu haben, entsichert er seine Waffe.

Am Ende des Flures entdeckt ein S.I.E. Agent einen aufgeregt mit den Armen herumwedelnden Professor Wanstohn. Angespornt durch die Aussicht auf eine Belohnung für den Fund, stürmt er mit vorgehaltener Waffe auf den Wissenschaftler zu. Nur einen Wimpernschlag später entdecken auch die anderen Agenten den Gesuchten und hetzen hinterher.

Wanstohn sieht die Agenten kommen, erklimmt die nächste Treppe und beginnt lautstark zu brüllen: „Los, los! Sie sind da. Hier rauf, einer muss die Mission zu Ende bringen."

Den letzten Schritt um das Förderband herum vollendet der S.I.E. Agent mit einem großen Satz. Die Jagd ist zu Ende. Er hat sein Opfer gestellt und bläst im Sprung zum großen Halali. Während er neben dem Förderband landet, zielt er genau auf die Stelle, an der Lukas sitzt, bereit, sofort abzudrücken, sollte dieser piseligge kleine Student auch nur mit der Wimper zucken. Aber dann entfährt dem Agenten nur ein überraschtes Keuchen. Alles, was er sieht, ist eine kleine weiße Soundplate, aus deren Speaker hektische Atemgeräusche tönen. Die hintere Tür klackt erneut ins Schloss, als Lukas hindurchschlüpft. Der S.I.E. Agent wirbelt herum und setzt Lukas wutschnaubend hinterher.

Wanstohn hat die Treppe nach oben noch nicht ganz bewältigt, als die S.I.E. Agenten an Jans und Hardys Versteck vorbeirennen. Der Professor hört sie am Fuß der Treppe kommen, aber er wendet sich nicht um, sondern mobilisiert seine letzten Reserven, um oben die Tür zu erreichen, bevor die Verfolger ihn einholen können. In der Tat holen die Agenten auf und verfallen dabei in ein Triumphgeheul.

Hardy und Jan schieben vorsichtig die Tür des kleinen Verschlags auf und schauen den S.I.E. Agenten hinterher, die oben durch die Tür verschwinden. Jan atmet auf, wirft aber sofort grübelnd die Stirn in Falten. Mit einer Hand deutet er zuerst in die Richtung, in der Wanstohn und die Agenten verschwunden sind, und anschließend zurück in die Richtung, aus der sie kamen. „Sag mal", beginnt er nachdenklich, „hast du eine Ahnung, wo unser Junior steckt?"

Hardy, der angestrengt nach oben lauscht, fährt erschrocken herum. Ihm ist nicht aufgefallen, dass Lukas fehlt. „Ich dachte, er wär' hinter dir", sagt er vorwurfsvoll.

„Dachte ich, dachte ich", platzt Jan ärgerlich heraus, als völlig unverhofft Lukas angerannt kommt.

„Wo ist Wanstohn?", fragt Lukas atemlos.

Jan, froh darüber, Lukas zu sehen, fährt ihn an, um sich seine Erleichterung nicht anmerken zu lassen: „Junior, was glaubst du eigentlich? Das ist hier kein Ponyhof! Wir sind jetzt die Agenten. Während du dir den Wanst vollgeschlagen hast, haben wir …"

Der Knall eines gedämpften Schusses, gefolgt von einem Schmerzensschrei, unterbricht Jans Strafpredigt.

Hardy, eben noch erleichtert, dass Lukas heile angekommen ist, zuckt zusammen. „Wanstohn", flüstert er fassungslos, um den Namen gleich darauf lauter zu wiederholen. „NEIN!", brüllt er schließlich halb schluchzend und von blinder Raserei erfasst.

Jan packt sofort zu und versucht, den tobenden Hardy festzuhalten. Im selben Moment erscheint der S.I.E. Agent, den Lukas in der Mensaküche abgehängt hat. Hardy reißt sich mit schier übermenschlicher Kraft aus Jans Griff los und streckt den Agenten mit einem einzigen Schlag, Marke Bahnschranke, zu Boden. Dann dreht er sich ansatzlos um die eigene Achse und rast blindlings die Treppe hoch, die der alte Mann kurz zuvor erklommen hatte.

Lukas und Jan zögern nur kurz und hetzen hinter Hardy her, der wie von Sinnen die Treppe, immer drei Stufen auf einmal nehmend, emporsprintet. Dabei flucht er brüllend alles heraus, was ihm in den Sinn kommt, nur um oben jäh zu stoppen, als er durch die gläserne Tür erkennt, wie die S.I.E. Agenten direkt auf ihn zu laufen. Überrascht, aber nur mit einer Millisekunde Verzögerung, macht Hardy auf dem Absatz kehrt und springt die Treppe wieder hinunter, wobei er Jan und Lukas, die dicht hinter im sind, fast über den Haufen rennt. Geistesgegenwärtig schubst Jan Lukas beiseite, so dass Hardy zwischen ihnen hindurchspringen kann, bevor sie ihm nachsetzen. Querschläger pfeifen ihnen um die Ohren, als die S.I.E. Agenten das Feuer eröffnen. Dann sind Hardy, Jan und Lukas durch die nächste Tür, schlagen einen Haken um die nächste Ecke und sprinten weiter was die Lungen hergeben.

Unterwegs schimpft Jan lautstark vor sich hin, um seiner Anspannung Luft zu machen: „Fabelhaft, Herr Hart. Jetzt kommen wir sicherlich ganz unbemerkt hier raus."

Hardy ergeht es nicht anders. „Jawohl, Herr Flamingo, das kommen wir", presst er zwischen den Zähnen hervor.

„Und der Herr Hart hat uns sicherlich auch schon ein Erste-Klasse-Ticket reserviert", wütet Jan unverdrossen weiter.

Sie stürzen ziellos durch die unterirdischen Gänge, während Hardy weiter vor sich hin flucht: „Ja, genau Herr Flamingo, mit blonder ‚Am-Platz-Bedienung', aber nur für Lukas und mich."

Lukas, der hinter den beiden Streithähnen herläuft, schüttelt verständnislos den Kopf, bis ihm etwas einfällt: „Wie wär's, wenn wir die U-Bahn nehmen?"

„Wanstohns Station?", ruft Jan überrascht aus. „Guter Plan. Los, zum Fahrstuhl."

Das unsichtbare Gestampfe der S.I.E. Agenten folgt ihnen. S.I.E. holt auf.

Nach wenigen Minuten haben sie den unscheinbaren Fahrstuhl gefunden, reißen die Tür auf und springen hinein. „Wie ging noch mal der Code?", fragt Hardy.

„Wanstohn sagte: 1 – 1 – 01."

Hardy versucht, das Getrampel der näherkommenden Schritte zu ignorieren, während er den Code eingibt und Lukas die Tür hinter ihnen zuknallt. Sie wähnen sich in Sicherheit, als plötzlich Matt Bramsens puterrotes Gesicht im kleinen Fenster des Fahrstuhls erscheint, während der sich in Richtung Untergeschoss in Bewegung setzt. Jan grüßt spöttisch zu der kleinen, nach oben verschwindenden Scheibe hinauf. „Schnellkraft will trainiert sein", grinst er, nicht ganz sicher, ob der Mann ihn wirklich gehört hat.

Zwei S.I.E. Agenten eröffnen zeitgleich das Feuer auf den Fahrstuhl. „Scheint, die sind echt sauer", bemerkt Jan lakonisch und nur ein paar Meter tiefer, außerhalb der Schusslinie.

Unten angekommen, stoßen sie die Tür des Fahrstuhls auf und folgen eilig dem Gang, der zum Büro von Herrn Folke führt. Der schaut erstaunt von seiner Zeitung auf, als die drei durch den Raum auf ihn zu halten. So viel Betrieb ist er hier unten seit der Einweihung der Universität nicht mehr gewohnt. Hardy hält kurz bei Folke an. „Bitte schalten Sie den Strom ein, schnell", jappst er eindringlich. Folke erkennt offenbar die Dringlichkeit des Anliegens, legt sofort einige Schalter um und beugt sich anschließend wieder über seine Zeitung. Jan, Hardy und Lukas fliegen die Treppe am Ende des Raums hinab.

Zwischenzeitlich kehrt der Fahrstuhl zurück ins erste Untergeschoss, wo Bramsen mit den S.I.E. Agenten höchst ungeduldig wartet. Schnell verschwinden die Männer im Fahrstuhl. Mit dem richtigen Gefühl für das falsche Timing schaut Agent Damien sich im Fahrstuhl um: „Wo sind sie hin?"

Bramsen stößt Damien grob gegen die Armatur: „Der

Kleine meinte doch 1 – 1 – 01. Los, check das." Damien, dankbar für die Aufmerksamkeit, tippt hektisch die Kombination ein. Der Fahrstuhl tritt erneut die Fahrt nach unten an.

Das Letzte, was Herr Folke sieht, bevor ihn ein fürchterlicher Schlag am Kopf trifft, ist der rote Fuß eines Feuerlöschers. Bramsen lässt den Feuerlöscher achtlos fallen. „Ha, hier kommen sie nicht mehr raus. Alarm für alle Sektionen", befiehlt er. Dann zückt er mit schnellem Griff sein Handy und drückt die Kurzwahltaste. Keine Sekunde später ist Somo Bishi am Apparat. „Bishi, unter der Uni gibt es scheinbar eine U-Bahn. Wir verfolgen sie weiter", kommentiert er den Stand der Dinge.

„Sehr gut, Bramsen, bleiben Sie dran", lächelt Bishi selbstzufrieden, während er voller Erhabenheit den Ausblick auf die Stadt von der Terrasse des S.I.E.kom Towers genießt. Sheran ist gegangen und Bishi spürt, wie seine Macht mit jedem Atemzug wächst. Selbstgefällig ist er außerdem schon lange davon überzeugt, dass eine gute Motivation der Mitarbeiter allein eine Frage der richtigen Argumente ist.

„Niemand wird uns bremsen!", tönt Bramsen selbstbewusst aus dem Hörer.

Für seine Verhältnisse zeigt Bishi sich außerordentlich gut gelaunt. Aufgrund der Gewissheit, dass Rita Lihn sich als lohnender Zuwachs für ihre Unternehmung erweisen wird, mischt er einen gönnerhaftem Unterton in die Kommandos, die er an Bramsen weitergibt: „Wir brechen in Kürze nach Stagira auf, schicken Sie uns alle Männer, die sie entbehren können."

„Okay", stimmt Bramsen unwillig zu. Unwillig vor allem deshalb, weil Bishi ihm willkürlich seine Männer abzieht. „Ich werde Damien mit einigen Männern zu Ihnen schicken“, entgegnet er ausdruckslos. Es schmeckt ihm überhaupt nicht, dass ein Typ wie Bishi, der den lieben langen Tag nur in seinen Sessel furzt, ihn offensichtlich planlos herumkommandiert und nicht die geringste Ahnung davon hat, wie man eine Kommandoeinheit führt.

„Noch eins, Bramsen, ich möchte Wanstohns Rasselbande unversehrt haben. Wir sollten wissen, was sie wissen“, platzt Bishi in Bramsens Gedanken.

Bramsens Augenbrauen ziehen sich zusammen. Noch weniger als die Tatsache, dass Bishi ihn herumkommandiert, schmeckt es ihm, dass diese drei kleinen Schmeißfliegen, die ihn bereits den halben Tag nerven, nicht mal mehr angekratzt werden dürfen. „Oh, ja, ja, selbstverständlich“, nuschelt er daher nur noch mühsam beherrscht.

Bishi überhört schlichtweg den Ärger in Bramsens Stimme: „Wenn Sie sie haben, verhören Sie die drei und folgen uns dann nach Stagira. Ich informiere Sie über unseren Aufenthaltsort.“ Damit klappt Bishi das Handy zu, um es sogleich wieder aufzuklappen: „Frau Fair, wir werden jetzt nicht länger warten. Treffen Sie alle Vorbereitungen für die Abreise und achten Sie darauf, dass Dr. Lihn uns nicht abhanden kommt.“ Mit sich und der Welt zufrieden, wendet Bishi der Stadt den Rücken zu und kehrt zurück in sein Büro.

Zeitgleich steckt Bramsen sichtlich verärgert sein Handy weg und ruft seinen Agenten zerknirscht zu: „Leute, steckt die Knarren weg. Bishi will sie lebend haben. Ach, und Damien, schnapp dir sieben Männer und kehrt unverzüglich zum Hauptquartier zurück.“

10

14:39 Uhr, geheime Haltestelle unter der Uni, heutiger Tag

Die Lichter der U-Bahn Haltestelle flackern noch, als Jan, Hardy und Lukas auf den Bahnsteig stürzen. Ohne ihr Lauftempo zu verlangsamen, springen die drei in die einladend geöffneten Türen der Bahn. Jan, mit langen Schritten als erster vorne weg, steuert zielbewusst die Fahrerkabine an. Hardy ist direkt hinter ihm. Lukas wartet in der Tür und beäugt misstrauisch den Gang, durch den sie soeben gekommen sind. Irgendwo in seinem Hinterkopf tickt eine rückwärts laufende Uhr, die Alarm schlagen will, sobald die S.I.E. Agenten eintreffen.

Jan wirft sich auf den Fahrersitz. „Weiß jemand, wie man so'n Ding fährt?", ruft er fragend nach hinten.

„Nein, probier einfach alle Knöpfe aus", Hardy schüttelt den Kopf. Jan drückt hektisch sämtliche Knöpfe auf dem Armaturenbrett.

Die Uhr in Lukas' Kopf hört auf zu ticken: „Ich will euch ja nicht beunruhigen, aber sie kommen." Die schemenhaften Umrisse der ersten S.I.E. Agenten tauchen im Durchgang auf und das Gesicht von Matt Bramsen verrät, dass er nicht auf einen Freundschaftsbesuch aus ist. Blitzschnell zieht Lukas seinen Kopf ein und rennt zu den anderen nach vorne.

Lukas' Warnung hat Jan in Panik versetzt. Er hat fast alle Knöpfe durchprobiert, aber die verdammte Bahn schweigt weiterhin. Schließlich haut Jan verzweifelt mit der flachen Hand auf einen weiteren Knopf. „Verdammt!" Im selben Augenblick leuchtet das Armaturenbrett vor ihm auf. Die Bahn springt an. Sofort schiebt Jan den Geschwindigkeitshebel nach vorne. Die Bahn setzt sich zunächst langsam, dann immer schneller werdend, in Gang.

Aber es ist zu spät. Bramsen und die S.I.E. Agenten springen in die anfahrende Bahn, bevor sich die Türen schließen können.

„Hier spricht Matt Bramsen“, ruft er vom hinteren Ende der Bahn, im Brustton vollkommener Überlegenheit. „Ihr gebt besser auf, ihr habt keine Chance. Kommt raus und ihr werdet leben.“

Beim Klang von Bramsens verrauchter Stimme fahren Hardy und Lukas erschrocken herum. Hardy befürchtet, dass die Konfrontation, vor der sie die ganze Zeit geflohen sind, nun unvermeidlich ist.

Lukas mustert die langsam näher kommenden S.I.E. Agenten mit einem Blick. Für ihn ist der Fall sofort sonnenklar: „Sie ham' uns, wir geben besser auf.“

„Nein. Ich hab 'ne Idee“, wiegelt Hardy neben ihm flüsternd ab. „Jan, das sind nur noch sechs Mann, bring die Bahn auf Touren, wenn ich dir ein Zeichen gebe, bremst du abrupt ab.“

Jan nickt unmerklich und schiebt den Geschwindigkeitsregler langsam bis zum Anschlag. Die Bahn donnert durch den langen U-Bahn Tunnel. Hardy stupst Lukas an: „Festhalten“, dann dreht er sich ganz um und geht langsam ein paar Schritte in Richtung der S.I.E. Agenten. Zwischen zwei Sitzreihen bleibt er stehen. „Okay Alter, du kannst uns holen“, knurrt Hardy.

Bramsen und die S.I.E. Agenten kommen näher. Als sie nur noch drei Meter von Hardy entfernt sind, brüllt er: „Jetzt, Jan!“

Jan reißt den Hebel zurück. Die Bahn macht einen harten Satz, als sie fast zum Stillstand kommen. Hardy ist darauf vorbereitet, die S.I.E Agenten nicht. Sie werden durch den Ruck zu Boden geworfen, während Hardy sich an den Haltestangen festklammert. Kaum ist die Trägheit wieder im Lot, wirft Hardy sich nach vorne und fällt wie ein Berserker über die überrumpelten S.I.E. Agenten her, um den ungleichen Kampf zu seinem Vorteil umzumünzen. Hinter Hardy versucht Lukas zu helfen, kommt aber nicht an Hardy vorbei. Zwei S.I.E. Agenten schickt Hardy endgültig zu Boden, bevor sie auch nur Piep sagen können. Um den dritten tänzelt er herum und schiebt ihn zu Lukas durch, der ihn erwartungsvoll mit einem Uppercut seines Knies in Empfang nimmt. Doch dann trifft ein Haken von Bramsen, der sich bislang aus dem Kampf herausgehalten hat, Hardy an der Schläfe und er verliert das Gleichgewicht. Sofort stürzen die übrigen S.I.E. Agenten auf Hardy zu und überwältigen ihn. Bevor Lukas dazwischen gehen kann, blickt er in die Mündung von Bramsens Revolver. Ohne zu zögern pressen die S.I.E. Agenten Hardy und Lukas auf die Sitze und drücken ihnen die Luftzufuhr ab. Bramsen geht in Richtung Fahrerkabine. Mit einem widerlichen Grinsen, bei dem er seine ungepflegten Zähne entblößt, klopft er mit dem Lauf seiner Waffe an die Scheibe der Fahrerkabine, öffnet die Tür und hält Jan die Waffe an den Kopf: „Und jetzt fährst du das Baby schön langsam weiter. An der nächsten Haltestelle steigen wir alle aus wie gute Freunde. Verstanden?"

Jan nickt, sich in sein Schicksal fügend. Vor ihm tauchen aus der Dunkelheit heraus die Lichter einer Haltestelle auf. Er hat keine Ahnung, an wie vielen Haltestellen sie in den letzten Minuten vorbeigekommen sind. Eine, fünf oder keine? Vor der Haltestelle verringert er die Geschwindigkeit. Bramsen bleckt erwartungsfroh die Zähne. Er weiß, dass er für seinen Fang eine Belohnung bekommen wird.

Auf dem unterirdischen Bahnsteig der Haltestelle Jahnplatz herrscht emsiges Treiben. Hier, direkt unter dem Stadtzentrum von Bielefeld, treffen alle Bahnlinien der kürzesten U-Bahn der Welt zusammen. Eine Gruppe trunkener Arminia Fans feiert den letzten Heimsieg der Saison, beziehungsweise hat offensichtlich schon vor längerer Zeit begonnen, ihn zu feiern. Andere Fahrgäste halten Abstand zu dem Trupp, der bedrohlich nahe an der Bahnsteigkante hin und her schwankt. Aus dem Tunnel tauchen die Lichter einer Straßenbahn auf, die zunächst mit überhöhter Geschwindigkeit einrauscht und dann hart gebremst wird.

Jan drückt einen Knopf und steht langsam auf, wobei er die Hände leicht hebt. Die Türen öffnen sich mit monotonem Summen. Mehr torkelnd als aufrecht gehend, wanken die Arminia Fans in die Bahn. Als Jan sie sieht, ruft er sofort, ohne nachzudenken: „Hey, die ham' gesagt, Arminia ist scheiße!“ Bramsen, der hinter Jan gewartet hat, bis der aus der Kabine geklettert ist, streckt ihn mit einem Schlag nieder. Jan wälzt sich stöhnend zwischen den Sitzen.

Ein kräftig gebauter Armina-Fan namens Drago baut sich zur vollen Körpergröße auf, was trotz seiner knapp einssiebzig immer noch imponierend genug ist, da seine langen Dreadlocks in Zeitlupe um sein Gesicht herum schwingen: „Ey, was ey“, donnert er mit lupenreinem südeuropäisch-deutschem Akzent.

„Schnauze“, tönt ein S.I.E. Agent zurück.

Arminia-Fan Jessi, die seit endlos langen Jahren damit beschäftigt ist, den Freunden aus dem Fan-Club Manieren beizubringen, setzt eine strenge Miene auf: „Das ist aber kein feiner Umgangston.“

„Spinnen die?“, untermauert die mit Bildung nur von Ferne in Berührung gekommene Chantal Jessis' Aussage.

„Ach ja“, knurrt Bramsen genervt von dem offensichtlichen Zwergenaufstand. „Und nun?“

Der Italiener Vincenze, in seinem Fan-Outfit kaum als solcher zu erkennen, reibt sich geräuschvoll seinen struppigen Drei-Tage-Bart: „Sieben gegen drei ist auch …“, Vinnie sucht nach dem passenden Ausdruck.

„Sagen wir unfair“, vollendet das Bielefelder Urgewächs Benni möglichst diplomatisch Vinnies Überlegungen. Alle Arminia-Fans nicken zustimmend.

Lisa, die heimliche Anführerin der Fans, reibt sich freudig entschlossen die Hände: „Werfen wir die saubere Bande doch raus!“

Noch ehe die S.I.E. Agenten realisieren, was mit ihnen geschieht, leisten die Arminia-Fans schon ganze Arbeit. Während Drago in vorderster Reihe einen S.I.E. Agenten auf den nächsten wie einen halbvollen Kartoffelsack stapelt, Vinnie jeden Agenten mit einem kurzen Haken begrüßt, verfrachtet Hähnchenverkäufer Richard die verarzteten Agenten mit einem gezielten Tritt auf den Bahnsteig. Hinter ihm verteilt Vito flinke Ohrfeigen an die S.I.E. Agenten, die ihm von Lisa, Jessi und dem schmächtigen Frank im Akkord angereicht werden, nachdem Berliner Schnauze Ronni die S.I.E Agenten mit einigen Ju-Jutsu-Kniffen kampfunfähig gemacht hat. Dabei geht er schneller vor, als zuweilen Chantals Fuß ihnen einen spitzen Tritt in den Allerwertesten verpassen kann. Nur der friedfertige Benni hält sich, seine Hände zum Gebet verschränkt und die Augen zur Decke gewandt, zurück. Freilich hindert ihn dies nicht daran, jedem S.I.E. Agenten, der an ihm vorbei kommt, ein Bein zu stellen, so dass die Agenten auf dem Bahnsteig eine Kinnbremse hinlegen, bis als letztes Bramsen in hohem Bogen hinterherfliegt.

In der Zwischenzeit ist Jan wieder einigermaßen beieinander. Sein Schädel brummt zwar nachhaltig, aber er wirft sich geistesgegenwärtig wieder auf den Fahrersitz, schließt rasch die Türen und schiebt den Beschleunigungshebel nach vorne durch.

Die Bahn springt förmlich voran, was von den Fans mit einem fröhlichen Aufschrei kommentiert wird. Im mittleren Teil des Wagens spielen sich anschließend unbeschreibliche Szenen der Freude ab, die in etwa die gleiche Intensität erreichen, als habe Arminia erneut seine Rolle als ungeschlagener Rekordaufsteiger bestätigt. Die Fans führen, begleitet von einem archaischen Singsang, rituelle Tänze auf, bei denen sie sich ständig gegenseitig abklatschen und dann und wann Stoßgebete zum Himmel schicken.

Nur Benni blickt noch immer ungerührt durch die geschlossene Tür und schüttelt mit verständnisloser Miene seinen Kopf: „Immer diese Gewalt."

Hardy schnappt auf seinem Sitz nach Luft: „Danke Leute, das war Rettung in letzter Sekunde."

Lisa hängt sich beinahe mit ihrem kompletten Gewicht in den Haltegriff, während sie sich um die eigene Achse dreht, vor Hardy elegant lallend anhält und sich auf den gegenüberliegenden Sitz plumpsen lässt: „Kein Problem."

„Wenn sich einer mit Bielefeldern anlegt, dann legt er sich mit uns allen an." Der bislang stumme Arminia-Fan Vito fuchtelt bedeutungsschwanger mit dem Finger in der Luft herum. Wenngleich jeder seiner Freunde genau weiß, dass er einmal mehr aus Spiderman zitiert, lassen sie ein zustimmendes Raunen vernehmen.

Naja, besser gesagt, weiß das fast jeder, denn Chantal reißt völlig begeistert die Arme in die Luft, als Vito seine Ansprache beendet. „Genau, wir hier, Bielefeld!"

Niemand kann genau sagen, ob sie die Worte verstanden hat oder ob sie einfach von ihrer eigenen endlos elaborierten Rhetorik begeistert ist, mit der sie nun auch einen Wortbeitrag leisten konnte. Spielt auch keine Rolle, die Arminia-Fans applaudieren. Freunde.

Am Bielefelder Rathaus endet der unterirdische Abschnitt und die Fahrt geht überirdisch weiter. Wieder im Freien und bei Tageslicht spürt Jan den Rausch des Bahnfahrens erst richtig. Das sanfte Gleiten über ebene Abschnitte, das heftige Gepolter über Unebenheiten und Weichen versetzt ihn in einen Flowzustand. Entsprechend wird die Bahn aus dem Tunnel vielmehr ausgespien, als dass sie sittsam auf die nächste Haltestelle zurollt. Keine Chance, dass Jan jetzt anhält. „Können wir euch irgendwo hinbringen?“, ruft er begeistert über die Schulter.

Richard spielt an seinem prolligen, mehr aufgesplissten, als aufgezwirbelten Schnauzbart: „Wir wollen zu die Ronni.“ Richard spricht, als klemme ihm ein Socken zwischen den Zähnen und spätestens beim lang und hoch gezognen ‚i‘ von Ronni wird der französische Akzent unüberhörbar. „Er wohnt in die Senne. Wir machen die Barbecue.“ Die Erklärung endet in einem weiteren Crescendo, das einer Grußbotschaft aus dem Neandertal nahe steht.

„Ihr kommt mit, ihr müsst etwas essen“, erklärt Vito so bestimmt, dass jeder Widerspruch schon im Ansatz erstickt wird.

Hardy schaut Vito dankbar an: „Sorry, beim nächsten Mal gerne, aber wir haben's eilig.“

Aus Vitos Richtung ist ein scharfes Zischen zu vernehmen und seine Hände fahren himmelwärts. Eine Einladung zum Essen würde kein Italiener, der recht bei Verstand wäre, ausschlagen.

Jessi schiebt sich in Richtung Fahrerkabine an ihnen vorbei. Sie trägt den Gesprächsfaden zu Jan und flirtet ihn unverhohlen an: „Hey, schöner Mann. Wieso das denn?“ Niemand widersteht ihrer elfengleichen Stimme. Jan sowieso nicht. Ohne zu zögern, lädt er Jessi mit einer Geste ein, sich zu ihm zu setzen. „Wenn du so nett fragst“, strahlt er über das ganze Gesicht, „komm her, mein Mädchen, setz dich zu mir, ich erzähl es dir.“

Jessi nimmt bereitwillig auf Jans Schoß Platz und lugt kurz nach hinten. „Oh, ein Gentleman“, grinst sie, um dann mit ihrem Kopf in der Fahrerkabine zu verschwinden.

Am Landgericht biegt die Bahn rechts ab. Lisa nimmt die Bewegung kaum aus den Augenwinkeln wahr. „Cool, unsere eigene Bahn“, stellt sie zufrieden in die Runde blickend fest, um gleich darauf einen echten Gassenhauer Klassiker aus dem Stadion anzustimmen, dessen Textverständnis selbst Chantal keine Probleme bereitet. Lautstark beteiligt sie sich an dem nun einsetzenden vielstimmigen Gesang. Als der Gesang nach einer Weile abebbt, kratzt sie sich am Kopf, als würde sie nachdenken: „Was war’n denn das für Typen, ey?“

Hardy, der eben noch den Kopf auf die Hände stützte, um sich unbemerkt die Ohren zuzuhalten, richtet sich vorsichtig auf: „Das ist ’ne längere Geschichte.“

„Wir ham’ Zeit“, stellt Benni trocken, für alle sprechend, fest.

Lukas holt tief Luft: „Bei Ausgrabungen auf der Sparrenburg wurde ein Dokument gefunden.“

„Nö, escht?“, mit weit aufgerissenen Augen und schier überschnappender Stimme taucht Frank aus Dresden völlig unvermittelt, wie im Kasperletheater, hinter einer Sitzbank auf. Er legt seine Arme auf den Sitz und blickt Lukas erwartungsvoll an.

Jan treibt die Bahn derweil die Artur-Ladebeck-Straße in Richtung Brackwede hoch. Er spürt den Rhythmus der

Schienen, die unter ihnen dahin gleiten, während Jessi ihm zigtausend kitzelnde Komplimente ins Ohr flüstert. Das ist Samba. Die Zeit verfliegt.

„Und dann sind wir mit der Bahn aus der Uni geflohen", schließt Lukas seinen Bericht.

Lisas Empörung über das Gehörte lässt sie einen kurzen Augenblick völlig nüchtern wirken: „Unmöglich find ich das! Was ist mit dem Professor?"

Hardy blickt traurig aus dem Fenster: „Wir wissen nicht, ob Wanstohn noch lebt. Sein letzter Auftrag an uns war, dass wir nach Griechenland sollen, um eine Mission zu erfüllen."

„Wir haben nur keine Ahnung, wie", bekräftigt Lukas.

Ronni hat es sich, über drei Plätze verteilt, bequem gemacht. Die dunklen Gläser seiner Pornobrille verbergen, ob er schläft oder wach ist, bis er sich in das Gespräch einschaltet. „Ick würd ja 'ne Maschine am Bielefelder Flugplatz nehmen, wa?", kommentiert er in seiner völlig relaxten Haltung, ohne einen Muskel mehr als nötig zu rühren.

„Die haben doch keine Flugzeuge, die bis Griechenland fliegen", antwortet Lukas überzeugt.

„'türlich ham' die das", widerspricht Vincenze.

„Woher weißt du denn das?", fragt Benni, während sein Blick wie bei einem Tennismatch hin- und herspringt.

Vincenze schaut prüfend zu Benni und wartet, bis der zurückschaut. Dann fängt er dessen Blick auf und nickt zu Vito herüber.

„Ich habe einen Schwager, der fliegt solche Strecken. Ich werde das überprüfen", bestätigt Vito die Aussage von Vincenze. Mit einer einzigen sicheren Bewegung, die auf den jahrelangen Umgang mit einem Klappmesser schließen lässt, zückt er sein Handy und klappt das Display hoch.

„Das Problem ist, wie kommen wir aus der Bahn?",

fragt Hardy in die einsetzende Stille, die von ein wenig Gekicher aus der Fahrerkabine unterbrochen wird.

Lisa winkt lässig ab: „Aaach, das machen wir schon."

In der Zentrale der S.I.E.kom ist es ruhig geworden. Die Monitore blinken unaufgeregt vor sich hin. Jacques und Helga hängen ihren eigenen Gedanken nach, bis Jacques sich mit einem verstohlenen Blick an Helga wendet: „Ganz schön still hier, wenn alle weg sind."

„Find ich auch", stimmt Helga geistesabwesend zu, um dann mit verträumter Stimme fortzufahren, „ich würd auch gern mal nach Griechenland fahren."

„Stimmt, aber so haben wir endlich mal Zeit für uns", flötet Jacques, der sich auf seinem Stuhl von links nach rechts dreht. Helga lächelt versonnen. „Was macht Deine Schulter?"

Jacques dreht sich weiter auf seinem Stuhl hin und her. Betont beiläufig schaut er an sich herab. „Och, das geht schon", erklärt er so männlich wie möglich, um seine Verlegenheit zu kaschieren. Schließlich nimmt er allen Mut zusammen und hält nach einer erneuten 45 Grad Drehung auf dem Stuhl exakt vor Helga an: „Du, was ich dir noch sagen wollte …" Das Läuten des Telefons unterbricht ihn mitten im Satz. Jacques' Hand zuckt automatisch zum Hörer, wobei er unwillig das Gesicht verzieht. Er wartet einen kurzen Augenblick, ordnet seine Gesichtszüge und nimmt ab: „Hier beim Städtischen Interessenverband Energie und Kommunikation."

Aus der Leitung quäkt Bramsens gereizte Stimme, der soeben die letzten drei Stufen hinauf ans Tageslicht mit einem Satz nimmt: „Hier Bramsen. Wanstohns Bande sitzt mit besoffenen Arminia-Fans in irgendeiner Bahn, findet raus, in welcher."

Jacques fährt kerzengerade in seinem Stuhl hoch und blickt auf die Uhr: „Schon so spät? Herr Bramsen, um diese Zeit ist das etwas schwierig, das Spiel endete vor 30 Minuten. Die Stadt ist um diese Zeit voll mit Arminia-Fans."

Am anderen Ende der Leitung ballt Bramsen seine freie Hand zur Faust. „Quatsch keine Opern, überwacht alle Haltestellen und bringt mir Ergebnisse", zürnt Bramsen erbost durch den Hörer.

Helga, einer plötzlichen Eingebung folgend, hängt ihr Ohr an die andere Seite des Hörers. Ihre plötzliche Nähe bringt Jacques völlig aus dem Konzept: „O…, o…, okay, sch… schon dabei. Übrigens, mit einem ‚Bitte' ginge es noch schneller, Herr Bramsen." War es wirklich Jacques, der diese Worte gesprochen hat?

Helga schaut ihn schwer beeindruckt, aber auch ein wenig erschrocken, an. „Gib ihn mir mal", flüstert sie und nestelt am Telefonhörer herum.

Jacques zieht den Hörer zurück, hält die Sprechmuschel zu und zischt: „Das geht doch nicht."

Helga bleibt davon völlig unbeeindruckt und entwendet ihm kurzerhand den Hörer: „Entschuldigung, Herr Bramsen, wenn wir die Agenten aufspüren, dürften wir dann auch mit nach Griechenland?"

Bramsen glaubt sich verhört zu haben: „WAS? Ich glaub, es hackt!" Seine Stiefel klacken laut über den Gehweg, als er sich in Richtung Rathaus in Bewegung setzt.

„Hören Sie", fährt Helga unbeirrt fort, „wir könnten uns als nützlich erweisen. Jacques hat ein Verfahren entwickelt, mit dem computergestützt Bodenverhältnisse analysiert werden können."

Bramsen steht die Verblüffung förmlich ins Gesicht geschrieben. „Was soll das sein?", nuschelt er verständnislos in sein Handy.

Helga ahnt, dass sie Bramsen verwirrt hat und will sich die Gelegenheit nicht entgehen lassen. „Ganz einfach, wenn es Hohlräume im Boden gibt, dann können sie das mit Hilfe dieses Verfahrens ausfindig machen. Beispielsweise in der Größe von Gräbern“, erklärt sie sachlich.

Tatsächlich horcht Bramsen bei den letzten Worten auf. Jacques blickt Helga entsetzt an. Kündigung, Kopfschuss oder beides, fährt es ihm durch den Kopf. Vor seinem geistigen Auge setzt er bereits sein Testament auf.

Bramsen wittert jedoch die Chance, in der Hierarchie der S.I.E.kom aufzusteigen. „Na gut, wenn ihr Hart, Gugell und Flamingo wirklich findet, dürft ihr mitkommen. Packt die Geräte ein und organisiert uns den nächsten Flug von Paderborn“, kommandiert er kurz und knapp in sein Handy, um das leidige Gespräch zu beenden.

Der spitze Schrei, der als nächstes an sein Ohr dringt, zerreißt ihm beinahe das Trommelfell. Helga springt in der Zentrale auf und zelebriert einen kurzen Freudentanz, bei dem sie Jacques beinahe umwirft. „Hurra. Ich hab schon mal nachgeschaut. Der nächste Flieger geht bereits in einer Stunde. Vielen Dank, Herr Bramsen“, ruft sie überglücklich.

Bramsen schaut sich um und wundert sich, dass nicht jeder auf der Straße diesen Aufschrei mitbekommen hat. Wenn der Flug in einer Stunde geht, ist das wohl kaum zu schaffen, denkt er noch, als neben ihm ein grünes 76er Alfa Cabriolet zum Stehen kommt. „Ja, du mich auch“, brummt Bramsen abschließend in sein Telefon, bevor er es zuklappt. Ohne den Motor abzuschalten, springt der Fahrer des Alfas aus seinem Wagen und wirft einige Briefe in den Briefkasten.

„Ex-Fahrer“, murmelt Bramsen, der dem Mann auf dem Weg zum Briefkasten kurz hinterher blickt. Ohne zu zögern, wirft er sich hinter das Steuer, blinkt und fährt ab. Durch das Aufheulen des Motors aufgeschreckt, lässt der Besitzer des Wagens erschrocken seine Briefe fallen. Fluchend rennt er hinter Bramsen her, der ungerührt abbiegt und dem Blickfeld des Mannes entschwindet.

„Nie mehr zweite Liga, nie mehr, nie mehr!“ Der Gesang an der Endhaltestelle Senne dröhnt über das gesamte Gelände, an dem die Busfahrer es gewohnt sind, ein friedliches Päuschen in ihren Bussen bis zur nächsten Runde einzulegen. Ein Pulk von Arminia-Fans verlässt durchaus bester Laune, wenngleich sie sich aufeinander stützen müssen, die Bahn.

Helga stößt in der S.I.E. Zentrale einen weiteren Schrei aus: „Da! Da sind sie.“ Ihr Zeigefinger tippt so heftig gegen den Monitor, dass der beinahe umfällt.

Alles was Jacques auf dem Monitor erkennt, ist ein Pulk Arminia-Fans, der die Bahn verlässt. Er schüttelt missmutig den Kopf, denn auf beinahe allen Monitoren laufen kleine und größere Gruppen von Arminia-Fans durch das Bild.

Helga lässt sich nicht beirren. „Denk dir den Schal weg“, drängt Helga, „guck doch, die Augen.“

Jacques schaut ein zweites und drittes Mal auf den Monitor: „Tatsächlich, ich ruf Bramsen an.“

Helga verfolgt über mehrere Bildschirme den Weg der kleineren Gruppe, die sich von der Großen abkoppelt und im angrenzenden Wald verschwindet. Sie ist vollkommen überzeugt davon, dass es sich bei dieser Gruppe um die Gesuchten handelt: „Die wollen bestimmt zum Flugplatz“, stellt sie mit viel Gespür für ihre fabelhafte Ortskenntnis fest.

11

Flughafen Bielefeld, heutiger Tag

Jan, Hardy und Lukas laufen locker aus, als sie den kleinen Bielefelder Flugplatz unbehelligt erreichen. Unterhalb des Towers bleibt Lukas stehen und deutet zwischen zwei Hangars hindurch auf das Rollfeld. „Da ist der Flugplatz", stellt er scharfsinnig fest.

Scheinbar überwältigt von Lukas' brillanter Feststellung stolpert Jan gegen die Wand des Hangars, prallt ab und starrt Lukas aus weit aufgerissenen Augen an: „Nö, echt?"

Selbst Lukas durchschaut, dass Jan ihn nicht ernst nimmt, daher sucht er nach einem Weg, um die Aufmerksamkeit von sich abzulenken. „Und wenn der Flugplatz überwacht wird?", fragt er sogleich mit skeptischer Miene, während er die Umgebung absucht.

„Junior, das ist jetzt auch egal, wir sind wahrscheinlich eh schon gesehen worden, viel Zeit haben wir nicht", erklärt Jan unwirsch. Den Gedanken, der ihn aber noch mehr beschäftigt, schiebt er in ungehaltenem Tonfall hinterher: „Sagt mal, wer von euch kann eigentlich fliegen?"

Hart schiebt seine Mütze in den Nacken: „Gute Frage, ich nicht." Lukas zuckt nur unschuldig, verbunden mit seinem Dackel-Blick, mit den Schultern.

„Na, Bravo", Jan klatscht vor Enttäuschung in die Hände, um seine Anspannung zu entladen.

Lukas schaut Jan, von dem er stets annahm, dass ihm immer das Passende einfällt, erstaunt an. Seine Augen beginnen zu glänzen und sein Mund verzieht sich zu einem breiten Grinsen. Jetzt hat er endlich die Chance auf den entscheidenden Home Run. „Ich hab eine super Idee."

Jan verdreht augenblicklich die Augen: „Auch das noch!"

„Wir entführen ein Flugzeug", trötet Lukas irgendwo unterhalb von Jans Gesichtsfeld.

Irgendwann, das schwört Jan sich in diesem Augenblick bei allem, was ihm heilig ist, irgendwann wird er Lukas unangespitzt in den Boden rammen. „Ganz toll, Junior", stöhnt er stattdessen genervt.

Hardy hört den beiden nur mit einem Ohr zu. Er sucht fieberhaft nach einem Ausweg und setzt sich unvermittelt in Bewegung. „Wie wäre es, wenn wir jemanden fragen", verkündet er und ist schon hinter dem nächsten Hangar verschwunden.

So langsam beschleicht Jan der Gedanke, dass die beiden Kurzen sich gegen ihn verschworen haben. Irgendetwas geht hier vor. Aber Lukas schaut weiterhin völlig unschuldig und unverbindlich zu Jan hinauf.

„Das wird ja immer besser", schnappt Jan schließlich nach Luft, „ich nehme mal an, dass sie uns direkt in den Club aufnehmen." Sein Blick fährt zu Lukas herunter und Jan stellt einigermaßen beruhigt fest, dass zumindest dieser Dämlack mit der Verschwörung nichts zu tun haben kann.

Angespornt von dem Gedanken, dass noch nicht aller Tage Abend ist, drückt Jan seine Schulterblätter zusammen, winkelt den rechten Arm vor der Brust an und verbeugt sich leicht hüstelnd vor Lukas. „Selbstverständlich, Herr Hart … Herr Gugell … Herr Flamingo", sagt er im näselnden Tonfall eines englischen Butlers, „ich begrüße Sie in unserem Fliegerclub, darf ich Ihnen die goldene Ehrennadel verleihen?" Jans Gesten werden größer: „Wohin dürfen wir Sie denn heute fliegen? Griechenland, ja selbstverständlich … mit Stewardess … Was für eine Frage, natürlich nur erster Klasse und mit vollem Service." Jan beendet seinen Sermon mit einem Grinsen und wartet auf Beifall. Aber statt des erwarteten Applauses, erscheint Hardy wieder vor dem Hangar, hinter dem er nur siebzehn Sekunden früher verschwunden war: „Ich hab jemanden gefunden."

Für Jans Vorstellung fällt im gleichen Augenblick der Vorhang und er legt einen Schalter in sich um: „Super, Hardy, ich hatte keinen Zweifel."

Lukas schaut irritiert von einem zum anderen und bleibt bei Jan stehen: „Echt???"

Hardy bedeutet den anderen, ihm zu folgen, als er sich umdreht. Jetzt imitiert er schon Wanstohns Bewegungen, schießt es Jan durch den Kopf, als er Hardy mit schnellen Schritten nachsetzt.

Hinter der Ecke wartet, gelassen einen Lolli lutschend, der Pilot. Ein Schrank von einem Kerl, der selbst Jan noch um einen Kopf überragt. Er lehnt atemberaubend cool am Flügel eines zweimotorigen Flugzeugs, einer Beech Craft King Air 90. Als er die drei kommen sieht, schiebt er den Lolli, wie weiland Clint Eastwood seinen Zigarillo, von einem Mundwinkel in den anderen. „Hi Leute", grüßt er mit kaum zu überbietender Lässigkeit. Abgesehen von seinem metrosexuellen Strähnchenvokuhila, inklusive obligatorischer Zündschnur, trägt er ein luftiges Hawaiihemd über einem Paar ausgefranster Knickerbocker.

Jan und Lukas starren den Piloten unverhohlen an, als betrachten sie einen spektakulären Unfall.

„Mein Schwager hat mich eben angerufen", erklärt er in exakt demselben Tonfall, den Arminia-Fan Vito an den Tag legte. Seine Stimmlage erscheint allerdings für einen solch bulligen Kerl mindestens eine Oktave zu hoch: „Er sagte, drei Leute müssen dringend einen kleinen Ausflug machen. Ich schulde ihm einen Gefallen. Also kommt. Wir starten sofort."

Ansatzlos stößt er sich unglaublich cool von der Tragfläche ab, und schreitet steifbeinig auf die Luke des Flugzeugs zu.

Lukas' Bewunderung für den Piloten steht ihm in roter Farbe ins Gesicht geschrieben. „Das gibt's doch nicht. Sie sind ja cool drauf", platzt er heraus.

„Ha", der Pilot bleibt so plötzlich stehen, dass Lukas fast in ihn reinrennt, „Kleiner, weißt du, ich bin seit vielen Jahren Bielefelder." Der Lolli wechselt wieder den Mundwinkel. „Früher war es einmal so", erklärt er mit seiner piepsigen Stimme, „dass Bielefelder Bielefeldern halfen. Heute ist nicht mehr viel davon übrig. Aber ich glaube noch daran." Er nimmt den Lolli aus dem Mund und tippt Lukas damit vor die Brust. „Versuch du es auch. Das Leben wird schöner." Der Lolli wandert, beschwert mit einigen Stofffäden, zurück in den Mund. Am Fuß der kleinen Gangway-Treppe holt der Pilot Schwung und verschwindet mit einem geübten Satz im Inneren des Flugzeugs.

„Wir werden es uns merken", bekräftigt Hardy, als er an dem perplexen Lukas vorbeigeht. Im selben Moment durchbricht am Ende des Flugplatzes ein grüner Alfa die Umzäunung und hält mit rasender Geschwindigkeit auf das Flugzeug zu.

„Los, los, alle an Bord!", brüllt Jan aufgeregt, Lukas und Hardy vor sich herschiebend. Der Pilot springt ins Cockpit und startet den Motor der King Air. Die Propeller setzen sich dröhnend in Bewegung. Jan, Hardy und Lukas fallen auf ihre Sitze, als der Pilot den Schubhebel nach vorne stößt.

Bramsen hatte die Gestalten neben dem Flieger sofort erkannt und drückt das Gaspedal bis zum Anschlag durch. Die King Air 90 biegt auf die Rollbahn ab und beschleunigt schwerfällig. Bramsen holt auf, zieht seine Pistole und feuert einige Male, jedoch ohne nennenswerte Erfolge, auf das immer schneller werdende Flugzeug.

Jan sieht aus dem Fenster, wie der Alfa sich immer näher schiebt. „Will der uns überholen?“, fragt er belustigt. Im gleichen Augenblick macht der Flieger einen Satz und die drei werden in ihre Sessel gedrückt. Das Flugzeug hebt und Bramsen bremst ab.

Wutentbrannt springt der ehemalige Fremdenlegionär aus dem Wagen, knallt die Tür zu und tritt mit voller Wucht gegen die Karosserie, während ein Einsatzfahrzeug des Flugplatzes mit blinkenden Warnlichtern auf ihn zuhält. Der Wagen hält und ein kantiger Mitarbeiter springt raus. „Sind Sie verrückt, hier auf der Rollbahn rumzuheizen?“, herrscht der Mann Bramsen an.

Bramsen beachtet den Neuankömmling kaum. „Fresse, Frosch“, zischt er, zückt seine Pistole und zieht sie dem Mann so schnell über den Kopf, dass der zu Boden sackt, bevor er realisiert, was geschehen ist.

Ohne den Mann weiter zu beachten, zieht Bramsen sein Handy heraus: „Habt ihr gepackt? Wir fliegen los!“ Bramsen wartet die Antwort gar nicht ab, sondern lässt das Handy zuschnappen und wirft sich hinter das Steuer.

Die Passagiere richteten sich in dem engen Flugzeug so bequem wie möglich ein, nachdem der Pilot erklärt hatte, der Flug dauere etwa dreieinhalb Stunden. Hardy atmet tief durch und sinkt erschöpft in seinem Sessel zusammen. Das erste Mal, seit sie Wanstohns Büro verlassen haben, fühlt er sich wieder einigermaßen sicher.

„Kann mir mal jemand erklären, wieso die eigentlich so versessen darauf sind, uns umzulegen?“, fragt Jan, der seine Beine auf den gegenüberliegenden Sitz ausgestreckt hat. „Ich meine, dass die hinter diesem Drachen her sind, ist die eine Sache, aber das hier ist doch wohl völlig krank."

Hardy starrt aus dem Fenster und betrachtet die Wolken, die unter ihnen vorbeiziehen. „Ich fürchte, wir haben mitten in ein Hornissennest gestochen."

„Vielleicht sollten wir uns besser einfach absetzen", meint Jan resignierend.

„Und Wanstohn und Bielefeld im Stich lassen?", fragt Hardy gereizt. „Nein, Jan, dafür ist es jetzt zu spät. Wir müssen das durchziehen, koste es, was es wolle."

„Und ich fürchte", hebt Jan an, „du hast Recht. Scheiße." Er nickt einsichtig vor sich hin. „Ziehen wir es also durch." Hardy nickt dankbar zu Jan hinüber. Er ist froh darüber, dass Jan und Lukas bei ihm sind, auch wenn Lukas seit dem Abflug kein Wort mehr gesagt und nur stur geradeaus gestarrt hat. Seine Hände ruhen flach auf den Lehnen seines Sessels und nur ab und zu klopfen sie einen kurzen, rhythmischen Takt.

Hardy wird sich zusehends bewusst darüber, dass es keinen Sinn hat, nur weiter davonzulaufen. Sie müssen ihre Strategie ändern. Er weiß nur noch nicht wie, aber er beschließt, den Flug dazu zu nutzen, sich darüber Klarheit zu verschaffen und versinkt in tiefe Grübelei.

Eine Stunde später schnarcht Jan tief und fest auf seinem Sitzplatz. Seine Beine ruhen übereinander geschlagen auf dem gegenüberliegenden Sitz. Nur Lukas schaut interessiert aus dem Fenster. Durch die Scheibe erkennt er, wie die Landschaft unter ihnen vorbeizieht. Immer wieder sucht er sich Orientierungspunkte und zählt leise mit, bis der Punkt erreicht ist. Nachdem er die Prozedur einige Male wiederholt hat, lehnt er sich zurück und überschlägt im Kopf die Geschwindigkeit, wobei seine rechte Hand jeden Rechenschritt begleitet und auf das Polster seiner

Armlehne klopft. Schließlich errechnet er ungefähr das Gewicht des Flugzeugs. Der Gedanke, dass ein so schweres Stück Aluminium zu fliegen vermag, fasziniert ihn. Zumindest bis zu dem Zeitpunkt, als ihm klar wird, dass zwischen ihm und einigen tausend Metern Luft unter ihm nichts weiter ist als eben ein dünnes Stück Aluminium. Bei dem Gedanken krallt er sich an der Armlehne des Sessels fest. Eine Windböe drückt das Flugzeug etwas nach unten und Lukas spürt, wie ihm der Magen auf die Lunge drückt. Was, wenn sie mitten in ein Unwetter fliegen? Ein Sturm könnte dieses winzige Vehikel mühelos umherschleudern. Es braucht nur ein dickes Hagelkorn aus einer Wolke fallen und einen Flügel durchschlagen. Ein Vogel könnte in den Propeller geraten. Das Benzin könnte nicht ausreichen, vielleicht brennt schon eine Tragfläche. Von Panik ergriffen blickt Lukas hinaus, aber er kann nichts Ungewöhnliches entdecken. Schließlich versucht er sich mühsam wieder zu beruhigen, was ihm auch gelingt, bis Jan neben ihm im Schlaf nach Luft schnappt. Lukas erschrickt und erstarrt erneut. Jan dreht den Kopf zur anderen Seite und pennt friedlich weiter. Nachdem er eine ganze Weile stocksteif auf Jan geschaut hat, löst Lukas ganz vorsichtig seine verkrampften Hände von den Lehnen, wobei er bei jedem Finger einzeln prüft, ob auch nichts geschieht, wenn er ihn von der Lehne nimmt, und versucht, sich dann zu entspannen. Schließlich erinnert er sich an seine anfängliche Rechenaufgabe und beginnt ihre Chancen auszurechnen, diesen Flug heil zu überstehen.

Teil II – Griechischer Wein

12

Irgendwo in Makedonien

Rita versucht es zu ignorieren. Liebend gerne würde sie ihre Nase aus dem Fenster halten und die frische Luft Makedoniens einatmen, aber eingekeilt zwischen zwei S.I.E. Agenten auf der Rückbank eines Minibusses reicht ihre Nase nicht einmal in die Nähe eines Fensters. Stattdessen schleudert die voll aufgedrehte Klimaanlage mehrfach durchgeatmete Viren und Bazillen in das Innere des Wagens. Der Gedanke weckt Übelkeit in ihr. Sie muss sich ablenken und lässt ihre Blicke über die sanften Hügel im Norden und das schroffe Gebirge Chalkidikis im Süden schweifen. Die üppige Vegetation weckt Erinnerungen an ihre Kindheit. Früher war sie oft im Norden von Griechenland gewesen. Schon damals am liebsten im Frühjahr, wenn das Land noch nicht von der sengenden Sommersonne vertrocknet war und die Ziegen über saftige Wiesen getrieben wurden.

Eine der zahllosen Bodenwellen in der schlecht asphaltierten Straße holt Rita in die Realität zurück. Sie ist froh, dass Bishi nicht im selben Minibus Platz genommen hat. Seine halb flüsternde, halb singende Aussprache hatte sie den halben Flug nach Thessaloniki über im Ohr und jetzt spürt sie das dringende Verlangen, sich die Ohren gründlich durchspülen zu lassen, da sie befürchtet, dass irgendwelche der verbalen Exkremente, die Bishi abgesondert hat, in ihrem Ohr zurückbleiben könnten. Der Gedanke lässt sie so lange erschaudern, dass sie erst im letzten Augenblick bemerkt, dass sie an der Abfahrt nach Stavros vorbeifahren. Hinter Stavros liegt weiter südlich Olymbiada und dann folgt gleich Stagira, dessen ist sich Rita sicher. Als sie den

Fahrer gerade darauf aufmerksam machen will, biegt er an der nächsten Kreuzung ab, wobei er der Beschilderung nach Paralia Vrasna folgt. Rita sinkt auf der Rückbank zurück, bis die glitzernden Wogen der Ägäis am Horizont auftauchen und Ritas Gedankengänge augenblicklich gefangennehmen. Sie halten direkt auf das Meer zu.

Sie fahren die Küstenstraße entlang. Vor einem U-förmig angelegten Hotel namens Afrodite hält der Fahrer abrupt an. Auch der Minibus hinter ihnen stoppt. Obwohl Rita nicht zum Grinsen zumute ist, vermag sie es kaum zu unterdrücken, als sie den Namen des Hotels liest. Die Türen fliegen auf und die S.I.E. Agenten bauen sich mit der Präzision eines Uhrwerks neben dem Wagen auf. Hinter ihnen erfolgt beinahe die gleiche Prozedur. Anstatt aber neben dem Wagen stehen zu bleiben, formieren sich die Agenten im Eingangsbereich des Hotels. Luci Fair marschiert auf Damien zu, dabei schiebt sie ganz Model die rechte Hand in die Hüfte. Vor Damien biegt sie haarscharf im 90 Grad Winkel ab und hält auf das kleine Büro in der hinteren linken Ecke des Eingangsbereichs zu. Damien folgt ihr wortlos. Die Bürofront ist komplett verglast.

„Malaka“, grummelt der Hotelmanager, während er gelangweilt auf der Tastatur eines Laptops herumhämmert. Als Luci Fair und Damien durch die Tür treten, klappt der Manager blitzschnell das Display runter und springt auf: „Welcum to my Hotel, my frends. You made se right dicision”, begrüßt er die Neuankömmlinge breit grinsend und mit unüberhörbarem Akzent, um mit wesentlich traurigerem Gesichtsausdruck fortzufahren: „But unfortunately I must tell you we are full.“

„Überall auf der Welt leiden Hotelzimmer unter drei unheilbaren Krankheiten“, erklärt Luci Fair ungerührt.

Der Hotelmanager traut seinen Ohren nicht. Nicht nur, dass er kein Wort verstanden hat, noch dazu glaubt er vernommen zu haben, dass die Frau ungefragt gesprochen hat, und schaut entsprechend verwirrt zu Damien: „What she says?“

„Zwanzig-Watt-Birnen, ab Mitte April wird nicht mehr geheizt und die Kissen sind mit irgendetwas zwischen Holz und Rohgummi gefüllt. Wir ändern das jetzt.“

Die Verwirrung des Managers erreicht ihren Höhepunkt, als Luci Fair die Hand aufhält und Damien ihr seine Pistole reicht. Völlig ausdruckslos legt sie auf den hochgewachsenen Griechen an, zieht den Abzug durch, greift nach einem Schlüssel, der auf dem Schreibtisch liegt und verlässt gefolgt von Damien das Büro. Der Hotelmanager fällt zurück in seinen Sessel, aus dem Loch in seiner Stirn steigt eine kleine Rauchwolke auf und ein dünner Blutfaden läuft ihm die Stirn hinab.

Auf dem Weg zu Bishis Wagen reicht Luci Fair Damien den Schlüssel. Der öffnet die Seitentür und verbeugt sich in seiner militärisch korrekten Art: „Herr Bishi, Ihre Reservierung wurde bestätigt.“

Bishi schält sich langsam aus dem Wagen. Sein Blick fährt kurz umher. „Bezaubernd, direkt am Meer“, seufzt er, um dann im Befehlston fortzufahren: „Zeigen Sie Frau Dr. Lihn ihr Zimmer.“

Damien schnipst mit den Fingern. Ein S.I.E. Agent bedeutet Rita Lihn auszusteigen. Rita lässt sich absichtlich viel Zeit beim Aussteigen. Als sie draußen ist, packt der S.I.E. Agent sie äußerst unsanft am Arm und zerrt die Archäologin in Richtung Hotel. Entrüstet schüttelt sie die Hand ihres Peinigers ab. „Ich kann allein gehen“, fährt sie den Mann an und bleibt vor Bishi stehen.

„Superb, bis zuletzt. Frau Dr. Lihn, ich denke, Sie werden sich in Ihrem Zimmer ein wenig frisch machen wollen. Fühlen Sie sich ganz wie zu Hause." Bishis Tonfall ist zur seufzenden Schwelgerei zurückgekehrt. Er nickt Damien kurz zu. Damien gibt den Schlüssel an den Agenten, woraufhin der sich in Bewegung setzt und Rita wenig sanft ins Hotel führt.

Bishis Augen folgen der Archäologin, während er emotionslos befiehlt: „Frau Fair, Sie übernehmen hier. Instruieren Sie Bramsen. Er soll sich zu Frau Dr. Lihn gesellen, sobald er eintrifft, und sie nicht mehr aus den Augen lassen."

Luci Fair ist irritiert. Der Plan sah vor, direkt nach Stagira zu fahren und den Drachen zu suchen. Insgeheim hatte sie gehofft, ihn noch vor Bishi zu finden, um Ashtar Sheran den Drachen höchstpersönlich zu übergeben. Durch Bishis Eigenmächtigkeit sieht sie ihren Plan ins Wanken geraten. Aber bevor Bishi ihren Unwillen bemerken kann, findet sie ihre Fassung wieder und streicht ihre Kleidung glatt. „Haben Sie vor, zum Ausgrabungsgelände zu fahren?", fragt sie bemüht beiläufig.

Ruckartig fährt Bishis Kopf herum. Seine Augen blitzen sie böse an.

„Ich werde mich hier um alles kümmern", beeilt sich Luci Fair verunsichert zu versichern.

Ohne ein weiteres Wort zu verlieren, steigt Bishi zurück in den Minibus. Damien schiebt die Seitentür zu und der Wagen fährt mit quietschenden Reifen ab.

Luci Fair wendet sich den herumstehenden Männern zu und blafft sie lautstark an: „An die Arbeit! Räumt hier auf! Das ist kein Urlaub hier."

Damien ist Luci Fairs Schrecksekunde hingegen nicht entgangen: „Und was machen Sie?", fragt er eine Spur zu provokant.

Vom Beifahrersitz des vorderen Minibusses zieht Luci

Fair ein Badehandtuch hervor. „Ich glaube kaum, dass ich Ihnen Rechenschaft schuldig bin", fährt sie ihn schnippisch an und bedenkt ihn mit einem strengen Blick, als sie an ihm in Richtung Strand vorbeigeht.

Damien weiß, dass er zu weit gegangen ist. Bei Matt Bramsen hat er bessere Karten. Aber der ist nicht hier. Deshalb wendet er sich eilfertig zum Hoteleingang um. Er muss den toten Manager entsorgen und dessen Platz einnehmen.

Makedonien, 60 km weiter westlich

In der Zwischenzeit landet die King Air in Thessaloniki und rollt zu einem wenig belebten Seitenflügel des Flughafens. Ohne die üblichen Formalia abwickeln zu müssen, können Hardy, Jan und Lukas das Flughafengelände verlassen. Der großzügige Pilot hatte ihnen noch Geld in die Hand gedrückt, damit sie sich einen Mietwagen organisieren können.

Durch nichts auf der Welt lässt Lukas sich davon abbringen, den Wagen zu fahren. Lang und breit erklärt er Hardy und Jan, dass Autofahren dasselbe sei, wie einen Computer zu programmieren. So lange, bis Jan ihm genervt die Schlüssel in die Hand drückt und sich auf der Rückbank ausstreckt.

Auf dem Display seines EyeTops findet Lukas nach kurzem Warten den Ort Stagira und lenkt den Wagen in Richtung Autobahn. Womit Lukas nicht gerechnet hat, sind die verschlungenen Pfade griechischer Autobahnen und die größtenteils im griechischen Alphabet gehaltenen Autobahnschilder. Kombiniert mit dem zuweilen halsbrecherischen Fahrstil der Griechen bildet dies ein Komplexitätsproblem, das Lukas ganz augenscheinlich überfordert. Er verlässt die Autobahn, um einen Weg über die Landstraße zu suchen. Nachdem sie eine Weile der Straße am Strand entlang gefolgt sind, biegt Lukas links ab ins Gebirge Chalkidikis, um den Weg abzukürzen, wie er sachkundig behauptet. Hier allerdings streikt nach einer Weile sein EyeTop.

In diesem Szenario sieht sich Hardy nun gezwungen, mit seinen ausgezeichneten, aber kaum vorhandenen Griechischkenntnissen, nach dem Weg zu fragen. Viel mehr als ‚Kalimera' und ‚Efcharisto' umfasst sein Sprachschatz nicht. Ob Jan eine Hilfe ist, kann er nicht feststellen, da dieser noch immer auf der Rückbank vor sich hinschnarcht.

Die Menschen hingegen sind freundlich. Sobald sie den Namen Aristoteles hören, lächeln sie verständnisvoll und weisen in eine bestimmte Richtung. Nicht immer in dieselbe.

Im ungefähr siebten, aber gefühlten fünfzehnten Bergdorf, fährt Lukas rechts ran und haut frustriert mit beiden Fäusten gegen das Lenkrad.

„Sind wir schon da?", nölt Jan von hinten, sich den Schlaf aus den Augen reibend.

„Wir ham' uns verfahren", gibt Lukas zerknirscht zu. Die Stimmung im Wagen sinkt merklich unter den Gefrierpunkt. Doch plötzlich fährt Hardy kerzengerade im Beifahrersitz hoch: „Da vorne, das ist Bramsen!"

Tatsächlich, aus einem Kafeneion, einem landestypischen Café, tritt in diesem Augenblick Bramsen, gefolgt von Helga Grabowsky und Jacques André, auf die Straße hinaus. Jeder der drei ist bewaffnet mit einem Frappé. Sie steigen eilig in einen weißen Minibus, der vor der Tür parkt. Bramsen lässt den Motor anspringen und fährt los, ohne sich umzugucken.

„Wo Bramsen ist, sind die anderen nicht weit“, knurrt Jan auf einmal hellwach aus dem Fonds des Wagens.

Hardy deutet mit dem Finger in Richtung Bramsen. „Richtig. Fahr ihm nach“, bedeutet er Lukas.

Lukas zündet den Motor, lässt Bramsen einen Vorsprung und folgt ihm unauffällig.

Helga redet. Und zwar viel. Bramsen überlegt seit über einer Stunde, ob er besser Helga Grabowsky eine Kugel in den Kopf gejagt hätte, anstatt Jacques André in die Schulter zu schießen. Immerhin ist der offensichtlich nicht nachtragend. Bramsen grinst gequält. Die beiden bilden für ihn den Schlüssel zu einer neuen Festanstellung. Das Leben als selbständiger Auftragskiller bietet zwar einige Freiheiten, jedoch geht ihm der Buchhaltungskram noch mehr auf den Sack als das Gequassel von Helga Grabowsky. Sollte sich die Sache mit dem Bodenscanner als wahr erweisen, könnte das seine Chance sein, Bishi davon zu überzeugen, dass er, Matt Bramsen, der richtige Mann für die S.I.E.kom ist. Luci Fair hätte spätestens dann ausgespielt, wenn er den Drachen von Fumé zuerst findet. Diese Gedankenspielerei ändert an der augenblicklichen Situation jedoch nur wenig. Das Schlimmste ist, dass Helga, seitdem sie gelandet sind, nicht nur quatscht wie ein Wasserfall, sie gestikuliert dabei auch noch schwer entzückt mit Händen und Füßen bei jedem unbekannten Grashalm, an dem sie vorüberfahren. Um dem Ganzen noch die Krone aufzusetzen, trägt sie dazu einen überdimensionierten Sonnenhut, so dass Bramsen den Rückspiegel nicht einsehen kann. Dieser Umstand erweist sich allerdings als ein Glücksfall für die Insassen des Wagens, der ihnen folgt. Bramsen versucht, seine Ungeduld im Zaum zu halten, konzentriert sich auf den Weg vor ihnen und zählt leise bis tausend.

„Ziemlich karg“, bemerkt Hardy, während sie an den kleinen Häusern von Paralia Vrasna vorbeifahren, die zwischen vertrockneten, wenig gepflegten Gärten stehen. An der Strandpromenade angekommen, lässt Lukas ihren Wagen etwas weiter zurückfallen. Ein paar Restaurants und kleinere Läden scheinen bereits geöffnet zu sein, obwohl die Saison noch nicht begonnen hat. Einige wenige Touristen schlendern die Straße des verschlafenen Nestes entlang. Trotzdem hält Lukas Schritttempo für angemessen.

Nicht so Bramsen. Hupend und fluchend bahnt er sich seinen Weg, um dann den Minibus unvermittelt vor dem Schild Hotel Afrodite zu stoppen.

Bramsen flieht förmlich aus dem Wagen, nur um möglichst schnell möglichst viel Distanz zwischen sich und Helgas Gequatsche zu bringen. Mit großen Schritten hält er auf das kleine Büro in der hinteren Ecke zu.

Helga und Jacques lassen es weitaus gemütlicher angehen. Sie steigen mit neugierigen Blicken aus und atmen erst einmal tief durch. Während Helga hocherfreut die Blumentöpfe vor dem Hotel begutachtet, folgen Jacques' Blicke den Stromleitungen, die in etwa drei Meter Höhe von Haus zu Haus führen. In beiden Köpfen rattert es, wie man die Gegebenheiten verbessert könnte und mit einem beglückten Gefühl stapfen sie langsam hinter Bramsen her.

Circa dreißig Meter weiter hinten lässt Lukas den Wagen langsam ausrollen. Lukas, Jan und Hardy beobachten stumm das Geschehen.

„Lasst uns einchecken, wenn sie weg sind“, flüstert Hardy so leise, als befürchte er, es könne ihn ein unerwünschter Lauscher hören.

Als Bramsen in der Tür des kleinen Büros erscheint, springt Damien von seinem Sessel auf, salutiert zackig und nimmt

Haltung an. Bramsen hat es sich abgewöhnt, Damien darauf hinzuweisen, dass er nicht mehr bei der Fremdenlegion ist.

Stattdessen lässt er sich in einen Stuhl vor dem Schreibtisch fallen und legt die Füße auf den Tisch. „Scheiße noch eins, Wanstohn hat uns echt aufgehalten!", klagt er Damien sein Leid, der stur geradeaus starrt.

„Herr Bramsen, Sie kann doch keiner bremsen", tönt Damien unterwürfig.

Bramsen mustert Damien kurz. Der hat seinen S.I.E. Overall gegen ein blau-schwarz bedrucktes Hawaii-Hemd getauscht, das er bis kurz über dem Bauchnabel aufgeknöpft hat. Seine Hundemarke baumelt an einer langen Kette um den Hals. Dazu trägt er eine halblange Khaki-Hose. Nur seine Füße stecken immer noch in den schweren Armeestiefeln. Gepaart mit seiner militärischen Haltung ergibt das Bild, das Damien abliefert, die groteske Karikatur eines deutschen Touristen auf Bildungsreise. Bramsen unterdrückt den Impuls, Damien mitzuteilen, dass er einfach Mitleid mit ihm hat: „Alles klar, besorg 'nen Drink, ich schwitze."

„Klar, Matt", antwortet Damien fast kumpelhaft, bückt sich unter den Tisch und zaubert ein Glas und eine Flasche Ouzo hervor. Er gießt das Glas halb voll, stellt es vor Bramsen hin und nimmt erneut Haltung an.

„Und ihr zwei", Bramsen deutet mit dem Glas in der Hand auf Grabowsky und André, die soeben in der Tür erscheinen, „ihr sucht euch ein Zimmer und macht den Bodenscanner klar. Verstanden?"

„Jawohl, Herr Bramsen", zwitschert Helga. Sie ergreift Jacques' Hand, tänzelt umständlich um ihn herum und die beiden verschwinden im Flur.

„Das sind zwei Vögel", lacht Bramsen und stürzt den

Drink herunter. Der Ouzo brennt in seiner Kehle. „Alles klar", Bramsen steht auf. Ein Hustenreiz überfällt ihn, „weiß ich Bescheid", röchelt er vom Husten geschüttelt, winkt ab, verlässt das Büro und nimmt die Treppe nach oben.

Hardy, Jan und Lukas haben sich entschieden abzuwarten und es dann zu wagen, in eben dem Hotel einzuchecken, in dem Bramsen mit seinen Begleitern verschwunden ist. Hardys Argument, dass sie im selben Hotel die meisten Informationen über die Machenschaften der S.I.E. Agenten und den Aufenthaltsort von Rita Lihn erfahren würden, war stichhaltig genug, um das Risiko einzugehen. „Als Hotelgäste sind wir viel weniger auffällig", erklärt Hardy im Brustton der Überzeugung.

Aber die Zeit wird lang in dem kleinen Wagen vor dem Hotel, zumal sich die Außentemperatur trotz der Abendstunde immer noch nahe der 30 Grad-Marke bewegt. Abgesehen von den paar Touristen, die in dem Hotel ein- und ausgehen, hat sich in der Zwischenzeit nicht viel ereignet. Hardy rutscht auf seinem Sitz hin und her, um die innere Unruhe zu kanalisieren, bis er es nicht mehr aushält. „Also los, ich versuche es", sagt er, die Tür öffnend.

„Sei vorsichtig", ruft Jan leise hinter Hardy her und hält sich im gleichen Augenblick erschrocken den Mund zu, als er feststellt, dass er sich wie seine eigene Mutter anhört. Lukas hat anscheinend nichts mitbekommen. Jan atmet vernehmlich aus.

Hardy gibt sich alle Mühe, möglichst harmlos auszusehen. Betont unbefangen schlendert er die Straße entlang, wechselt die Seite, schenkt den Balkonen des Hotels bewundernde Blicke und biegt dann in den Eingangsbereich ein, als habe er sich kurzerhand für dieses Hotel entschieden. Den weltoffenen Charmebolzen mimend, steckt er lächelnd den Kopf durch die Bürotür der Rezeption: „Hi, wir suchen noch ein Zimmer für ein bis zwei Nächte.“

Hotelmanager Damien genießt seine neue Aufgabe hinter dem Schreibtisch. Die Beine lang unter dem Tisch ausgestreckt, fletzt er sich für seine Verhältnisse regelrecht in den bequemen Drehsessel. So erwischt ihn der neue Gast auf dem völlig falschen Fuß. Zudem hat Damien nicht die leiseste Ahnung davon, welche Aufgaben ein Hotelmanager eigentlich zu bewältigen hat. Um seine Unwissenheit zu kaschieren, setzt der S.I.E Agent sein schönstes Zahnpasta-Lächeln auf, um seinen ersten Gast willkommen zu heißen. „Hallo, willkommen in unserem Hotel“, grüßt er freundlich. „Selbstverständlich haben wir noch ein Zimmer frei.“

Hardy überlegt, ob er einen verdächtigen Unterton in der Stimme hört, ordnet das freundliche Auftreten des Managers aber dem zuvorkommenden Wesen der Griechen zu, das sie auf ihrer Fahrt zwischenzeitlich mehrfach erleben durften. „Das ist ja mal ein freundlicher Empfang“, sagt er fröhlich.

„Für wie viel?“, fragt Damien knapp aber freundlich, da ihm klar wird, dass er keinen Schimmer davon hat, wie das weitere Vorgehen ist.

Hardy schluckt, als ihm einfällt, dass es um ihre Geldreserven nicht sonderlich rosig bestellt ist, nachdem sie den Mietwagen und die Tankfüllung bezahlt haben. Dann erinnert er sich daran, dass in südlichen Ländern gerne gefeilscht wird. Um jedoch die entspannte Atmosphäre nicht sofort durch ein unverschämtes Angebot zu zerstören, zuckt er erst einmal die Schultern: „Keine Ahnung, wie viel soll das Zimmer denn kosten?“

Damien winkt lachend ab: „Ich meinte die Anzahl der Personen.“

„Oh, ach so, drei“, fällt Hardy lauthals in das Lachen ein, um seinerseits seine Unsicherheit zu kaschieren.

Damien nickt zufrieden und überdenkt sein weiteres Vorgehen, um den Gast nicht zu verschrecken. Er schaut sich auf seinem neuen Schreibtisch um, wobei er hin und wieder Hardy zublinzelt, schiebt ein paar Unterlagen hin und her und stößt zufällig auf eine Tabelle. Bei näherem Hinsehen erkennt er, dass er den Zimmerbelegungsplan gefunden hat. Hardy beobachtet jede Bewegung des Managers, lächelt zurück, wenn der hoch schaut und konzentriert sich ansonsten darauf, möglichst entspannt auszusehen.

Nach eingehendem Studium des Belegungsplans, strahlt Damien Hardy freudig und dankbar an. Freudig, weil er das fremdartige Durcheinander von Zahlen und Namen dekodiert hat, und dankbar dafür, dass sein erster Gast so geduldig wartet. „Sie haben Glück, wir hätten da ein Zimmer mit Balkon“, erklärt er mit dem professionellen Habitus eines erfahrenen Hoteliers. „So wie alle Zimmer“, fügt er nach einem schnellen weiteren Blick auf die Tabelle hinzu und lacht eine Spur zu laut über seinen eigenen Witz.

Hardy lacht höflich mit, weil er ahnt, dass die Verhandlung über den Preis für die Zimmer ins Haus steht. Seinen ersten Gedanken, in italienische Weinerlichkeit auszubrechen, um Mitleid für die Knappheit der finanziellen Mittel zu erheischen, verwirft er direkt wieder. Stattdessen entschließt er sich dazu, auf Konfrontationskurs zu gehen. Er mimt den selbstsicheren Verhandlungspartner, um die Regelung der Finanzen auf später zu verschieben und erklärt mit fester Stimme: „Okay, dann nehmen wir eines mit Balkon.“

Das selbstsichere Auftreten des Gastes bestätigt Damien darin, dass er seinen Job bislang gut macht. Der blonde Hüne greift hinter sich an das Brett, nimmt einen Schlüssel und gibt ihn Hardy: „Hier, Zimmer 14, einfach die Treppe hoch und dann links“, überlegt kurz, „oder rechts.“

Hardy bedankt sich, froh darüber, dass nicht über Geld gesprochen wurde, und schickt sich an, das Büro zu verlassen, als ihm eine Gestalt den Weg versperrt. In der Eingangstür erscheint eine aufwändig dekorierte Frau, die dicht an Hardy herantritt. Ihr Duft betäubt ihm augenblicklich die Sinne. Sie mustert ihn von oben bis unten und flüstert direkt in sein Ohr, so dass es an den kleinen Härchen im Innenohr regelrecht kitzelt: „Oh là, là, aber hallo.“ Ihre Hand greift nach seinem Arm: „Ich bin die Königin von Saba.“

Hardy ist völlig perplex, räuspert sich und greift grüßend an seine Mütze: „Ja? Na dann, herzlichen Glückwunsch.“ Er beeilt sich, an dieser selbsternannten Königin vorbei aus dem Büro zu kommen, bevor dem Manager noch einfällt, weitere unangenehme Fragen nachzuschieben.

Damien atmet unterdessen erleichtert auf, dass der neue Gast sogleich Anschluss unter den anderen Gästen findet und sich nicht nach weiteren Details erkundigt. Um jeglichen Verdacht zu vermeiden, stiert er konzentriert auf die Tabelle vor sich, wobei er hier und dort mit einem Bleistift einen Haken setzt.

Die Königin von Saba wirft Hardy einen langen, bewundernden Blick hinterher, bis er um die Ecke des Hotels verschwunden ist.

Zurück am Wagen lehnt Hardy sich mit leicht zitternden Knien gegen die Motorhaube, um Luft zu holen. Es hat funktioniert. Einfach drauflos, ohne darüber länger nachzudenken. Jan streckt ungeduldig den Kopf aus dem Fenster: „Und?“

„Zimmer 14“, Hardy strafft sich und winkt mit dem Schlüssel. So kann es weitergehen.

Jan und Lukas steigen aus, lassen die Türen zufallen und folgen Hardy, wobei es insbesondere Jan nicht schwer fällt, einen Touristen zu mimen, der sich für die Aussicht begeistert. Hinter seiner Sonnenbrille flackern seine Augen stroboskopartig von links nach rechts, um nur ja keine der touristischen Attraktionen zu versäumen, die über die Promenade schlendern. Am Büro des Managers vorbei, der immer noch in seine Tabellen vertieft ist, betreten sie das Hotel.

Hardy begutachtet wohlwollend ihr Zimmer und entscheidet sich sogleich für das Bett neben der Balkontür, die Jan öffnet, um einen Blick nach draußen zu werfen. Nur Lukas ist in seinen Gedanken verloren und nimmt nichts von seiner Umwelt wahr. „Ich hab den Typen schon mal gesehen“, murmelt er abwesend vor sich hin.

„Wen?“ Hardys Kopf fährt herum.

Die Frage vernimmt Lukas wie durch einen Schleier und antwortet ganz automatisch: „Den an der Rezeption.“

„Mhm“, schaltet Jan sich wortlos in das Gespräch ein, wobei er einen Zeigefinger vor den Mund hält, die anderen beiden durchdringend anblickt und mit der anderen Hand in die Ecken deutet. Jan hat blitzgescheit die Fakten addiert und kommt zu dem Schluss, dass Lukas' Beobachtung weit reichende Konsequenzen für sie haben könnte. Das Hotel könnte komplett verwanzt sein. Daher winkt er Hardy und Lukas, ihm hinaus auf den Balkon zu folgen. „War der nicht am Eingangstor auf der Burg?“, flüstert Jan aufgeregt.

In Hardy breitet sich eine böse Vorahnung aus. „Du meinst, die haben das ganze Hotel in der Hand“, zischt er zurück.

Jan nickt stumm.

„Ich hab's geahnt ...", stöhnt Lukas auf.

Beschwichtigend legt Jan ihm einen Arm auf die Schulter: „Aber ich glaub', sie haben uns nicht erkannt."

Das beruhigt Lukas jedoch nicht: „Wie kommst du darauf?"

„Weil wir dann längst tot wären", führt Hardy Jans unausgesprochenen Gedanken mit einem Anflug von Hoffnung zu Ende. Aber die Unsicherheit nagt an ihm, er braucht Gewissheit: „Passt auf, checkt ihr das Zimmer auf Wanzen, ich checke unten die Rezeption und das Dorf und melde mich dann", erklärt er seinen Plan und zieht eines von L's Funkgeräten aus der Tasche. „Wenn etwas ist, ich hab die Funke dabei."

Ehe Jan und Lukas sich versehen, ist Hardy aus dem Zimmer verschwunden. Sie machen sich an die Arbeit. Lukas schaut hinter die Bilder an der Wand und überprüft auch die Deckenlampe eingehend. Jan geht zwar nicht weniger akribisch vor, ihm erscheint die Maßnahme aber im Gegensatz zu Lukas doch ein wenig albern. Trotzdem, immerhin könnte ihre Sicherheit davon abhängen. Andererseits, ein Blick in den Spiegel bestätigt ihm, dass er verdammt gut aussieht.

In dem Moment, in dem Hardy auf den Flur tritt, öffnet Bramsen in einem anderen Flügel des Hotels die Tür zu Luci Fairs Zimmer, natürlich ohne anzuklopfen. Er ist nie ein Gentleman gewesen, wollte es auch nie werden und schon gar nicht wegen einer Frau wie Luci Fair.

Luci Fair hat es sich liegend, in einem dicken Buch lesend, auf ihrem Balkon bequem gemacht. Die Schritte in ihrem Zimmer überraschen sie wenig, da sie sich sicher ist, den schweißigen Geruch von Bramsen schon bemerkt zu haben, als dessen Flugzeug in Thessaloniki landete. Keinesfalls will sie mit diesem Mann auch nur einen Moment länger als nötig allein in einem Zimmer sein. Deshalb bleibt sie einfach liegen. Bramsen ist ihr schon am ersten Tag durch seine laute und prollige Art unangenehm aufgefallen. Seitdem lauert sie wie die Spinne im Netz darauf, ihn loszuwerden. Früher oder später wird ihre Zeit kommen. Bishi müsste nur der passende Fehler unterlaufen, dann würde sie dem arroganten Bramsen das Genick brechen und zwar vor Ashtar Sherans Augen. Wenn Bramsen fällt, zieht er Bishi womöglich mit. Die Vorstellung zaubert ein Lächeln auf Luci Fairs Gesicht, das jäh erstirbt, als Bramsen auf dem Balkon erscheint.

Er spart sich die Begrüßung und kommt sofort zur Sache: „Wanstohns Jungs sind verschwunden." Er lehnt sich über das Balkongeländer, schaut aufs Meer hinaus und erklärt möglichst teilnahmslos: „Wanstohn hat Zicken gemacht, aber wir haben ihn kalt gestellt. Außerdem habe ich Grabowsky und André mitgebracht, sie haben einen Bodenscanner entwickelt, der bei den Grabungen nützlich sein kann."

Luci Fair kommt Bramsens barscher Tonfall ganz gelegen, da ihr falsche Freundlichkeit zuwider ist. Ohne von ihrem Buch aufzuschauen, antwortet sie merklich unterkühlt: „Ich habe unsere Frau Dr. Lihn hier in Zimmer 31 verwahrt. Somo Bishi ist bereits nach Stagira aufgebrochen, um mit der Suche nach dem Grab zu beginnen." Bevor Bramsen antworten kann, fügt sie spitz hinzu: „Sie sollten Frau Doktor nicht aus den Augen lassen."

Bramsen nickt beiläufig: „Ich verstehe." Seine Gedanken sind woanders.

Luci Fair lässt ihr Buch sinken, wobei sie Bramsen einen giftigen Blick zuwirft: „Mich interessiert nicht, was Sie verstehen, machen Sie ihre Arbeit." Ruckartig reißt sie das Buch wieder hoch und ihr Gesicht verschwindet dahinter. Ganz offensichtlich betrachtet sie das Gespräch als beendet.

Bramsen tritt hinter sie und deutet mit seinen Fingern eine Pistole an, die er ihr an den Kopf setzt. „Treib's nicht zu weit, meine Liebe", murmelt er, geht zurück ins Zimmer und ergänzt laut: „Zuerst kommt das leibliche Wohl und dann die Frau Doktor."

Bramsen zupft sich zufrieden darüber, doch das letzte Wort zu haben, die Jacke zurecht und greift zur Türklinke, als es Honig triefend vom Balkon tönt: „Ach Bramsen." Bramsen hält in der Bewegung inne, dreht sich auf dem Absatz um und blickt Luci Fair an, die sich auf ihrer Liege in eine laszive Pose geworfen hat und mit ihren langen Wimpern klimpert: „Viele Menschen haben das Essen verlernt – sie können nur noch schlucken."

Bramsen knurrt nur, dreht sich um und lässt die Tür hinter sich zuknallen. „Da stehst du doch drauf."

Die Inspektion der Rezeption muss Hardy auf später verschieben, da der Hotelmanager nicht den Anschein erweckt, als wolle er sich aus seinem Sessel fortbewegen. Er lenkt seine Schritte auf die Promenade.

Das Dorf ist nicht sonderlich groß, aber Hardy besonders gründlich. Seit der Landung hat seine Entschlossenheit, Wanstohn zu helfen, einen weiteren Schub bekommen. Bei seinem Rundgang im Dorf inspiziert er jeden Hauseingang, beobachtet misstrauisch die oberen Etagen von der Straße aus, grüßt hier und dort unbekannterweise, stets in der stillen Erwartung, dass ihm etwas auffällig Unauffälliges oder auch unauffällig Auffälliges ins Auge sticht. Aber da ist nichts. Fast nichts. In einem Restaurant sitzen die beiden Personen, die mit Bramsen zusammen hier angekommen sind. Hardy bezieht in ihrer Nähe Horchposten und belauscht unbemerkt das Gespräch der beiden. Das erweist sich jedoch als so ergiebig wie ein ausgetrocknetes Flussbett. Wenngleich die frühabendliche Stille hauptsächlich von den schlendernden Schritten der Touristen und dem Rauschen des Meeres durchbrochen wird, kann sich Hardy nur mit Müh und Not zu dem Schluss durchringen, dass Helga Grabowsky und Jacques André Süßholz raspeln, so ungeschickt stellen sie sich dabei an. Die völlige Selbstvergessenheit, mit der sie allerdings ihre ungelenken Flirtversuche vortragen, überzeugt Hardy schließlich davon, dass hier keine brauchbaren Informationen zu erwarten sind. Deshalb setzt er seinen Rundgang durch den Ort nach ein paar Minuten fort und verlässt die Strandpromenade, um sich das Hotel von hinten anzuschauen. Dort angekommen, taxiert er nachdenklich die hintere Front, als über ihm zwei S.I.E. Agenten in voller Montur auf den Balkon hinaustreten. Hardy flüchtet in den Schatten der darunter liegenden Terrasse und lauscht angestrengt.

„Diese Dr. Lihn ist ja schon ein steiler Zahn. Und hat auch noch was in der Birne", quatscht der erste Agent betont lässig drauflos. Unter dem Balkon schärfen sich Hardys Sinne.

„Ja, der würde ich auch gerne mal bei einigen Ausgrabungen helfen, wenn du verstehst, was ich meine", antwortet der andere Agent. Die beiden verfallen in ein dreckiges testosterongeschwängertes Lachen.

„Wo befindet sich denn unsere Frau Doktor jetzt?", fragt der Erste neugierig. Hardy stockt der Atem.

„In Zimmer 31." Hardys Herz macht einen Satz. Kurz überlegt er, ob er sich bei den Deppen bedanken soll, als der erste Agent kehlig fragt: „Und, wollen wir es wagen?"

Unter dem Balkon ballt Hardy wütend die Fäuste, so

dass die Gelenke weiß hervortreten und seine Fingernägel in die Handflächen schneiden. Sein Herzschlag verdoppelt sich schlagartig und er bereitet sich darauf vor, aus seinem Versteck herauszuspringen und die Agenten anzugreifen.

„Nee, nee lass mal, die gehört Somo Bishi, wenn das hier vorbei ist", winkt der Zweite ab. Zwei Zigarettenkippen sausen an Hardy vorbei auf das Pflaster. Die Agenten verschwinden zurück ins Zimmer.

Hardy atmet erleichtert auf. Sofort zieht er sein Funkgerät aus der Hosentasche: „Leute, ich weiß, wo Dr. Lihn gefangen gehalten wird. Sie ist in Zimmer 31."

Jan rollt sich auf dem Bett herum, als Hardys Stimme aus dem Funkgerät tönt. „Was sollen wir tun?", fragt er hellwach.

„Wir haben zwei Möglichkeiten, sofort befreien oder später", erklärt Hardy drängend.

Jan überlegt nur eine Millisekunde, bevor er antwortet: „Gegen sofort spricht, dass wir hier das Hornissennest aufscheuchen."

„Aber später ist es vielleicht zu spät", vollendet Hardy den Gedanken.

Jan schaut zu Lukas rüber, der ihn angespannt beobachtet. Lukas nickt, Jan drückt erneut die Sprechtaste: „Hast recht, wir legen los."

„Ich komme sofort nach. Seid vorsichtig, ich weiß nicht, wie gut sie bewacht wird." Hardy lässt das Funkgerät in der Tasche verschwinden und setzt sich, ohne sich umzusehen, in Bewegung.

Zwei Stockwerke höher greift Bramsen, der Hardy unten auf der Straße bemerkt hat, zum Handy und drückt die Kurzwahl für Luci Fairs Apparat: „Wanstohns Jungs sind hier. Jetzt können wir sie uns schnappen. Sie wollen die Lihn befreien. Ich bring sie in ein anderes Zimmer."

„Was für ein Zufall, dann erwarte ich unsere Freunde in Nummer 31." Luci Fair lässt genüsslich ihr Handy zuschnappen, greift ihre Waffe und eilt in den Flur.

Jan schaltet das Funkgerät zufrieden darüber ab, dass auch Hardy sich wie seine Mutter anhört. Immer voller Sorge, immer mitdenkend. Voller Tatendrang springt er vom Bett auf, geht zum Kühlschrank, nimmt eine Wasserflasche heraus und genießt, wie die großen Schlucke sich in ihm abwärts vorarbeiten und seinen Körper abkühlen. Lukas wartet, bis Jan die Flasche absetzt, nimmt ebenfalls einen großen Schluck und rülpst vernehmlich. Jan und Lukas klatschen sich lachend ab und machen sich auf den Weg, froh darüber, dass ihre Tatenlosigkeit ein Ende findet.

Für den sensationellen Panoramablick über die Bucht vor dem Balkon ihres Hotelzimmers hat Rita Lihn keinen Blick übrig. Seitdem man sie in dieses Zimmer eingesperrt hat, versucht sie, die Balkontür zu öffnen, in der stillen Hoffnung, entkommen oder wenigstens jemandem einen Wink geben zu können. Sie ist kurz davor, entnervt aufzugeben, als hinter ihr die Tür auffliegt und Bramsen hereinstürzt.

Rita fährt herum, dann steht ihr der Mund sperrangelweit offen. Vor ihr steht ihr Freund und Kollege Paul aus dem Museum. Da sie sich nicht erklären kann, wie er hierher gelangt ist, zögert sie ungläubig einen Moment, bevor sie auf Paul zustürzt und ihn in ihre Arme schließt: „Mensch Paul, immer im richtigen Moment."

Bramsen erwidert die Umarmung, löst sich aber sofort wieder und blickt sich nervös um, bis seine Augen ihren Blick auffangen: „Ja, ja, schon gut. Du bist in größter Gefahr, wir müssen hier sofort weg." Bramsen fasst Rita an der Hand und zieht sie aus dem Zimmer. Auf der Treppe hört Bramsen Schritte und schiebt Rita kurzerhand durch die nächste Tür. Vorsichtig schließt er sie hinter sich, wobei er einen verstohlenen Blick durch den sich schließenden Türspalt wirft und Luci Fair die Treppe heraufkommen sieht. Aus den Augenwinkeln sieht die eiskalte Killerin, wie sich die Zimmertür zu Zimmer 29 langsam vor ihr schließt. Dahinter erkennt sie die massige Gestalt Bramsens. Am Ende des Flures erkennt sie, dass die Tür zu Zimmer 31 offen steht. Erwartungsvoll lächelnd geht sie in den Raum und lässt die Tür hinter sich zufallen.

Die Badezimmertür des Zimmers in das Bramsen und Rita geflüchtet sind, öffnet sich unvermittelt. Eine junge Frau mit einem Handtuch als Turban um den Kopf gewickelt tritt heraus. Einen Moment lang herrscht erstauntes Schweigen, bis die Frau belustigt fragt: „Zimmerservice? Ich hatte gar nichts bestellt."

Ohne zu zögern zieht Bramsen seine Waffe aus der Jacke und schlägt die junge Frau damit nieder. „Geht aufs Haus", sagt Bramsen knapp.

Rita schreckt merklich zusammen. Bramsen dreht sich um und bedeutet ihr mit vorgehaltener Waffe zu schweigen: „Keinen Mucks, verstanden?"

Jan hastet mit eiligen Schritten die Treppe hinauf, so dass Lukas kaum folgen kann. Oben angekommen, geht er ohne zu zögern auf Zimmer 31 zu und legt die Hand an den Türknauf.

„Spinnst du, Alter", zischt Lukas leise hinter ihm und versucht damit, Jans Übereifrigkeit zu bremsen. „Die ist bestimmt verschlo..."

Jan drückt den Knopf. Die Tür schwingt auf. „Siehst du Junior, war ein Kinderspiel", grinst er Lukas überlegen an und betritt den Raum. Lukas folgt ihm auf dem Fuße.

Ein leiser, eher puffender Knall ertönt. Jan wird von einer Riesenfaust erfasst, gegen die Wand geworfen und sackt zusammen. Mitten im Raum steht Luci Fair mit einer rauchenden Pistole in der Hand, die sie nun bedrohlich auf Lukas richtet: „Komm nur rein, Kleiner. Wir haben viel zu besprechen." Lukas schließt völlig perplex die Tür hinter sich.

Nur Sekunden später erscheint Hardy am oberen Ende der Treppe. Er orientiert sich kurz und schleicht vorsichtig auf Zimmer 31 zu. Vor der Tür bleibt er stehen und lauscht.

Plötzlich wird die Tür zu Zimmer 30 neben ihm aufgerissen. Dort steht die Königin von Saba, nur mit einem hübschen kleinen Nichts bekleidet. „Na, so was nenne ich aber mal Zimmerservice", haucht sie Hardy entgegen. Ohne dessen Reaktion abzuwarten, drückt sie ihm einen Kuss auf die Lippen. „Wie heißt denn mein Prinz?", fragt sie, als sie sich voneinander lösen.

„Hart, Hardy Hart", antwortet dieser völlig verdattert. Die Königin von Saba nimmt seine Hand, zieht ihn ins Zimmer und schließt die Tür hinter sich. „Das werden wir ja sehen", haucht sie verführerisch, während sie Hardy auf's Bett schleudert.

Luci Fair hat Lukas auf einem Stuhl gefesselt und in der Mitte des Zimmers platziert. Langsam geht sie um ihn herum, dabei streichelt der Lauf ihrer Waffe über seine Arme, seine Schultern und seinen Hals: „Ich weiß, dass ihr nicht wegen uns hier seid", sagt sie betont langsam, „also kann ich mir denken, dass ihr wisst, weswegen wir hier sind. Was ich nicht weiß, ist, was du sonst noch weißt. Also?" Lukas schaut sie herausfordernd an, woraufhin Luci ihm eine schallende Ohrfeige verpasst. Lässig zieht sie sich einen Stuhl heran und setzt sich provokant vor Lukas hin: „Du hast zwei Möglichkeiten, entweder du erzählst mir, was ich wissen will, oder aber du begibst dich auf einen sehr langen und schmerzhaften Trip."

Lukas' Miene verfinstert sich einen Augenblick, dann beginnt er zu lächeln, schweigt aber beharrlich weiter. Luci Fair stößt einen spöttischen Zischlaut aus. Sie greift nach der Spritze, die sie zuvor sorgsam auf der Kommode platziert hat und grinst Lukas diabolisch an: „ Das ist Scopolamin, ein Wahrheitsserum. Schon mal das Vergnügen gehabt?" Lukas schweigt böse lächelnd.

Luci Fair zieht die Spritze auf, wobei sie Lukas diabolisch angrinst. Sie führt die Nadel langsam an seinen Augen vorbei und setzt sie am Hals an. Lukas reagiert nicht. Luci Fair sticht zu. „Angenehme Reise", flüstert sie sichtlich begeistert.

Lukas zuckt kurz zusammen, als die Nadel in seinen Hals eindringt. Er spürt, wie die fremde Flüssigkeit sofort durch seine Venen pulst: „Wollen wir mal hoffen, dass Sie sich bei der Dosis nicht verrechnet haben." Seine Lider flattern, er verdreht die Augen, bäumt sich kurz auf. Dann sinkt sein Kopf auf die Brust.

Rita schaut schockiert von der am Boden liegenden Touristin zu Bramsen. Ihre Knie werden weich, sie knickt ein und fällt auf das Bett. „Wie lange schon?", fragt sie mit zitternder Stimme.

„Schon lange, sehr lange", antwortet Bramsen leise. Plötzlich lässt er, als erschrecke er vor sich selber, die Waffe sinken und geht nervös im Zimmer auf und ab. Dann bleibt er neben dem Fenster stehen. Die Waffe erscheint ihm plötzlich nutzlos. Er legt sie auf der Kommode ab.

„Etwa die ganze Zeit?", fragt Rita schockiert.
„Jap", schnappt Bramsen.

Lukas erwacht ganz langsam, weil fiese kleine Tierchen unangenehm in seinen Hosentaschen herumwühlen. Seine Augenlider zucken. Die Welt hat sich in eine einzige goldene Götterspeise verwandelt, alles erscheint ihm verschwommen. Luci Fair zieht sein Portemonnaie aus der Hosentasche. Zufrieden tätschelt sie ihm die Wange, als sie bemerkt, dass er zu sich kommt: „Guter Junge."

Lukas genießt die Berührung, streckt sich der sanften Hand, so weit es geht hinterher, als sie sich entfernt und Luci Fair lächelnd ihm gegenüber Platz nimmt. Wieso er sich nicht bewegen kann, ist Lukas schleierhaft.

Hardy fährt erschrocken hoch. Einschlafen wollte er nicht. Ist er auch nicht, nur eingedöst, wie er sich glaubhaft versichert. Er fühlt sich leicht, so unglaublich leicht, nachdem er innerhalb kürzester Zeit Welträume mittels transzendenter Verschmelzung durchmessen hat, dann sein Innenleben eruptiv nach außen gekrempelt wurde und er schließlich von einer Seligkeit umfangen wurde, die noch dem göttlichen Elysium ohne Anstrengung spottet. Kurz, Hardy hatte Sex von der Sorte, die ein ganzes Weltbild in den Grundfesten zu erschüttern vermag. Zurück im Diesseits fährt seine Hand schließlich gemächlich zu seinen Shorts, die er sich überstreift, während er langsam aufsteht. Die gleichmäßigen Atemzüge der selbst betitelten Königin verraten ihm, dass sie schläft. Um sie nicht zu wecken, verzichtet Hardy darauf, umständlich seine übrigen Klamotten aus dem Bett zu fischen, zumal die Königin sie zum Teil bedeckt, wie er mit einem bewundernden Blick auf ihren makellosen Körper feststellt. Darum greift er nach einem dunkelblauen Bademantel mit aufwändig gestickten Bordüren, der an einem Haken an der Wand hängt, und wirft ihn sich über. Ein prüfender Blick in den Spiegel, Hefner kann einpacken. Immer noch selig grinsend, tritt Hardy barfuß auf den Balkon hinaus. Die Abendsonne wärmt die Fliesen immer noch, wie er beglückt feststellt. Ein Rundum-Sorglos-Paket, von dem man nie weiß, wo man es abonnieren kann. Diese Episode wird ihm wohl keiner glauben, käme er in die Verlegenheit, sie berichten zu müssen. An der Brüstung lehnend, sinniert Hardy darüber, wie die anderen darauf reagieren würden. Die anderen! Hardy schreckt aus seinen Tagträumen hoch. Wie von der Tarantel gestochen, schaut er hektisch umher, dabei entdeckt er am Ende des Balkons ein offenes Fenster, hinter dem er die Gestalt von Bramsen erkennt. Neugierig schleicht Hardy näher heran und steckt vorsichtig den Kopf durch die Öffnung.

„Rita, die Sache ist größer als wir", hört er Bramsen sagen. Auf der Kommode sieht Hardy einen Revolver liegen. Er streckt seinen Arm nach der Waffe aus, erreicht sie aber nicht ganz. Hardy versucht sich zu entspannen, es gelingt ihm nicht. „Nun mach schon", flüstert er ungeduldig und viel zu laut.

Bramsen wirbelt herum und greift sogleich nach der Waffe: „Keine gute Idee, Kleiner." Bramsen spannt den Hahn der Python.

Hinter Bramsen springt Rita sofort auf und greift nach einer Vase vom Nachttisch, die sie Bramsen mit voller Wucht über den Schädel zieht. Dieser bricht augenblicklich zusammen.

Im ersten Moment ist Hardy verblüfft, dann springt er erleichtert grinsend durchs Fenster herein: „Sag's mit Blumen."

Ritas Blick wandert von dem am Boden liegenden Bramsen zu dem Neuankömmling. „Stürmischen Abend gehabt?“, fragt sie mit schiefem Lächeln.

„Sie sehen aber auch nicht aus wie das blühende Leben“, zwinkert Hardy Rita zu.

Die Anspannung weicht aus Ritas Körper: „Mein Tag war auch entsprechend.“

„Meiner auch.“ Hardy greift nach Bramsens Revolver.

Irgendwo in der Gelee-Welt vor Lukas erklingt eine gedämpfte Stimme wie von ganz weit weg: „Name?“, fragt die Stimme.

Lukas hört nicht richtig hin, er will sie gar nicht genau zuordnen, weil er viel zu sehr damit beschäftigt ist, die verschiedenen Geschmackssorten um sich herum durchzuprobieren. Sein ganzer Mund fühlt sich an, als sei er randvoll mit Götterspeise. Wieder hört er die sanft säuselnde Stimme. Netten Leuten gegenüber soll man nett sein, erinnert sich etwas in Lukas dunkel. „Lugas Kugell“, sagt er, um eine möglichst deutliche Aussprache bemüht. Die Worte scheinen seinen Mund nicht ganz zu verlassen. Oder doch? Lukas versucht, eine kleine Luftblase neben seinem Kopf frei zu drücken, damit etwas Luft an die Ohren kommt. Hat er jetzt geantwortet oder nicht? Er hat es vergessen. Die nette Stimme fragt schon wieder etwas. Lukas konzentriert sich auf den Punkt vor sich, versucht seine Augen scharf zu stellen. Schemenhaft erkennt er eine sehr, sehr hübsche Frau vor sich. Ja, die muss hübsch sein, die fragt ja so nett. Er will antworten. Wie war die Frage noch gleich?

„Geboren?“, wiederholt die Stimme.

Selbstverständlich, denkt er. Was denn auch sonst? Mit äußerster Anstrengung fixiert er die Person, die so liebenswürdig fragt. Sein Kopf nickt von ganz allein, bis er schließlich mit sichtlichem Stolz ein langgezogenes, kräftiges „Jaah!“ zustande bringt. Am liebsten würde er sich auf die Schulter klopfen, aber seine Arme hängen im Waldmeistergeschmack fest. Ein wenig Beifall von seinem Gegenüber für die clevere Antwort wäre auch nicht schlecht. Die Schleier vor seinen Augen verschwinden ganz allmählich. Lukas erkennt ein rotes Top. Die Farbe der Liebe. Wie schön. Wer trägt für ihn ein rotes Top? Luci Fair. Ist Luci Fair die Frau, die so nett fragt? Muss sie wohl sein. Sie ist sogar gleich zwei Mal da, denn hinter ihr erkennt Lukas schemenhaft ein zweites rotes Etwas. Dann gibt es ein hässliches krachendes Geräusch und der vordere rote Schemen rutscht den Stuhl herunter. Der andere rote Schemen wächst riesengroß zum Himmel. Augenblicklich weiß Lukas, dass Jan vor ihm steht. „Du lebst?“, fragt er verwundert irgendwo in die Tiefe des Raums hinein.

Jan blickt prüfend auf Luci Fair herab, die er soeben mit einem zielsicheren Treffer K.O. geschlagen hat. „Und du, Junior?“, fragt Jan Lukas, der nur von seinen Fesseln gehalten vornüber auf dem Stuhl hängt. Jan springt zu Lukas herüber, schiebt ihn vorsichtig auf dem Stuhl zurück und beginnt die Knoten zu lösen.

Lukas' Kopf wiegt in völliger Einheit mit dem Universum hin und her, während er versucht die gallertartige Masse von seinem Kopf weg zu schieben. Irgendeine Information kann er nicht verarbeiten. „Aba du wars doch grad noch toht?“, lallt er fragend in alle Richtungen.

Jan hat Lukas' Fesseln gelöst und deutet auf sein Hemd: „Meine Lebensversicherung, ein Kevlar-Hemd. Absolut Kugelsicher. Geschenk von L zur letzten Prüfung.“

„Wow ey“, tönt Lukas schwer beeindruckt, aber vor allen Dingen schwer verständlich.

Jan zieht Lukas vorsichtig auf die Füße, stopft ihm das Portemonnaie zurück in die Tasche, wobei er sorgfältig darauf bedacht ist, dass Lukas nicht wieder umfällt. Doch der reißt sich schwankend los. „Samma du, hat dea Haady nisch dieses Zimmer genannt?", nuschelt Lukas lautstark drauflos.

„Ja, ich hoffe, ihm ist nichts passiert." Jan beeilt sich, die Hand des schwankenden Lukas' zu greifen, aber bevor er sie erreicht, fällt der zurück auf seinen Stuhl.

Ein donnernder Gong dröhnt in Lukas' Kopf. Er stützt den Kopf in die Hände, um die heftigsten Schwingungen abzufangen und reibt sich dabei schwerfällig die Augen. Es kostet Lukas große Mühe, sich darauf zu konzentrieren, einen klaren Kopf zu bekommen. „Da machße dir ma keine Sorgen", lallt er undeutlich.

„Was meinst du?", fragt Jan erstaunt.

Lukas' Kopf zuckt blitzschnell hoch, seine Augen flackern wie ferngesteuert, als er scheinbar wieder glasklar herausplatzt: „Warum war Rita Lihn nicht hier, obwohl Hardy uns dieses Zimmer genannt hat? Und warum wurde sofort auf uns geschossen, als wir das Zimmer betraten? Das war eine Falle, in die Hardy Hart uns geschickt hat. Er muss ein Spitzel sein." Die Erklärung hat Lukas sämtliche Kraft gekostet, er sackt wieder zusammen, die Welt verflüchtigt sich wieder zu einer riesigen Ansammlung aus Gelee.

„Unmöglich! Ich kenne Hardy seit vielen Jahren. Er ist die treueste Seele, die es gibt", versichert Jan mit Bestimmtheit.

Lukas windet sich, will nicht hören, was Jan zu ihm sagt und mobilisiert erneut alle Kräfte: „Und wie erklärst du dir dann die Vorfälle? Wo immer wir hinkommen, sind diese S.I.E. Agenten schon da."

Jan beschließt, seine Nachsicht für Lukas auf später zu

verschieben. „Junior, du bist total dicht", stellt er entschieden fest.

„Was 'n? Ich sach', wir befreien jetzt Dr. Lihn und kaufen uns den Verräter." Mit diesen Worten wirft Lukas sich auf dem Stuhl nach vorne und greift nach der Waffe von Luci Fair, die er irgendwie, irgendwo auf dem Boden vor sich erkannt hat. Für Jan völlig überraschend erhebt Lukas sich blitzschnell vom Stuhl und stürmt an Jan vorbei aus dem Zimmer.

In dem Moment, in dem Jan und Lukas aus dem Zimmer stürmen wollen, öffnet sich eine weitere Tür, aus der Hardy und Rita treten. Hardy sieht sie und geht erleichtert auf sie zu. „Lukas, Jan, das ist Rita", setzt Hardy zu einer Erklärung an.

Bevor er jedoch zu Ende sprechen kann, reißt Lukas seine Waffe hoch und hält sie Hardy drohend vors Gesicht. „Hab ich es mir doch gedacht", schnaubt er wütend.

„Lukas, was ist los?" Hardy ist völlig überrumpelt.

Lukas schnappt nach Luft, dann blitzt er Hardy böse an: „Du hast uns in die Falle tappen lassen, du Schwein."

Hardys Erleichterung verwandelt sich in Entsetzen. Bramsens Waffe, die er immer noch in der Hand hält, richtet sich wie von selbst auf Lukas: „Spinnst du jetzt völlig?" Hardy ist sich unschlüssig, ob er erschrocken oder sauer sein soll. Völlig bewegungslos starren sie sich einen Augenblick lang schweigend an.

Dann durchbricht Lukas mit schnarrender Stimme die Stille: „Warum war Dr. Lihn nicht in Zimmer 31, wie du uns gesagt hast?" Seine Augendeckel klappen heftig auf und zu.

Rita hebt langsam den Arm, sichtlich darum bemüht, ganz ruhig zu sprechen: „Weil ich vorher von einem Agenten der S.I.E. in ein anderes Zimmer gebracht wurde."

Lukas lässt die Waffe ein winziges Stück sinken, er spürt, wie seine Arme erneut von Gelee niedergedrückt werden und kämpft mit aller Kraft dagegen an. „Ja!“ Lukas brüllt fast. „Und zwar, weil dea Hady die S.I.E. mitgeteilt hat, dass wir aufm Weg warn.“ Sein Kopf fliegt herum, in die Richtung, in der er Jan vermutet: „Das erklärt nämmich auch, warum er nicht in die 31 nachgekommen ist.“

Jan spürt einen Anflug von Ärger in sich aufkochen, weiß aber auch, dass das der falsche Zeitpunkt dafür ist. Langsam legt er seine auf Lukas’ Hand, in der er die Waffe hält. „Hey Junior, jetzt hör auf mit dem Scheiß hier“, während Jan spricht, drückt er Lukas Arm vorsichtig nach unten. Dann schaut er Hardy prüfend von oben bis unten an: „Wo warst du, Hardy?“

Hardy schnappt kurz nach Luft, bevor er eine Antwort aus dem viel zu weitem Ärmel schüttelt: „Ich wollte uns den Rückweg sichern und hab die benachbarten Räume gecheckt.“

Jan drückt vorsichtig Lukas’ Arm noch weiter herunter und zieht amüsiert eine Augenbraue hoch. „Im Bademantel?“, fragt er zweifelnd.

Tonlos presst Hardy die Lippen zusammen und rollt mit den Augen. Jan nickt wissend.

„Naja, jedenfalls bin ich raus auf den Balkon, seh Bramsen durch die Scheibe wie er Rita bedroht, lenke ihn ab, Rita haut ihn um und hier sind wir“, führt Hardy hektisch seinen Bericht zu Ende. Er spürt, dass die Zeit langsam knapp wird. Bramsen wird von einem Schlag auf den Kopf nicht ewig ausgeschaltet sein.

„Er sagt die Wahrheit“, bekräftigt Rita, die allmählich unruhig wird. „Lasst uns von hier verschwinden.“

Lukas lässt nun tatsächlich die Waffe sinken. Unvermittelt öffnet sich hinter Jan und Lukas die Tür und Luci

Fair stürzt brüllend aus dem Zimmer: „Hilfe, ich brauche hier Verstärkung!"

Rita, Hardy, Jan und Lukas werfen sich nur einen kurzen Blick zu und sprinten sofort die Treppe runter. Luci Fair kreischt oben weiter, bis sie fast Bramsen umrennt, der sich ebenfalls wieder berappelt hat und, sich den Hinterkopf reibend, in der Tür des Zimmers erscheint, aus dem Rita und Hardy eben gekommen sind.

Sie blafft Bramsen vor Wut schäumend an: „Sie Idiot!" und setzt den Flüchtenden hinterher.

Bramsen lehnt sich über das Geländer und beobachtet, wie immer mehr Hände das Treppengeländer abwärts rutschen. „Flieht ruhig, ihr Narren", knurrt er und läuft hinterher.

Im Hof des Hotels mustert Damien mit hinter dem Rücken verschränkten Händen das Gebäude. Dabei wirkt er wie ein General, der seine Truppen inspiziert. Die wärmenden Sonnenstrahlen der Abendsonne auf der Haut, lauscht er völlig entspannt dem Rauschen des Meeres. Er sinnt darüber nach, welche Verbesserungen seinem Hotel noch mehr Gäste zuführen könnten. Erst als vier Gestalten auf ihn zukommen, wird er aus seinen Überlegungen gerissen.

Der Gast ist König, auch der eilige Gast. „Wollen Sie schon auschecken?", fragt er daher höflich.

Anstatt zu antworten, verpasst Hardy Damien aus dem Lauf heraus einen saftigen Schwinger unter den Kiefer. „Stimmt so", bedeutet Hardy dem taumelnden Damien. Gleichzeitig beschließt er, dass der Revolver unnötiger Ballast ist, und wirft ihn in die Büsche des Hoteleingangs, Lukas folgt seinem Beispiel mit seiner Pistole, ohne weiter darüber nachzudenken.

Die vier sprinten über die Straßen und erreichen den Strand. Hinter ihnen entsteht gewaltiger Lärm. Vier S.I.E.

Agenten stürzen aus dem Hoteleingang, gefolgt von Luci Fair, die die Männer zu größerer Eile antreibt, und Matt Bramsen. Damien schüttelt sich einmal und nimmt die Verfolgung auf.

13

An einem weitläufigen Strand irgendwo in Makedonien

Jan bemerkt schnell, dass ihm die Beine in dem tiefen Sand schwer werden. Rita und Hardy, beide besser trainiert und leichter, gewinnen einen kleinen Vorsprung. „Hardy, konnten wir sie abhängen?“, fragt Jan atemlos, während er darum kämpft, den Abstand zwischen ihnen zu verringern. Hardy wirft einen kurzen Blick über die Schulter und erkennt im gleichen Moment, dass die S.I.E. Agenten wieselflink hinter ihnen her sprinten: „Wie man's nimmt.“

Lukas jappst bereits angestrengt nach Luft: „Leute, ich kann nicht mehr!“ Angesichts der Wahrheitsdroge, die immer noch durch seine Blutbahnen pulsiert, ist dies nicht weiter verwunderlich.

Jan versucht Lukas anzuspornen, indem er ihm unter die Achseln greift und beinahe mit sich schleift: „Weiter Junior, das schaffst du!“

Die zusätzliche Last kann Jan jedoch nicht lange tragen. Lukas stolpert und fällt auf die Knie. In einem Anflug delirierenden Pathos' verkündet er: „Nein, lauft ohne mich weiter! Was zählt, ist die Mission.“

Jan, Hardy und Rita bleiben kopfschüttelnd bei Lukas stehen, wobei Jan sich ein Grinsen kaum verkneifen kann.

Rita blickt mit wachsender Nervosität von den näherrückenden S.I.E. Agenten zu Hardy, Jan und dem ausgepumpten, auf dem Boden knienden Lukas. „Kommt schon! Wir müssen weiter“, drängt sie.

Der Erfolg ist gering. Lukas rührt sich keinen Millimeter und Jan und Hardy erwecken nicht den Eindruck, als wollten sie ihn zurücklassen. „Wir können doch nicht ewig durche Alpen laufen“, schnaubt Lukas auf die Hände gestützt.

„Da hat er Recht“, stimmt ihm Hardy zu, was für Rita völlig unverständlich ist. Während er den S.I.E. Agenten entgegenblickt, ballt er knackend die Fäuste.

Jan nickt Hardy verstehend zu und fasst ebenfalls die S.I.E. Agenten ins Auge: „Und entweder laufen alle weiter …“

„… oder keiner von uns tut es!“, beendet Hardy grummelnd den Satz, wobei er auf der Stelle tänzelnd seine Muskeln lockert und den Kopf wie ein Boxer vor dem Kampf kreisen lässt.

Rita ist sich nicht ganz sicher, ob sie sich vielleicht verhört hat oder ob die Studenten inzwischen der Größenwahn eingeholt hat. „Spinnt ihr! Das sind brutale Killer. Denen seid ihr niemals gewachsen!“, ruft sie verzweifelt, in der Hoffnung noch irgendwo einen Funken Verstand zu entfachen.

Jan hingegen wird ganz ruhig. Er baut sich zu voller Größe auf, stellt sich schützend vor Lukas und merkt mit einem Seitenblick auf Rita an: „Das werden wir sehen, Prinzessin.“

Als die S.I.E. Agenten näher herankommen, verlangsamen sie ihr Tempo, unschlüssig darüber, was zu tun ist, jetzt, da ihre Beute nicht mehr vor ihnen wegläuft, sondern sich ihnen sogar entgegenstellt. Bramsen und Luci Fair überholen die Agenten und bleiben vor Hardy, Jan, Rita und Lukas stehen. Bramsen reckt das Kinn nach vorne, aber es ist Luci Fair, die zuerst das Wort ergreift. „Haben wir euch also“, stellt sie triumphierend fest.

An der Haltung der vier erkennt Bramsen, dass sie noch nicht bereit sind, aufzugeben. Gelassen spuckt er vor ihnen aus und fasst dann einen nach dem anderen scharf ins

Auge. „So ihr Lutscher“, tönt Bramsen verächtlich. „Gebt ihr auf?“

Scheinbar wenig beeindruckt tritt Jan selbstsicher einen Schritt vor. „Noch lange nicht. Wir werden jetzt Matt Bramsen wegwemsen“, knurrt er, wobei er mit dem Zeigefinger der rechten Hand ein imaginäres Staubkorn von der linken Handfläche schnippt.

„Pass auf, deine Zahnbürste greift heute Abend ins Leere.“ Bramsen lacht höhnisch auf und stemmt die Fäuste in die Hüften.

Jan hebt drei Finger der rechten Hand und streckt Bramsen den Handrücken entgegen: „Ey Bramsen, kannst du zwischen den Zeilen lesen?“

Jetzt lacht Bramsen ganz unverhohlen. „Och joah“, blökt er mitleidig.

Die Geleefabrik in Lukas Kopf stellt derweil nach und nach die Arbeit ein und macht einem Weichzeichner Platz. Mühsam rappelt er sich unbemerkt hinter Jan wieder hoch. In seinen Augen funkelt der blanke Hass, als er sich ganz aufrichtet und die Szenerie in Augenschein nimmt. Und dann kommt urplötzlich Bewegung in seinen Körper: Die Abendsonne im Nacken, springt er an Jan vorbei, wobei er sich auf dessen rechter Schulter abstützt. Seine Faust landet unsanft in Bramsens Gesicht. „Mach mein Kumbel nich an!“, brüllt er.

Bramsen wird von der Attacke völlig überrascht und taumelt drei Schritte zurück. Erstaunlich schnell erholt er sich von dem Schlag. „Mach den Wicht fertig!“, befiehlt er Damien. Blitzschnell richtet sich Lukas auf und verpasst Damien drei, vier Kinnhaken, die der, ohne mit der Wimper zu zucken, entgegennimmt.

Im gleichen Moment bricht am Strand der Kampf los. Hardy stellt sich gleich zwei S.I.E. Agenten entgegen und stürmt brüllend auf sie zu. Den ersten überrascht er völlig unvorbereitet, indem er ihn einfach mit vollem Körpereinsatz umrennt. Der Agent fällt zu Boden und schnappt nach Luft. Dann tänzelt Hardy leichtfüßig herum und verpasst dem zweiten Agenten einen Ellbogencheck in den Magen, richtet den Unterarm auf und lässt den Außenrist seiner Faust auf dessen Kiefer krachen. Luci Fair geht vor Rita in Kampfstellung, die ebenfalls langsam die Fäuste hebt. Zwei weitere S.I.E. Agenten stürzen sich auf Jan. Dieser taucht unter den Fäusten des ersten Agenten weg und verpasst ihm einen kräftigen Schlag in die Magengrube, woraufhin der einknickt. Der zweite Agent setzt zu einem Tritt an, den Jan auffängt. Sein Ellbogen landet mit voller Wucht auf dem Knie des Agenten, der daraufhin wimmernd umfällt. Inzwischen hat Bramsen sich wieder aufgerappelt und verpasst Jan, der noch abgelenkt ist, einen kräftigen Schwinger. Er torkelt zurück, rudert mit den Armen in der Luft und landet auf seinem Hintern.

Damien packt Lukas am Kragen, zieht ihn in die Luft und wirft ihn zwei Meter weit vor sich auf den Boden.

Hardys Fäuste prasseln mit unglaublicher Geschwindigkeit auf den ersten S.I.E. Agenten ein, als der sich soeben aufraffen will.

Luci Fair deckt Rita mit einer gezielten Abfolge von Schlägen und Tritten ein, die Rita mühsam pariert, um dann zum Gegenangriff überzugehen.

Damiens Stiefel trifft den am Boden liegenden Lukas voll in die Magengrube. Damien tritt noch mal nach. Lukas würgt und spuckt aus. Als Damien das dritte Mal ausholt, schleudert Lukas ihm eine Handvoll Sand ins Gesicht. Damien, augenblicklich blind, kommt im wahrsten Sinne des Wortes aus dem Tritt. Lukas zögert keine Sekunde, reißt sein Bein hoch und trifft Damien genau dort, wo es am meisten weh tut. Daraufhin geht dieser jaulend in die Knie.

Einige Meter entfernt spürt Jan förmlich den Windhauch von Bramsens Faust, als ein weiterer Schlag ihn knapp verfehlt. Er dreht sich auf dem Boden um die eigene Achse, um der Attacke zu entgehen. Dabei stützt er sich auf einem Arm ab und zieht einen geschmeidigen Halbkreis, an dessen Ende er Bramsen voll mit einem Tritt in die Kniekehle erwischt. Bramsen knickt ein.

Ritas Handgelenke, mit denen sie die Tritte von Luci Fair abwehrt, sind bereits zum zerbersten angeschwollen. Mit zusammengebissenen Zähnen versucht sie den Schmerz zu ignorieren und greift nun ihrerseits an. Eine Kombination von Schlägen und Tritten regnet auf die skrupellose Agentin nieder. Nachdem Luci Fair die ersten noch blocken kann, bricht Rita durch die Deckung und erwischt die Agentin am Solarplexus. Diese taumelt zurück und schnappt nach Luft. Sofort setzt Rita mit einem gezielten Faustschlag nach und Luci Fair sinkt zu Boden.

Hardy hat den ersten S.I.E. Agenten erneut zu Boden geschickt und will nachsetzen, als ihn der zweite von hinten an die Kehle packt und herumreißt. Der erste der beiden S.I.E. Agenten kommt wieder hoch und will gerade auf Hardy eindreschen, als eine Hand ihn am Kragen packt und mühelos durch die Luft wirbelt. Nur einen winzigen Augenblick lang erkennt Hardy die lächelnden Augen der Königin von Saba. Ehe der zweite Agent sich recht versieht, wird er ebenfalls von der atemberaubenden Schönheit gepackt und ins Reich der Träume befördert. Jan erwischt Bramsen einen Atemzug später mit einem Doppelfaustschlag, der Bramsen einen Meter weit zurückschleudert. Hardy stemmt keuchend die Fäuste in die Seiten. Die Königin streicht Hardy einmal durchs Haar, als wolle sie sich vergewissern, dass alles okay ist, und ist wieder verschwunden. Verwundert schaut Hardy auf die Stelle, an der noch im Moment zuvor die Königin gestanden hat. Zwei, drei Sekunden verstreichen, bis er realisiert, dass er genau auf das Hotel schaut. Aus dem Eingang sprudeln weitere S.I.E. Agenten heraus. „Da kommen noch mehr“, brüllt Hardy aus seinem Tagtraum erwachend. Tagtraum? War das ein Traum gewesen? Rita erscheint in Hardys Blickfeld und zusammen ziehen sie Lukas hoch, der orientierungslos über den Boden krabbelt. Jan springt aus der Hocke in den Stand und gemeinsam hetzen sie den Strand hinunter in Richtung Ortskern. Ein einsamer Steg ragt vor ihnen weit ins Wasser hinaus.

„Wir nehmen das Boot da drüben“, brüllt Jan plötzlich, als sie den Steg bereits ein paar Meter hinter sich gelassen haben. Die anderen bremsen mitten im Lauf ab und folgen mit Blicken Jans Fingerzeig. Als sie den Kahn sehen, drehen sie sich auf dem Absatz um, stürmen den verdutzt blickenden S.I.E. Agenten ein Stück entgegen und erreichen den Steg, an dem ein einsames Boot festgezurrt ist. Noch bevor Lukas und Hardy ins Boot klettern können, hat Jan bereits das Tau gelöst und startet den Außenbordmotor. Rita springt ohne zu zögern in den Bug. Lukas, der immer noch etwas benommen scheint, ziert sich, den großen Schritt zum Boot herüber zu wagen, so dass Hardy sich gezwungen sieht, ihn beinahe ins Boot zu werfen. Er selbst springt ansatzlos hinterher. Das kleine Fischerboot pflügt bereits durch die Wellen, als die S.I.E Agenten den leeren Steg erreichen. Sehr bald umschiffen die vier die nächsten Klippen und verschwinden aus dem Sichtfeld der S.I.E.kom.

Eine Stunde später, ein anderer Strand in Makedonien

Die Sonne ist hinter den Bergen Chalkidikis verschwunden. Kleine Wolken am Himmel reflektieren die letzten Strahlen der Sonne in unendlichen Rotschattierungen, bevor die Nacht heraufzieht. Im Schutz der Dunkelheit fahren Rita, Hardy, Jan und Lukas noch eine Weile unterhalb der gebirgigen Küstelinie entlang, bis sie in einer kleinen Bucht inmitten steil aufragender Felsen ihr kleines Boot auf den Strand ziehen.

„Ich glaub, wir haben sie abgehängt", stellt Hardy zufrieden fest, als er von seinem kleinen Erkundungsgang zurückkehrt, der ihn um die Klippen der Bucht herumführte.

„Ja", brummt Jan, „die Bucht macht auch nicht den Eindruck, als wenn sie vom Land aus erreichbar wäre." Bei diesen Worten zeichnet er mit dem Finger die Linie der Felsen nach, um dann missmutig zu ergänzen: „Nur haben wir auch keine Ahnung, wo wir sind."

„Daran können wir jetzt auch nichts ändern", bemerkt Rita knapp. „Wir sollten hier heute Nacht lagern."

Lukas, der sich bislang aus dem Gespräch herausgehalten hat, steht der kalte Schweiß auf der Stirn. Der Weichzeichner vor seinen Augen ist merklich weniger geworden, aber er hat das Gefühl, dass das Geschaukel des kleinen Bootes noch nicht aufgehört hat. Er zittert vor Fieber.

Hardy beobachtet Lukas einen Moment und tippt dann Jan auf die Schulter: „Lass uns Holz sammeln."

Die beiden sammeln in der Bucht, was sie an Treibgut und herumliegenden Ästen finden können. Keine fünfzehn Minuten später sitzen die vier an einem kleinen Feuer und starren schweigend in die Flammen. Jeder hängt seinen eigenen Gedanken nach, bis Lukas, den die Wärme des Feuers sichtlich gut tut, gequält aufstöhnt: „Boah, mein Schädel.“ Lukas presst die Fäuste auf die Augen und beginnt zu reiben, bis es ein schmatzendes Geräusch gibt. Dann blickt er Hardy schuldbewusst an: „Tut mir leid. Unter normalen Umständen hätte ich dich nicht verdächtigt.“

„Mann, du hattest ’ne Wahrheitsdroge intus“, beschwichtigt Hardy ihn mehr belustigt als verärgert. Beide brechen in befreiendes Gelächter aus.

Jan scheint dem Gespräch zwar zu folgen, aber er findet zu seinen ureigenen Instinkten zurück. Kurzerhand nutzt er den Moment der allgemeinen Entspannung, kniet sich hinter Rita und beginnt, ihr die Schultern zu massieren. „Oh, das sind ja Schulterblätter. Ich dachte, das wären Flügel“, haucht er ihr gefühlvoll, ja beinahe professionell, ins Ohr.

Rita senkt ihren Kopf und lässt Jan gewähren. Der sanfte Druck der Hände lässt ihre Anspannung abfallen. Sie schwingt im Rhythmus der Druckpunkte von Jans Fingern mit. „Das tut gut“, seufzt sie. „Du hast schöne Hände“, bemerkt sie nach einem kurzen Seitenblick.

Jan beugt sich an Rita vorbei und grinst sie schelmisch an: „Die schon mehr Schultern massiert, als deine hübschen Augen Keilschriften entziffert haben.“

Ihrer beider Atem vermischt sich, so nahe ist Ritas Gesicht an Jans. Sie blickt ihm tief in die Augen. In Jan breitet sich ein Gefühl der Wärme aus, sein Puls steigt in den hochfrequenten Bereich an, als er ihr sein Kinn vorsichtig ein Stück entgegenstreckt. Wie zufällig berühren sich ihre Lippen. Jans Nervenbahnen sind elektrisiert, er schiebt sich näher und sinkt in ihre Arme.

Die Berührung lässt Rita aus dem Zauber des Moments hochschrecken. Sie drückt ihn zurück: „Stopp, Jan. Stopp.“

Sofort lässt Jan Rita los und starrt sie aus verwunderten Augen an: „Was ist los, hab ich was falsch gemacht?“

„Ja“, versetzt Rita peinlich berührt. „Und nein“, fügt sie hinzu. „Aber das geht mir gerade viel zu schnell.“

Innerlich schüttelt Jan den Kopf, um den zweifachen Schock zu überwinden. Zuerst elektrisiert Rita ihn, dass er als wandelndes Sommergewitter in die Geschichte eingehen könnte, und dann weist sie ihn so unentschlossen zurück, dass es ihm letztlich die Sprache verschlägt. Jan versucht aus Rita schlau zu werden und zieht sich ein paar Zentimeter zurück. Schweigend starren sie ins Feuer, bis Jan die Stille nicht mehr aushält. „In was für einen Schlamassel sind wir da nur reingeraten? Wenn ich das zu Hause erzähle, das glaubt mir doch keiner“, versucht er die angespannte Situation aufzulockern.

In Lukas findet er einen dankbaren Abnehmer. „Du sagst es, Großer“, pflichtet er Jan bei.

Jan sinniert einen Moment vor sich hin, um dann einzuwerfen: „Hätte ich niemals für möglich gehalten, dass der alte Wanstohn doch Recht hatte.“

„Was der wohl gerade macht?“, fragt Lukas und wirft einen Kiesel über das Lagerfeuer hinweg ins Wasser.

Ohne über seine Antwort auch nur eine Millisekunde nachzudenken, antwortet Jan: „Wahrscheinlich gar nichts mehr.“

Hardy fährt erbost herum, als Jan seine schlimmsten Befürchtungen in Worte kleidet. Er spürt, wie sich ihm die Kehle zuschnürt, springt auf und geht runter zum Wasser.

Erst in dem Moment, als Hardy aufspringt, realisiert Jan, was er eben gesagt hat, und ruft entschuldigend hinter Hardy her: „Hardy, ey, war nicht so gemeint!“

Rita, die wegen ihres unfreiwilligen Intermezzos mit Jan noch etwas durcheinander ist, steht auf und schaut streng auf ihn herab: „Schon mal was von Taktgefühl gehört?“ Damit lässt sie ihn stehen und geht hinter Hardy her.

Jan bleibt die Spucke weg, bis er mit einem verzweifelten Seufzer eine handvoll Sand ins Feuer schleudert.

„Die hat's dir aber ganz schön angetan, was?" In Lukas' Stimme liegt nicht der leiseste Anflug von Ironie.

„Kann sein", knurrt Jan.

Hardy taucht seine Füße ins Meerwasser, um seinen Ärger über Jans Worte abzukühlen. Seine Augen gleiten über die dunklen Wellen, die hier schon seit Jahrtausenden an den Strand gespült werden. Ewigkeit. Greifbar nahe. Vielleicht zu nahe. Hardy will den Gedanken verdrängen, dass Wanstohn etwas zugestoßen sein könnte, als er über das Rauschen der Wellen hinweg leise Schritte näher kommen hört. Er wendet sich nur halb um, bis er Rita erkennt. Dann geht er langsam zu ihr an den Strand zurück und stellt sich neben sie. In ihren Augen liest Hardy Mitgefühl.

„Alles in Ordnung?", fragt Rita vorsichtig. Hardy will antworten, aber die Stimme versagt ihm. Tausend Dinge schießen ihm durch den Kopf und alle kreisen um Wanstohn, jetzt, da er zur Ruhe kommt. Schließlich räuspert er sich leise und findet seine Stimme wieder: „Jaja, alles bestens. Es ist nur …", Hardy stockt und sucht nach den passenden Worten, „wir haben Wanstohn im Stich gelassen."

Rita legt still eine Hand auf seine Schulter. Nichts weiter. Die Hand beruhigt. Nach einer Minute des Schweigens, in der beide ihren Gedanken nachhängen, setzt Hardy erneut an: „Ich weiß, Wanstohn hat uns nach Stagira geschickt. Er wollte, dass wir den Drachen finden. Und trotzdem hab ich das Gefühl, es hätte einer bei ihm bleiben sollen. Ich hätte bei ihm bleiben sollen." Bei den letzten Worten nimmt die Heftigkeit in Hardys Stimme zu.

Rita schaut Hardy unverwandt an. Sie verstärkt leicht den Druck auf seiner Schulter, um ihn in die Gegenwart zurückzuholen. Als er sie wirklich anblickt, schüttelt sie bestimmt den Kopf: „Wenn Wanstohn wollte, dass ihr drei den Drachen sucht, dann hat er sich mit Sicherheit etwas dabei gedacht. Glaub mir, ich kenne ihn gut. Wanstohn weiß, was er tut."

Hardy will glauben, was er hört und kann trotzdem nicht verhindern, dass seine Augen anfangen zu brennen. In seinem Hals wächst ein riesiger Kloß. „Vielleicht ist er jetzt nicht mal mehr am Leben", sagt er mit erstickter Stimme.

Rita sucht nach einer Möglichkeit, Hardy zu trösten, irgendeinen Weg, um ihr Mitgefühl auszudrücken, bis ihr klar wird, dass Mitgefühl hier der falsche Weg ist. Sie erklärt nur lapidar: „Der hält schon was aus."

Hardy hört gar nicht richtig hin. „Wir hätten ihn nicht allein lassen dürfen", setzt er seine Selbstvorwürfe fort.

Angesichts der Lage sind Hardys Schuldgefühle zwar verständlich, doch wenig zweckmäßig, findet Rita. „Aber wenn ihr nicht auf ihn gehört hättet, hätte es vermutlich alle erwischt und ihr wärt jetzt nicht hier und könntet den Auftrag, mit dem er euch betraut hat, nicht erfüllen", versucht Rita, Hardys wenig konstruktive Gedanken in ein positives Licht zu rücken. Hardy reagiert nicht, deswegen fügt Rita schmunzelnd hinzu: „Und hättet mich nicht befreit."

Hardy lacht freudlos auf: „Wir haben dich vielleicht befreit, aber du hast doch eher mir das Leben gerettet."

„Ach", winkt Rita ab. Einen kurzen Moment lächeln sie sich an, bevor Rita fortfährt: „Das Beste, was wir jetzt für Wanstohn tun können, ist, diesen Drachen zu finden. Und dafür stehen unsere Chancen jetzt besser als heute morgen."

„Wahrscheinlich hast du Recht." Hardy nickt. Der Kloß

in seinem Hals löst sich allmählich auf. Rita gibt ihm einen freundschaftlichen Klaps auf die Schulter. Sie gehen zurück zu dem kleinen Lagerfeuer.

Jans Augen starren gebannt auf die vor ihm hin und her tanzenden Flammen, wobei er ebenfalls trüben Gedanken nachhängt. Es will ihm einfach nicht einleuchten, an welcher Stelle er alles falsch gemacht hat. Schließlich hat Rita sogar seine Hände wohlmeinend wahrgenommen. Das ist die eine Sache, um die andere steht es viel schlimmer. Der saudumme Spruch über Wanstohn hat Hardy verletzt und das war das Letzte, was er gewollt hat. Einmal nur die Klappe halten können, einmal, das wär was, schimpft Jan leise vor sich hin, so dass er nicht bemerkt, dass Rita und Hardy zurückkehren. Als er sie bemerkt, zuckt er zusammen wie ein junger Hase und sieht dann Hardy mit schuldbewusster Miene an: „Hardy, der Spruch gerade tut mir echt leid. Ich hatte ganz vergessen, wie nah dir Wanstohn steht."

Wortlos streckt Hardy Jan seine Faust zur Versöhnung entgegen. Jan fällt ein ganzer Sack Steine vom Herzen und er schlägt erleichtert ein.

„Schon okay, vergeben und vergessen", sagt Hardy aufrichtig und klopft Jan aufmunternd auf die Schulter. Sie wechseln einen verständnisvollen Blick. Freunde. Rita lächelt still im Hintergrund. Nur Lukas hat von dem Gespräch nichts mitbekommen, er hat sich bereits zusammengerollt und schnarcht leise vor sich hin.

Derselbe Strand in Makedonien, einige Stunden später

Hardy schreckt hoch. Irgendetwas hat sich verändert, aber er ist sich nicht sicher, was. War es nur ein Traum?

Es ist immer noch tiefe Nacht. Seine Augen versuchen, die Dunkelheit zu durchdringen. Er spürt, dass die Atmosphäre eine andere ist, als sie sein sollte. Das Feuer ist heruntergebrannt, nur auf einem Holzscheit tanzt eine kleine Flamme vor sich hin. Durch den bewölkten Himmel blitzen an manchen Stellen ein paar Sterne. Neben sich erkennt er die Schatten seiner Gefährten. Ihre regelmäßigen Atemzüge verraten ihm, dass sie schlafen. Hardy stützt sich auf seine Ellbogen und blickt sich um. Seine Stimmung schlägt um, ein Gefühl von Vertrautheit breitet sich in ihm aus, was ihn wiederum misstrauisch werden lässt. Wie aus dem Nichts tauchen urplötzlich vor ihm die schattenhaften Umrisse einer Gestalt auf. Hardy ist sich sicher, dass sie vorher nicht da waren. Er merkt, wie sich sein Puls beschleunigt, seine Nerven sind zum Zerreißen gespannt. Mit einem Satz springt Hardy aus dem ohnehin nur noch kleinen Lichtkreis des verglimmenden Feuers heraus. Der Bademantel flattert dabei unheilvoll im Wind. Insgeheim hofft Hardy, dass der Mantel seiner schmächtigen Gestalt mehr Statur verleiht. Sollte es ein S.I.E. Agent sein, könnte er ihn aus dem Dunkel heraus überwältigen. Die andere Person hält unbeirrt auf das Feuer zu. Ihr Gang ist anmutig, das erkennt Hardy trotz der Finsternis. Als die Person im Lichtkreis des Feuers erscheint, trifft Hardy fast der Schlag. Die Königin von Saba! Sofort tritt er zurück in den kleinen Lichtkreis und versucht möglichst unbefangen zu klingen, als er sie anspricht: „Oh hallo. Wo bist du gewesen? Du warst so plötzlich verschwunden."

„Hier und dort." Die Stimme der Königin von Saba klingt wie aus weiter Ferne und doch spricht sie unmittelbar zu ihm. Scheinbar ist er nicht der Einzige, der die Stimme gehört hat. Jan richtet sich urplötzlich auf, genauso Lukas und Rita. Alle drei starren die fremde Frau verwundert an.

„Und", beginnt Hardy zögerlich, „warum bist du hier?"

„Ich bin hier, um dir etwas zu sagen."

Hardy spürt die Unruhe der anderen, spürt, wie ihre Blicke zwischen ihm und der Königin hin- und herspringen, will tausend Fragen stellen, die aber von einer erneuten Woge der Wärme weggespült werden. Bevor er etwas sagen kann, platzt Jan heraus: „Jetzt kommt's, sie ist schwanger." Lukas prustet los und auch Rita kann sich ein Grinsen nicht verkneifen.

Die Königin lässt sich von dem Heiterkeitsausbruch nicht beirren, ihre Augen bleiben unverwandt auf Hardy gerichtet: „Hardy, dein Wunsch ist das Ziel, achtet auf die Ley-Linien. Leb wohl, mein Held." Mit diesen Worten dreht sie sich um. Ihre Gestalt verschwindet ebenso schnell wieder in der Dunkelheit, wie sie gekommen ist.

Hardy kneift die Augen zusammen, als habe er einen Geist gesehen. Auch Lukas reibt sich die Augen: „Was bedeutet das?"

„Ich sag's dir, wenn ich's weiß", antwortet Hardy, weiterhin auf den Punkt starrend, an dem die Königin von Saba verschwunden ist.

„Ich dachte erst, die Frau will noch einen Nachschlag", tönt Jan übermütig, wofür er einen strengen Blick von Rita erntet. Wie, um sich zu entschuldigen, setzt Jan zu einer Frage an: „Wann bist du mit der eigentlich …?"

Die Frage reißt Hardy aus seiner Trance: „Als ich im Hotel in das falsche Zimmer gegangen bin. Als ihr gerade Rita retten wolltet."

„Moment mal!", fährt Jan hoch. „Das heißt, während ich im Hotel erschossen wurde, hast du mit der Königin von Wasa rumgemacht."

Hardy überlegt kurz, ob er Lust auf einen erneuten Streit mit Jan hat, entscheidet sich dagegen und grient Jan breit an: „Nein, stimmt nicht."

„Hä? 'türlich!"

Hardy grient noch breiter, während er sich wieder hinsetzt. „Nein, es war die Königin von Saba", erklärt er bestimmt.

„Mein ich ja, du bist mir ja 'n toller Freund", nölt Jan ungehalten.

Obwohl Hardy das Gespräch sichtlich genießt, realisiert er, dass Jan nicht zu Scherzen aufgelegt ist. „Woher sollte ich denn wissen, dass die euch da auflauern?", fragt er daher entschuldigend.

Jan lässt sich zurück in den Sand fallen. „Haste auch wieder Recht. Nacht", stellt er fest und rollt sich auf die Seite. „Hier ist was los", murmelt er nach einer Weile und schläft fast augenblicklich wieder ein.

Der Himmel im Osten färbt sich langsam wieder rot über dem Meer. Hardy hat in der Nacht nur wenig Schlaf gefunden. Immer wieder sind ihm die Worte der Königin durch den Kopf geschwirrt. Die ersten Schwalben erwachen, kleine Wellen spülen an den Strand, Hardys Augenlider flattern, als er langsam erwacht. Das Geräusch eines auf Schotter bremsenden Wagens mischt sich unter das morgendliche Gezwitscher der Vögel. Zuerst glaubt Hardy, dass das Geräusch noch in seinen Traum gehört, bis er realisiert, dass er schon wach ist. Erschrocken setzt er sich auf und versucht, sich zu orientieren. Sie sind in einer kleinen Bucht gelandet, die von hohen, dichtbewachsenen Felsen umrahmt ist. Einen Wagen kann Hardy nicht entdecken. Rita, Jan und Lukas schlafen noch tief und fest. Autotüren werden geöffnet und zugeschlagen. Hardy springt auf. Er muss wissen, wer hier ist. Möglicherweise jemand, der ihnen helfen kann, vielleicht aber auch S.I.E. Agenten. Er braucht Gewissheit und klettert so leise wie möglich die steilen Felsen hinauf. Oben angekommen, lugt er vorsichtig über den Rand. Vor ihm parkt auf einer mit Büschen bewachsenen Plattform ein weißer Minibus. Hardy zieht sich über die Kante und sucht Deckung. Unter dem Wagen durch erkennt Hardy drei Paar Füße, die auf die gegenüberliegende Seite der Plattform zuhalten.

„Bramsen, haben Sie sie gefunden?“, ertönt eine Stimme. Blitzartig zieht Hardy seinen Kopf zurück.

Luci Fair überblickt von der Plattform aus, die ihr gegenüberliegenden Buchten. „Nein, sie müssen untergetaucht sein“, erschallt Bramsens Stimme aus ihrem Handy.

Genervt schiebt Luci Fair einen Daumen über die Sprechmuschel: „Trottel!“ Sie tritt einen Kiesel die Böschung herunter „Ich fahre jetzt weiter nach Stagira, liefere Grabowsky, André und den Scanner ab. Kommen Sie nach.“ Das Handy verschwindet in ihrer Tasche.

Ohne zu überlegen, robbt Hardy näher an den Minibus heran. Mit einem schnellen Blick durch die Scheibe erkennt er Luci Fair, Helga Grabowsky und Jacques André.

„Da drüben liegt Stagira“, hört er Luci Fair sagen. Grabowsky und André blicken angestrengt in die von Luci Fair angezeigte Richtung. Luci Fair hat anscheinend alles gesehen, wendet sich ruckartig um und geht wieder auf den Minibus zu. Grabowsky und André hingegen rühren sich nicht von der Stelle.

Hardy schleicht eilig zurück. Er rechnet damit, jede Sekunde entdeckt zu werden. Vorsichtig hastet er auf den Rand der Plattform zu. Ein schneller Blick über die Schulter zeigt ihm, dass Luci Fair im nächsten Augenblick die Fahrertür erreichen und ihn entdecken wird. Grabowsky und André genießen noch immer die schöne Aussicht. Das verschafft Hardy den entscheidenden Zeitvorsprung.

Luci Fair bleibt genervt stehen und dreht sich zu Grabowsky und André um. „Hören Sie auf zu glotzen, Ihr Arbeitstag beginnt“, schnauzt sie die beiden an.

Hardy setzt über den Rand des Plateaus hinweg und landet hinter einem kleinen Vorsprung, der ihm Deckung bietet. Er hält die Luft an, aber er hat das Gefühl, sein hämmernder Herzschlag müsste über die ganze Bucht hinweg zu hören sein.

Luci Fair hat ihn jedoch offensichtlich nicht bemerkt. Sie wirft sich hinter das Steuer und startet den Motor. Helga und Jacques beeilen sich beim Einsteigen und schieben die Seitentür zu. Der Wagen setzt zurück. Luci Fair lenkt ihn auf die Straße in Richtung Stagira.

Vorsichtig hebt Hardy den Kopf über die Böschung und sieht den Wagen davonfahren. Gebückt sprintet er zum anderen Ende der Plattform und blickt über den Rand. Vor sich erkennt er die zwei Kegel von Stagira. Über die gesamte Länge der Halbinsel erstreckt sich eine lang gezogene Mauer, an deren Ende die Überreste einer antiken Akropolis zu erkennen sind. Auf der höchsten Erhebung dieser alten Festung zeichnen sich zwei Gestalten gegen den wolkenlosen Himmel ab, wie Hardy nach einer Weile erkennt. Seine Augen fahren langsam die Mauer bergab. Dabei glaubt er, vereinzelt weitere Gestalten zu erkennen. Ein Stück weiter unten sieht er den Minibus über eine Schotterpiste rumpeln, die genau auf die Halbinsel zuführt. Vorsichtig zieht Hardy sich zurück und steigt in die Bucht hinab.

14

An der Ostküste Chalkidikis, Stagira

Der holperige Feldweg endet am Eingangstor zum antiken Stagira. Vor der antiken Stadtmauer wurde ein hoher Zaun errichtet, der das Gelände von einem Ende der Halbinsel zum anderen absperrt. Der Minibus rumpelt den Feldweg herunter. Am Ende des Weges befindet sich ein runder Platz vor dem Zaun, der nur an einer Stelle von einem Eingangstor durchbrochen wird. Zwei S.I.E. Agenten lösen sich aus dem Schatten des Tores. Sie tragen schwere Waffen. Misstrauisch beäugen die Agenten den Wagen und bringen ihre Maschinengewehre in Anschlag.

Luci Fair öffnet die Fahrertür, ohne die Wachen eines Blickes zu würdigen. Die beiden Agenten lassen sofort ihre Waffen sinken, als sie die Frau in ihrem roten Top erkennen. „Frau Fair, so früh haben wir Sie nicht erwartet", stottert einer der Agenten.

Luci Fair übersieht den Agenten geflissentlich und blickt stattdessen missmutig auf den steilen Weg, der auf die Hügel der Halbinsel hinaufführt.

„Ab hier müssen Sie leider zu Fuß gehen", erklärt der Agent, darum bemüht, Luci Fairs Blick korrekt zu interpretieren. „Wenn Sie bitte mitkommen wollen." Der Agent bedeutet Luci Fair, ihm zu folgen, als er durch das Tor tritt. Der zweite Agent öffnet pflichtschuldig die Seitentür des Minibusses, um Jacques und Helga herauszuhelfen.

In Jacques' Blick zeichnet sich dieselbe Mischung aus gespannter Erwartung und kindlicher Neugierde ab, die ihm schon bei der Ankunft in Griechenland ins Gesicht geschrieben stand. Helga dagegen eilt schnurstracks hinter

Luci Fair her. Der wartende Agent rollt die Seitentür wieder zu und bezieht seinen Posten am Eingangstor.

Obwohl es noch früh am Vormittag ist, spürt Luci Fair die ansteigende Temperatur deutlich. Der staubige Weg führt hoch über der steilen Küste um einen Hügel herum, bis er zwischen den beiden kegelförmigen Erhebungen der Halbinsel zu einem ehemals zentralen Platz führt, der von den ausgegrabenen Resten einer antiken Stoa dominiert wird. Auf dem Platz herrscht geschäftiges Treiben. Wie die Ameisen laufen Männer in dunkelblauen Overalls umher, die Grabwerkzeuge von einem Platz zum nächsten transportieren oder direkt an Ort und Stelle Löcher in den staubigen Boden treiben.

Der kleine Trupp hält vor Damiens hünenhafter Gestalt an, der in seinem viel zu engen Overall, mit dem Barett auf dem Kopf und der dunklen Sonnenbrille auf der Nase sichtlich selbstbewusster wirkt als zuletzt in seinem Hawaii Hemd.

Den Gruß des S.I.E. Agenten erwidert Damien beinahe unmerklich. Luci Fair ignoriert ihrerseits den Agenten: „Wo ist Bishi?“, fährt sie Damien grußlos an.

„Folgen Sie mir bitte“, mit einer einladenden Geste führt Damien Luci Fair, Helga und Jacques auf einen steilen, dicht von Büschen umwachsenen Weg an der Stoa vorbei, den hinteren Hügel hinauf. Am höchsten Punkt steht Bishi und schaut gelassen auf die unter ihm arbeitenden Agenten herab.

Auf den letzten steilen Metern beschleunigt Luci Fair noch einmal ihre Schritte. Mit hochrotem Kopf hält sie schnaubend vor Bishi an. Der in ihr brodelnde Zorn wird durch den anstrengenden Aufstieg noch angeheizt: „Wir haben die ganze Nacht gesucht, aber wir haben sie nicht gefunden.“ Innerlich stellt sie sich auf Bishis Wutausbruch ein. Den will sie dann aber weitestgehend an sich abprallen lassen, um Bramsen die Schuld für das Versagen in die Schuhe zu schieben.

„Wie konnte das geschehen?“, fragt Bishi beinahe mitleidig, ohne dabei das Bösartige aus seiner Stimme zu eliminieren.

Luci Fair wusste seit sie in den Wagen gestiegen war, dass diese Frage auf sie zukommen würde. Daher hatte sie sich die Antwort bereits auf dem ganzen Weg nach Stagira zurechtgelegt. „Bramsen hatte die Situation nicht unter Kontrolle“, erwidert sie wie aus der Pistole geschossen. „Er hat versagt …“

„Waren Sie nicht dafür verantwortlich?“, schneidet Bishi ihr das Wort ab.

Luci Fairs Augen wandern über den Boden, als fände sie die Lösung aus ihrer misslichen Lage zwischen vertrockneten Gräsern. „Ja, ich …“, setzt sie zu einem neuen Erklärungsversuch an, nur um wieder von Bishi unterbrochen zu werden: „Mir war klar, dass Sie versagen würden, Sie sind eine Frau“, erklärt Bishi mit kalter Stimme. „Aber das macht nichts“, grinst er höhnisch. „Meine Genialität wird Ihre Inkompetenz kompensieren. Postieren Sie die Wachen, wir wollen Frau Dr. Lihn und ihre Helfershelfer hier beizeiten herzlich willkommen heißen.“

„Jawohl, Herr Bishi“, platzt es aus Luci Fair heraus, obwohl sie innerlich vor Wut kocht. Schließlich hatte Bishi sie beauftragt, Bramsen mitzuteilen, dass der sich um diese Archäologen-Schlampe zu kümmern hat. Ein Strich mehr auf ihrer Liste, die sie Ashtar Sheran zu gegebener Zeit präsentieren würde. Dienstbeflissen wendet sie sich an den nächsten Agenten: „Drei Mann verstärken die Mauer, zwei Wachen unten zum Tor.“

Bishi bleibt von Luci Fairs Eifer sichtlich unbeeindruckt, als er sich Helga und Jacques zuwendet, die vor Anstrengung schnaufend und ächzend die letzten Meter des Hügels erklimmen: „Herr André und Frau Grabowsky! Jetzt können Sie den Beweis antreten, ob Sie wirklich dazu in der Lage sind, mit Ihrem Bodenscanner den Drachen von Fumé zu finden."

Helga und Jacques nicken wortlos. Jacques wischt sich mit einem Tuch den Schweiß von der Stirn und reicht es Helga, die aber leicht angeekelt ablehnt. Verwundert schaut Jacques zuerst auf das Tuch und sieht sich dann um, als suche er nach einem geeigneten Platz, an dem er mit dem Bodenscanner anfangen könne, während er das Tuch umständlich in seine Hosentasche zurück befördert.

Bishi schüttelt unmerklich den Kopf und zeigt mit dem Finger auf Damien: „Sie scheinen mir ein kluger Kopf zu sein."

In Damien geht schlagartig die Sonne auf, gleißende Sterne irrlichtern auf seinen Pupillen und das wohlige Gefühl einer frisch verdauten Tiefkühlpizza breitet sich in seinem Innern aus. Das Grinsen kann er sich nur mit sichtlicher Mühe verkneifen, aber seine Gesichtsfarbe nimmt vor lauter Verlegenheit deutlich zu und er scharrt leicht mit einem Fuß einen Halbkreis über den staubigen Boden: „Danke, Herr Bishi."

Damiens Gehampel sowie dessen Gesichtsdisco bleiben Bishi entweder verborgen oder er ignoriert es nachdrücklich. „Schnappen Sie sich Grabowsky und André und übernehmen Sie die Aufsicht bei den Grabungsarbeiten dort hinten", befiehlt er emotionslos, um mit drohendem Unterton zu ergänzen: „Enttäuschen Sie mich nicht."

Der Wechsel in Bishis Tonfall bringt Damien zurück in die hiesige Hemisphäre, Planet Erde. Mit einem lauten

„jawohl, Herr Bishi“, schlägt er die Hacken zusammen, macht auf dem Absatz kehrt und steigt, gefolgt von einer mit den Augen rollenden Helga und einem sich in sein Schicksal ergebenden Jacques, den Hügel wieder herab.

Etwas früher nur einen Kilometer entfernt

Der Abhang ist übersät von losem Geröll. Trotz der Eile, mit der Hardy die steilen Felsen herunterklettert, prüft er bei jedem Schritt und jedem Griff, ob er genug Halt hat. Immer wieder lösen sich kleinere Steine, rollen bergab und schlagen dicht neben dem schlafenden Jan auf. Um Jans Kopf herum bilden die Steine bereits einen kleinen Kranz. Jan rührt sich noch immer nicht. Hardy entscheidet sich, die letzten Meter mit einem einzigen Satz zu nehmen, um den Kieselregen zu beenden. Er sucht sich eine freie Stelle aus und stößt sich von der Wand ab, wobei er versucht, den Sprung so zu kalkulieren, dass er nicht auf einem der Schlafenden landet. Der Flug ist kurz, trotzdem verlagert Hardy zwischendurch seinen Schwerpunkt, rollt gekonnt unten auf dem Sand ab und kommt genau neben Lukas wieder hoch. Sofort packt er ihn und rüttelt sachte an seiner Schulter: „Wacht auf, ihr Schlafnasen.“

Die offensichtlich grobe Behandlung quittiert Lukas ärgerlich grunzend und rollt sich auf die andere Seite, ohne wach zu werden.

Jan streckt kurz den Kopf hoch und sagt verschlafen: „Ach, du bist es, Hardy.“

„Los auf, wir sind fast in Stagira“, ruft Hardy ungeduldig in die Runde.

„Schläfst du eigentlich nie, Hardy?“, entgegnet Jan, der sich den Schlaf aus den Augen reibt.

„Keine Zeit", versetzt Hardy angespannt.

Derweil ist Rita aufgestanden, bedeckt das immer noch vor sich hinglimmende Feuer mit Sand und signalisiert, dass zumindest sie abmarschbereit ist.

Die einsetzende Unruhe weckt auch Lukas endgültig auf. Äußerst gemächlich bequemt er sich dazu, sich aufzusetzen, und guckt schlaftrunken in die Runde. „Ich nehm dann mal 'nen Kaffe und ein Croissant", bestellt er in Richtung eines imaginären Zimmerservices.

„Ja, ja", Hardy zieht Lukas hoch, bevor dieser weiß, wie ihm geschieht. „Später, jetzt gehen wir erst mal."

Aber anstatt das Boot aus dem Gebüsch zu ziehen, zeigt Hardy auf die Felswand. „Da müssen wir hoch." Er deutet mit dem Daumen nach oben und beginnt sogleich mit dem Aufstieg. Rita entscheidet sich dafür, keine Fragen zu stellen, und schließt sich ihm an. Jan streckt sich ein letztes Mal vor der Wand und macht sich an die Arbeit. Lukas quengelt zwar still vor sich hin, beginnt aber ebenfalls mit dem Aufstieg.

Hardy erreicht als erster die Plattform, hockt sich an den Rand und schaut sich um. Erst jetzt erkennt er, dass es sich um einen klassischen View-Point handelt. Neben einer kleinen Quelle, einigen künstlich gepflanzten Palmen und diversen Büschen und Sträuchern, wurden auf dem Plateau auch mehrere Sitzbänke aufgestellt, um den atemberaubenden Ausblick genießen zu können. Für längeres Sightseeing bleibt jedoch keine Zeit. Nachdem alle oben angekommen sind, bedeutet Hardy Rita, Jan und Lukas gestenreich, sich geduckt zu halten, um nicht zu viel Aufmerksamkeit auf sich zu lenken. Sie kriechen zum Rand des Aussichtspunktes und blicken auf die hügelige Halbinsel mit der langgestreckten Mauer davor, die Hardy bereits vor wenigen Minuten gesehen hat.

„Das ist Stagira. Ich habe mindestens sechs Wachen allein entlang der Mauer gezählt", erklärt Hardy. „Da unten, diese Schotterpiste führt direkt hin."

Eine Weile beobachten sie die Halbinsel, in der stillen Hoffnung, einen besseren Überblick zu gewinnen. Aber auf der anderen Seite geschieht nichts. Lediglich die Silhouette eines Agenten bewegt sich auf der Spitze des vorderen Kegels hin und wieder ein wenig. Schließlich kriechen die vier vom Rand der Plattform zurück, um den Aussichtspunkt auf der gegenüberliegenden Seite zu umrunden, bis sie auf die Straße stoßen. Als sie am Fuß des Hügels auf den Schotterweg gelangen, bedeutet Hardy den anderen wortlos zurückzubleiben und prescht alleine los. Kurz vor dem höchsten Punkt des nächsten Hügels wirft Hardy sich flach auf den Boden und späht vorsichtig über den Rand. Unter sich erkennt er das Eingangstor, vor dem der übrig gebliebene Agent patrouilliert. Vorsichtig zieht Hardy sich zurück. Als er sicher ist, nicht mehr gesehen werden zu können, springt er auf und hastet zu den anderen zurück.

„Wir müssen durch die Büsche", bemerkt er. „Die Wache am Eingang sieht einen sonst auf Meilen kommen."

Ohne sich weiter abzusprechen, springen sie flugs über die Böschung und schlagen sich parallel zum Schotterweg durch das unwegsame Gelände.

„Wir sollten uns trennen", schlägt Jan vor, als sie nahe genug sind, um den Eingangsbereich zu überblicken und er sich ebenfalls einen schnellen Überblick verschafft hat. „Rita muss da rein, bevor sie das Grab entdecken. Ihr versucht es über den Hauptweg, ich steige über den Wasserweg ein und schalte zuerst die Wachen auf der Mauer aus."

„Ich geh mit dir, Großer", lässt Lukas pathetisch verlauten.

Jan schaut Lukas prüfend an: „Danke, Junior."

„Seid ihr sicher?", fragt Hardy zweifelnd. „Das wird hart, Leute."

„Gebt uns zwanzig Minuten, dann ist die Luft rein", winkt Jan ab, „wenn nicht ..." Er führt den Satz nicht zu Ende.

„Komm, Großer", sagt Lukas, bevor ein anderer etwas sagen kann.

Hardy hält Jan stumm die Faust hin, Jan schlägt ein und läuft zusammen mit Lukas los. Zuerst ein Stück zurück, dann, im Schatten des Hügels, kreuzen sie den Weg und verschwinden auf der anderen Seite zwischen den Büschen.

„Hoffentlich schaffen sie es rechtzeitig", meint Rita besorgt, als sie den beiden nachblickt.

„Keine Sorge, Jan hat schon ganz andere Dinger gedreht", versucht Hardy, so entspannt wie möglich klingend, Ritas Anspannung zu dämpfen.

„Was denn?", fragt Rita neugierig.

Hardy grinst Rita schief an: „Keine Ahnung, aber der erzählt doch dauernd so was."

Die äußerst präzise Antwort weht ein genauso schiefes Lächeln ins Ritas Gesicht.

„Wir sollten los, kommst du?", lenkt Hardy ab.

„Jetzt bin ich aber echt neugierig", versucht Rita den Faden des Gesprächs wieder aufzugreifen, während sie sich durch das dichte Gestrüpp vorarbeiten.

Bevor Hardy antworten kann, hört er das Geräusch eines Autos. „Ducken", zischt er und drückt Rita runter. Gerade rechtzeitig. Ein weiterer Minibus holpert direkt neben ihnen über den Weg.

Nur wenige Meter oberhalb des Eingangstores verfolgen Hardy und Rita, durch die Büsche spähend, wie der

Wagen neben den anderen Minibussen hält. Die Türen öffnen sich.

„Sieh mal da bei der Wache. Das ist Bramsen“, kommentiert Rita das Geschehen.

Neben ihr nickt Hardy mit zusammengekniffenen Augen: „Den hab ich schon öfter abgehängt, wird Zeit, ihn mal endgültig wegzuhängen.“

Jan und Lukas haben die kleine Halbinsel in respektvollem Abstand zum Zaun umrundet und gleiten auf der anderen Seite ins Wasser. Das Mittelmeer ist um diese Jahreszeit noch nicht sonderlich warm, wie Lukas sogleich feststellt, als er fröstelnd ins Wasser eintaucht. Jan dagegen scheint die Kälte nichts auszumachen. Mit langen Zügen pflügt er durch die Wellen. Nachdem Lukas den Kälteschock überwunden hat, beschäftigt ihn mit jedem weiteren Meter der Gedanke, welche menschenfressenden Meeresungetüme ihn bereits auf ihre Speisekarte gesetzt haben. Deshalb gehen seine zunächst zögerlichen Schwimmzüge bald in ein hektisches Paddeln über, so dass er sogar zu Jan aufschließen kann. Um Deckung zu haben, hält Jan sich nah an den steil aufragenden Felsen, obwohl die Brandung sie zuweilen gefährlich nahe gegen die spitzen Kanten drückt. Die beiden schwimmen jedoch unbeirrt weiter und hinter der nächsten Klippe entdecken sie einen kleinen Strand, der ein gutes Stück unterhalb der Mauer liegt, und halten auf ihn zu. Jan lässt sich bis an die Wasserlinie spülen, späht konzentriert in alle Richtungen und steigt langsam aus dem Wasser. Es ist niemand zu sehen. Hinter ihm kommt Lukas hoch. Jan schüttelt sich einmal, richtet sich die Frisur und ist trocken.

„Alter, wie machst du das?“, platzt Lukas begeistert und tropfnass heraus.

„Alles Training“, kommentiert Jan trocken.

Lukas deutet auf Jans trockene Kleidung: „Ich mein die Klamotten.“

„Ach das, du weißt doch, L ist ein guter Schneider. Los, komm!“ Sie sprinten über den schmalen Strand und erklimmen den Hügel. Plötzlich hält Jan inne und bedeutet Lukas zu warten. Vor ihnen marschieren drei S.I.E. Agenten, bewaffnet mit Spaten und Spitzhacken, einen schmalen Weg entlang. Jan und Hardy halten den Atem an. Als die Agenten um eine Ecke biegen, laufen die beiden den Weg in die entgegengesetzte Richtung und gelangen so an den Fuß der langen Mauer, die sie eilig erklimmen, bis sie die ersten Wachen vor sich sehen. Zentimeter für Zentimeter schieben sie sich vorsichtig an die Wachmänner heran. Dann springen sie gleichzeitig auf, reißen die überraschten Männer um und schicken sie mit gezielten Faustschlägen ins Land der Träume. Auf diese Weise arbeiten sie sich gezielt von einer Wache zur nächsten vor, bis sie das Ende der Mauer erreichen.

Unten im Gebüsch vor dem Tor deutet Hardy, der die Mauer scharf im Auge behält, nach oben: „Da! Sie schalten die Wachen aus.“

„Also, an die Arbeit.“ Rita geht mit energischen Schritten eilig nach vorne, bis sie an dem runden Vorplatz vor dem Eingangstor hinter einem schräg liegenden Felsen stoppt. Vor dem Tor kommandiert Bramsen noch immer den Wachmann herum.

Nachdem sie sich über die Hügel Stagiras einen Überblick verschafft hat, lässt Luci Fair ihr Fernglas sinken. Dass einige Wachen nicht mehr auf ihrem Posten sind, beunruhigt sie keineswegs. „Sie sind da“, erklärt sie stattdessen lapidar in Richtung Somo Bishi.

Emotionalität ist sicherlich keine von Bishis herausragenden Eigenschaften, Gefühle nach außen zu zeigen noch weniger, aber diese Information zeichnet den Anflug eines Lächelns auf seine Lippen: „ Wie die Schafe auf dem Weg zur Schlachtbank."

Der Gedanke an ein Schlachtfest weckt Luci Fairs Blutdurst. Vergessen ist der Ärger über die ungerechte Behandlung. Der Moment der Rache für die erlittenen Demütigungen rückt immer näher und jagt ihr einen Schauer der Vorfreude über den Rücken. „Ich freue mich schon auf Dr. Lihns Gesicht", verkündet sie süffisant.

„Ist Bramsen schon da?", blafft Bishi wieder im gewohnten Kommandoton.

An Stelle einer direkten Antwort, hebt Luci Fair ihr Funkgerät an den Mund: „Bramsen." Aus dem Funkgerät dringt lediglich ein Rauschen. „Bramsen, wo stecken Sie?", versucht Luci Fair es erneut. Die wachsende Ungeduld in ihrer Stimme ist nicht zu überhören.

Eine halbe Minute lang ist nur Rauschen zu hören, dann ertönt endlich Bramsens Stimme aus dem Speaker: „Ich bin am Tor. Hier ist alles ruhig."

Luci Fair lässt das Funkgerät sinken und nickt Bishi zu.

Am Eingangstor bietet sich dem geneigten Betrachter ein friedliches Szenario. Eine Wache liegt ohnmächtig am Boden. Hardy hat es sich auf dem Rücken des Mannes bequem gemacht. Er probiert die Stiefel des Agenten an, da er keine Schuhe mehr hat, seit sie aus dem Hotel geflohen sind. Sie sind zwar nicht schön und mindestens zwei Nummern zu groß, aber sie bieten Schutz vor den kleinen, spitzen Steinen, die den Boden förmlich übersäen.

In Ritas Augen blitzt ein unheiliger Zorn, während sie Bramsen seine eigene Pistole an den Kopf hält, die sie ihm bei ihrem Überraschungsangriff entwendet hat: „Braver Junge."

Bramsens Hände weisen Richtung Himmel, die Aufregung in seiner Stimme ist unüberhörbar: „Rita, du spielst mit euren Leben."

In Rita schwappen die Gefühle über den alten Freund zwischen grenzenloser Enttäuschung und unbändiger Wut hin und her. „Wir erhöhen jetzt sogar die Einsätze, Paul", versetzt Rita kalt, ohne sich ihre Gefühlsachterbahn anmerken zu lassen.

Bramsen beißt sich auf die Lippe. Auf seiner Stirn bildet sich kalter Schweiß. „Du weißt nicht, mit wem du dich da anlegst", versucht er zu beschwichtigen.

Hardy erhebt sich ruckartig vom Rücken des Agenten und greift sich dessen Waffe. „Doch, weiß sie und dich wird sie bremsen, Bramsen", erklärt Hardy, während er sich vor ihrem Gefangenen aufbaut.

Bramsen schnappt nach Luft. „Hör mal zu, du Zwerg. Du hast gerade Sendepause, wenn sich Erwachsene unterhalten." Er spuckt die Worte förmlich aus.

Im Gegensatz zu Rita hat Hardy sich nicht so gut unter Kontrolle. Mit der Waffe in der Hand holt er blitzschnell aus und zieht Bramsen ansatzlos den Kolben über den Schädel. „Der quatscht zuviel", kommentiert er seine Aktion, als Bramsen wie ein nasser Wäschesack zu Boden geht.

Rita knirscht mit den Zähnen. Immer noch hält sie die Waffe auf Bramsen gerichtet, den Finger am Abzug. Hardy tippt sie vorsichtig an der Schulter an und schüttelt leicht den Kopf. Erst die sachte Berührung weckt Rita aus ihrer Erstarrung. Ohne ein weiteres Wort zu verlieren, zieht Hardy sie durch das Tor. Unterwegs werfen sie die erbeuteten Waffen über den Rand der Klippen, wo sie irgendwo weit unter ihnen auf die Felsen aufschlagen. Die

Endgültigkeit, die der Gebrauch einer Schusswaffe mit sich bringt, bereitet ihnen trotz aller Schwierigkeiten, die sie haben, nach wie vor Probleme und sie sind nicht gewillt, sich diese Schuld aufzuladen.

Eine Windböe wirbelt Luci Fairs Haare auf, die nur ein paar hundert Meter weiter auf dem Hügel steht, so dass sie aussieht wie die Medusa persönlich. Sie schaltet ihr Funkgerät auf die vereinbarte Standardfrequenz und befiehlt im strengen Tonfall: „Alle auf ihre Plätze! Macht euch bereit!"

Auf dem gesamten Ausgrabungsgelände verschwinden die S.I.E. Agenten von der Bildfläche, tauchen zwischen irgendwelchen Büschen ab, springen in frisch ausgehobene Gräben oder ducken sich hinter Felsen. Stagira wirkt wie ausgestorben.

Auf der anderen Seite der Halbinsel schleichen Jan und Lukas einen schmalen Weg hoch. Dabei passieren sie immer wieder verlassene Stellen, an denen vor nicht allzu langer Zeit noch gegraben worden sein muss. Es ist niemand zu sehen. Lukas hält an und lässt seinen Blick schweifen. „Die waren ja schon recht fleißig", stellt er überraschend sachkundig fest.

„Jau, aber schlag da keine Wurzeln", zischt Jan leise, obwohl das Rauschen der Wellen, die unterhalb von ihnen gegen die Klippen branden, alle Geräusche übertönt.

Ein beunruhigender Gedanke schießt Lukas durch den Kopf, den er ohne Umschweife und ohne den Blick von den verlassenen Grabungsstätten abzuwenden, verkündet: „Und wenn sie den Drachen schon gefunden haben?"

„Dann wär'n sie wohl kaum noch hier", entgegnet Jan ungeduldig. „Los, weiter."

Die Erklärung leuchtet Lukas ein, langsam setzt er sich

in Bewegung. Ganz nebenbei fragt er: „Wo sind die eigentlich alle?"

Jetzt erstarrt Jan wie vom Donner gerührt. An ihm nagt schon die ganze Zeit das Gefühl, dass irgendetwas an diesem Ort merkwürdig ist. Lukas beiläufige Frage verstärkt sein Misstrauen. „Stimmt, wo?", fragt er, während seine Augen hektisch die Gegend absuchen, aber es ist niemand zu sehen. Nach kurzer Überlegung sagt er: „Lass den Soundmann hier."

In Lukas Augen leuchtet so etwas wie Verstehen auf. „Du meinst eine Rückversicherung?", fragt er sichtlich entzückt.

„Genau und gut verteilen." Jan deutet auf mehrere Punkte in der näheren und ferneren Umgebung.

Lukas legt eine von L's Soundplates auf den Boden und aktiviert sie auf seinem EyeTop. Gewissenhaft bringt er auf diese Weise eine Soundplate nach der anderen in Position, während die beiden sich immer weiter vorsichtig über das weitläufige Gelände vorarbeiten.

Zur selben Zeit stürmen Rita und Hardy so schnell wie möglich den Weg herauf, jederzeit darauf gefasst, auf weitere S.I.E. Agenten zu stoßen. Um ihr Glück nicht übermäßig zu strapazieren, entscheiden sie sich, den Weg zu verlassen und querfeldein weiterzulaufen, bis sie an eine Lichtung gelangen, auf der zwischen hohen Pinien die Grundmauern eines antiken Gehöfts freigelegt wurden. Die Wände sind zum Teil mit Holzpalisaden abgestützt. Sowohl in dem Gebäude als auch außen herum sind frische Grabungsspuren zu erkennen, wie Rita sogleich feststellt. Abgesehen davon wirkt das antike Haus jedoch genauso verlassen, als sei seit dem Auszug des letzten Bewohners niemand mehr hier gewesen.

Rita fühlt sich ganz in ihrem Element. Trotz ihrer recht prekären Situation nimmt sie sich die Zeit, die Ausgrabung genauer zu untersuchen. Zwischen den spärlichen Überresten der Ruinen kniend, zieht sie einen feinen Pinsel heraus und streicht damit fast zärtlich dicht über dem Boden die Steine einer Wand frei. „Schau dir diese Strukturen an, die sind ungefähr 2300 Jahre alt“, erklärt sie fiebrig, den Finger auf eine in Hardys Augen völlig nichtssagende Fuge gerichtet.

Hardy ist schwer beeindruckt, obwohl er nicht die leiseste Ahnung hat, wie sie das Alter aus den spärlichen Informationen so schnell bestimmen kann. „Dann haben sie wohl an der richtigen Stelle gegraben“, bescheidet er lächelnd.

Ritas Miene verändert sich schlagartig. Die fiebrige Entspannung weicht plötzlicher Nüchternheit. „Nicht ganz“, erklärt sie. „Sonst wären sie wieder weg. Aber irgendwo hier muss das Grab von Aristoteles sein und damit der Drache.“

Hardy blickt sich auf der Lichtung um: „Das werden wir rausfinden.“

„Wo wäre Aristoteles wohl beigesetzt worden?“ Die steilen Falten auf ihrer Stirn verraten Hardy, dass Rita ernstlich über die Frage nachgrübelt. Die Stille, die diese Frage hinterlässt, wird sprichwörtlich. Das Meer rauscht nur ganz leise und das zuvor permanente Gezwitscher der Vögel in den Bäumen ringsum verstummt. Hardy legt den Kopf auf die Seite. Nach einer Weile stößt er Rita an, die immer noch in ihrer grübelnden Haltung verharrt: „Hör mal!“

„Was“, fragt sie geistesabwesend, besinnt sich dann aber. „Ich höre nur das Meer.“

Hardy geht ein paar Meter herum, wobei er aufmerksam die umstehenden Bäume beobachtet: „Eben, das ist es. Viel zu ruhig. Das riecht nach einer Falle."

Rita erhebt sich und blinzelt Hardy zu: „Na dann."

Diese Geistesverwandtschaft kennt Hardy von Jan und diversen anderen. Ritas Gedanken bleiben ihm nicht verborgen, wie er mit einem Blick erfreut feststellt. Entsprechend grinst er voller Selbstbewusstsein und konfrontationslustig geworden zurück: „Lösen wir sie aus."

Beschwingt setzen die beiden ihren Weg zwischen den Pinien hindurch fort. Die Ausgrabungsstelle bleibt verwaist zurück.

Unterwegs spürt Hardy deutlich, wie ihm die dornigen Büsche die Schienbeine zerkratzen. Bei jedem neuen Kratzer flucht er leise vor sich hin. Schließlich landen sie auf einem weiten Platz zwischen den beiden Hügeln der Halbinsel. Beeindruckt halten sie am Rand des Platzes an. Gegenüber befinden sich die Überreste einer alten Stoa. Sie sind auf dem kleinen antiken Marktplatz von Stagira angekommen, über dem die Überreste der antiken Wandelhalle thronen. Auch dieser Platz ist übersät mit frisch ausgehobenen Löchern und genauso verlassen, wie zuvor das Gehöft. Hardy ist froh, aus dem dornigen Gebüsch herausgekommen zu sein. Mit einem Blick auf seine Beine beschließt er, nie wieder ein Hotelzimmer im Bademantel zu verlassen. Naja, möglichst nie.

Bevor sie auf den großen Platz hinaustreten, sichern sie sich nach allen Seiten ab. Von der gegenüberliegenden Seite nähern sich Schritte. Hardy will Rita gerade in Deckung ziehen, als er Jan und Lukas erkennt, die sorglos den Hügel heraufstürmen. Mitten auf dem Platz halten die Freunde voreinander an.

„Das dauert ja ewig bei euch", scherzt Hardy mit gespielter Entrüstung.

Rita steigt sofort breit grinsend darauf ein: „Sandburgen gebaut?"

„Wir sind alten Freunden begegnet", zitiert Jan einen seiner alten Helden.

„Habt ihr was gefunden", keucht Lukas atemlos.

„Lediglich leere Ausgrabungsstellen", greift Hardy Rita vor.

„Laut der Struktur der Gesteinsschichten befinden wir uns jedenfalls im richtigen Zeitalter", erklärt Rita sachkundig.

Lukas ist spontan begeistert: „Super." Seine fröhliche Miene verflüchtigt sich allerdings recht schnell wieder, als er in die fragenden bis ratlosen Gesichter der anderen schaut.

Das einsame Klatschen eines verhungernden Applauses lässt die vier erschrocken herumfahren. Gefolgt von Luci Fair stolziert Somo Bishi die Grundmauern der Stoa entlang. „Die drei Musketiere und ihre Constance. Willkommen", begrüßt Bishi die vier mit unüberhörbarer Herablassung in der Stimme. Sein triumphierender Gang hätte römischen Kaisern zur Ehre gereicht, in der verwitterten Wandelhalle wirkt er völlig deplatziert, was Bishi nicht im Geringsten zu stören scheint. Er breitet seine Arme aus, als wolle er den Platz umarmen, vollführt dann aber wie ein Dirigent nur eine winzige Bewegung, als solle sein Ensemble aufstehen, um den Applaus des Publikums entgegenzunehmen. Auf dieses Zeichen hin erhebt sich tatsächlich ein Orchester, allerdings sind die Musiker nicht mit Instrumenten ausgerüstet. S.I.E. Agenten erheben sich aus Grabungslöchern, wobei ihnen eine gewisse Ähnlichkeit mit Erdmännchen nicht abzusprechen ist. Weitere Agenten tauchen aus den umliegenden Büschen auf, treten hinter den äußeren Grundmauern der Stoa hervor und bringen ihre tödlichen Instrumente in Anschlag. Rita, Hardy, Jan und Lukas sitzen in der Falle. Die Agenten lassen die vier, die sich Rücken an Rücken im Kreis drehen und das unverhoffte Schauspiel betrachten, keinen Moment aus den Augen.

„Guck mal Junior, da sind se alle", schüttelt Jan die Bedrohung mit einem Lachen auf den Lippen ab.

Bishi wähnt sich am Ziel: „Wir haben Sie erwartet", stellt er mit sich und der Welt sichtlich zufrieden fest.

Um die Runde zu komplettieren, trabt aus der Richtung, aus der Rita und Hardy zuvor kamen, Matt Bramsen mit wütenden Schritten heran. Der feine Blutfaden, der sein Gesicht herunterläuft, gibt ihm den gefährlichen Anstrich eines Apachen auf dem Kriegspfad, wenngleich die Apachen selten als Bartträger in die Geschichte eingegangen sind.

Davon unbeeindruckt, begrüßt Rita den Neuankömmling entsprechend salopp: „Hey Paul, Bremsspuren im Gesicht?"

Bramsen beachtet Rita nicht im Mindesten, sondern stürmt direkt auf Hardy zu. „Wo ist der Zwerg?" grunzt er und bleibt genau eine Nasenspitze vor Hardy stehen, wobei er ihn hasserfüllt anstiert. „Den mach ich fertig!"

Bishi genießt die steigende Anspannung des Augenblicks sichtlich. Zwar hebt er beschwichtigend seine Hände, doch das nur, um das Feuer in aller Ruhe schüren zu können: „Alles zu seiner Zeit, Bramsen." Bishis klebrige Stimme tropft wie vergammelter Honig in die Ohren.

Mit hektischen Schritten hastet Damien aus der anderen Richtung auf Bishi zu. Im Vorübergehen grüßt er kurz zu Bramsen herüber, an allen anderen eilt er völlig unbeeindruckt vorbei. Offenbar entgeht ihm sowohl die angespannte Situation als auch, dass er Bishis Redefluss unterbricht. Schließlich bleibt er vor seinem Herrn und Meister stehen und verbeugt sich dienstbeflissen. „Herr Bishi, wir hatten kein Glück, wir haben immer noch nichts gefunden“, erklärt er mit einer Ernsthaftigkeit, die jedem klar denkenden Menschen Lachtränen in die Augen treiben würde. Alle Augen auf dem Platz, ausgenommen die von Bramsen, der sich mit seiner offenen Lederjacke Luft zufächelt, schwenken, wie bei einem Tennismatch, von Damien zu Bishi herüber. Bishis Blick ist vollkommen leer. Er starrt Damien völlig ungerührt, ja sogar unbeteiligt an. Eine gute halbe Minute verharrt er so bewegungslos. Rita kommt die Zeit wie eine halbe Ewigkeit vor und sie überlegt, ob sie nicht einfach gehen sollen, solange Bishi paralysiert ist. Dann klappt Bishis Mund auf und zu und er befiehlt Damien kaltschnäuzig: „Bitte geben Sie mir doch mal Ihre Waffe.“

Ohne über die Anweisung nachzudenken, zieht der Angesprochene ansatzlos seine Pistole aus dem Holster, steigt die untersten beiden Stufen hoch und streckt die Waffe mit dem Kolben nach vorn Bishi entgegen.

Bishi wiegt die schwere Automatik in seiner Hand, als wolle er prüfen wie viel sie wiegt, richtet sie dann kurzerhand auf Damien und drückt, ohne mit der Wimper zu zucken, ab.

In Damiens Gesicht zeichnet sich Fassungslosigkeit ab. Sein Blick wandert zu Bishi, wandert über den Lauf der auf ihn gerichteten Pistole, wandert herab an seinem Overall, bis zu der Stelle, an der jetzt ein kleines Loch klafft, aus dem das Blut herausläuft. Er wischt mit dem Zeigefinger über das Blut, als streiche er durch eine geleerte Schüssel Kuchenteig. Daraufhin hält er den Finger vor sein Gesicht, blickt anklagend auf Bishi und bricht tonlos zusammen. Damien ist tot, bevor er auf dem Boden aufschlägt.

Auf dem antiken Marktplatz ist es unheimlich still geworden, bis sich Luci Fair räuspert. „Touché", kommentiert sie das makabre Geschehen kaltschnäuzig.

Bishi reicht ihr die Pistole, ohne sie dabei auch nur eines Blickes zu würdigen. Als habe das Intermezzo nie stattgefunden, wechselt Bishi übergangslos das Thema und fixiert Rita mit strengem Blick: „Frau Dr. Lihn, ich habe jetzt genug von diesen Spielereien. Es wäre für alle besser, Sie geben uns jetzt die Information, die wir haben wollen. Wo finden wir den Drachen?"

Der Ekel, den Rita für Bishi empfindet, wächst von Minute zu Minute. Sie starrt auf Damiens leblosen Körper. Die ohnmächtige Wut, die sich in ihr ausbreitet, wischt alle Furcht beiseite. Trotzig verschränkt sie die Arme vor der Brust und schaut Bishi zornig an. „Sonst?", fragt sie gereizt.

Bishi scheint die Situation sichtlich zu genießen. Endlich hält er alle Trümpfe für einen Grand Ouvert in der Hand und ist gewillt, sie einen nach dem anderen, bis zur allerletzten Karte, auszuspielen. „Ich kann mir nicht vorstellen, dass Sie posthum dafür verantwortlich sein wollen, dass diese langweilige Pseudometropole in Ostwestfalen mitsamt ihren Einwohnern ausgelöscht wird", erklärt er drohend, bevor er eine kleine Kunstpause einlegt, um anschließend seinen sorgsam inszenierten Monolog zu Ende zu führen. „Und das nur, weil Sie sich weigern, uns zu dem Drachen zu führen."

„Das heißt, wenn Sie den Drachen hätten, würde Bielefeld verschont?", versucht Rita ihn mit seinen eigenen Waffen zu schlagen, wohlwissend, dass Bishi der letzte Mensch ist, dem sie trauen kann. Sie versucht Zeit zu gewinnen. Zeit, um sich etwas einfallen zu lassen, damit sie sich heil aus der Situation herausmanövrieren können.

„Sagen wir, eine erfolgreiche Bergung des Drachens würde die Überlebenschancen der Stadt und der Menschen optimieren“, weicht Bishi boshaft lächelnd aus.

Hardys Blick wandert still zwischen den beiden Kontrahenten hin und her. Er schätzt die Entfernung zu Bishi ab und versucht sich auszurechnen, ob er es schaffen könnte, die Treppe hoch zu stürmen und Bishi zu überwältigen, bevor die Wachen reagieren. Noch bevor er diesen ersten Impuls in die Tat umsetzen kann, spürt er, dass Rita, die seine Gedanken zu erraten scheint, seine Hand drückt. Ihre Augen begegnen sich und im gleichen Moment errät Hardy stumm, was Rita denkt und greift den Faden auf. „Wieso eigentlich Bielefeld?“, fragt er an Bishi gewandt.

Bishi trifft die Frage nicht unvorbereitet. Genüsslich setzt er, seine Worte mehr schmatzend als sprechend, zu einem weiteren unvermeidlichen Monolog an. „Das ist ganz einfach. Bielefeld ist eine Stadt voller Egomanen. Wenn die öffentliche Ordnung und Ruhe auf den Straßen hergestellt ist, stellt dort niemand zu viele Fragen“, erklärt Bishi, von seiner eigenen Genialität tief beeindruckt, um dann demonstrativ lächelnd fortzufahren. „Ihr fragt euch jetzt sicherlich, wieso außerhalb Bielefelds niemand reagiert? Ganz einfach, niemand interessiert sich für eine derart langweilige Stadt wie Bielefeld.“ Bishi lässt eine weitere Pause folgen, in der man auf dem Platz eine Stecknadel fallen hören könnte. Selbst der Wind und das Rauschen des Meeres scheinen verstummt zu sein. Selbstgefällig mustert er die angespannten Gesichter vor sich. „Alles, was wir tun mussten, war ein paar Internet-Server zu überwachen und geschickt das Gerücht zu streuen, dass Bielefeld nicht existiert. Niemand vermisst diese Stadt, wenn sie versehentlich ausgelöscht wird“, verkündet er mit der gleichen Tonalität, als lese er den Beipackzettel eines Placebos vor.

Beiläufig greift Bramsen nach der Pistole des Wachmannes, der ihm am nächsten steht und spielt an ihr herum, wobei er Hardy immer wieder scharf mustert.

Hardy registriert Bramsen überhaupt nicht. Die ungeheure Kaltschnäuzigkeit, mit der Bishi den Tod tausender Menschen in Kauf zu nehmen gewillt ist, schockiert ihn so sehr, dass er glaubt, sich verhört zu haben. „Sie meinen, für den Fall, dass Ihre Experimente fehlschlagen sollten", versetzt Hardy, den in ihm aufsteigenden Zorn mühsam niederkämpfend, um nicht laut loszubrüllen.

Bishis Gesicht verwandelt sich in eine gehässig grinsende Fratze: „Ja, es gibt immer Opfer, wenn große Ziele verfolgt werden."

Hardy merkt, wie sich seine Gedärme bei Bishis Worten zusammenziehen. Überlebensgroße Wut kocht in ihm hoch. Am liebsten würde er Bishi sofort an die Gurgel springen. Sein Brustkorb hebt und senkt sich, als würde er gleich kollabieren. Nur mit größter Anstrengung gelingt es ihm, sich weiterhin zusammenzureißen. „Glauben Sie wirklich, Sie können die Menschen auf Dauer für dumm verkaufen?" Hardys Stimme zittert vor Anspannung, während er spricht. „Die Bielefelder sind weder egozentrisch noch halb so einfältig, wie sie vielleicht glauben mögen", versetzt er. „Es werden mehr Bielefelder Fragen stellen. Wir sind vielleicht nur die Ersten, die nachforschen." Bei diesen Worten spürt Hardy Ruhe in sich aufsteigen und lässt nun seinerseits eine kleine Kunstpause folgen, bevor er mit kontrolliert drohendem Unterton fortfährt, „keinesfalls aber die Letzten."

Das Kichern, das Bishi Hardys Vortrag folgen lässt, klingt wie das Zischeln einer Klapperschlange, kurz bevor sie zustößt. „Aber wir", beginnt Bishi überlegen, „stehen jetzt sehr kurz vor dem Erreichen unserer Ziele." Bishi wartet die Wirkung seiner Worte kurz ab, wobei er seine Hände vor dem Mund zusammenführt. „Störenfriede wie ihr sind dann nur noch Staub der Geschichte." Bei den letzten Worten pustet Bishi imaginären Staub aus seinen Händen und blickt siegessicher auf die vier herab.

„Bielefeld wacht auf, Bishi. Ihnen läuft die Zeit davon", entgegnet Rita trotzig.

Das Zucken seiner Mundwinkel vermag Bishi kaum zu verbergen, als er sich eines Ausspruchs seines Meisters erinnert, den er in dieser Situation für angemessen erachtet: „Ashtar Sheran sagt, man verliert die meiste Zeit damit, dass man Zeit gewinnen will."

Mitleidig lächelnd schüttelt Hardy seinen Kopf und verkündet neunmalklug: „Das war John Steinbeck."

„Stimmt", platzt es aus Luci Fair unvermittelt heraus. Im selben Moment ahnt sie, dass sie besser geschwiegen hätte.

Bishis Stimme schnappt beinahe über, als er sie anbrüllt: „Schweig, Weib!" Einen Atemzug später ist er wieder die Ruhe selbst. „Wir finden den Drachen und ihr euer Grab, hier, direkt neben Aristoteles", flüstert Bishi maliziös.

Bislang beobachtet Lukas nur schweigend das Geschehen. Während er noch überlegt, ob auch nur einer von Bishis Gefühlsausbrüchen echt ist, tritt Jan wutentbrannt einen Schritt nach vorne: „Bishi! Sie mieses, verkommenes Subjekt." Jan spuckt die Worte förmlich aus.

Hoch erfreut darüber, dass es ihm gelingt die in seinen Augen kleinen, arroganten Emporkömmlinge aus der Reserve zu locken, setzt Bishi zu einem meckernden Lachen an. Das Lachen klingt über den antiken Marktplatz, wird von der gegenüberliegenden Wand zurückgeworfen, wodurch der Eindruck entsteht, dass entweder eine ganze Ziegenherde durch Stagira getrieben wird oder aber eine

Monsterziege den Platz heimsucht. Das Lachen verklingt genauso schnell wieder, wie es über den Platz hereingebrochen ist.

Währenddessen löst Bramsen den Hebel, der die Trommel seines Revolvers arretiert, checkt sie und drückt sie zurück in die Waffe.

Aus den Augenwinkeln registriert Hardy, dass Lukas zu schwanken beginnt, wobei er von einem Fuß auf den anderen stolpert. Dann schlägt Lukas die Hände vors Gesicht und jammert: „Oh, mir ist so schlecht. Mir ist schwindelig."

Hardy erinnert sich an Wanstohns Lektion, dass in ausweglosen Situationen gestiftete Verwirrung eine Tür zu öffnen vermag. Er betet stumm, dass Lukas tatsächlich nur simuliert, schaut Jan an und verdreht die Augen, um Jans Aufmerksamkeit darauf zu lenken: „War doch klar, dass das passiert."

Jan steigt geistesgegenwärtig auf Hardys Bemerkung ein. „Ja, Herr Asterix. Ja ja, sind wir mal wieder ganz besonders schlau", schimpft er wutentbrannt.

Lukas torkelt, immer größere Kreise ziehend, umher. Der S.I.E. Agent, der neben Lukas steht, um ihn zu bewachen, wird nervös. Sein Kopf ruckt zwischen Lukas und Bishi hin und her, wird dann aber von Hardy und Jan in Beschlag genommen, als Hardy Jan vor die Brust schlägt. Dieser taumelt und revanchiert sich mit einem Tritt.

Rita blickt sich fassungslos in der Runde um. Sie weiß, dass Bishi sie braucht, um den Drachen zu finden. Aber anscheinend haben die drei Studenten unter der Anspannung die Nerven verloren und bieten Bishi damit jede Gelegenheit, sie fertig zu machen. „Jungs! Sind wir hier im Kindergarten?", fährt sie die drei an.

Luci Fair beobachtet das einsetzende Chaos am Fuß der Treppe, angesichts der offensichtlich verzweifelten Studenten, mit stetig wachsendem Wohlgefühl. „Eher im Säuglingsalter“, kommentiert sie, um den Unfrieden weiter anzustacheln.

„Hat jemand die Null gedrückt, dass du dich meldest?“, schnauzt Rita sie an, wobei sie zu spät realisiert, dass sie ebenfalls die Beherrschung verloren hat.

Mittlerweile haben sich Jan und Hardy heftig ineinander verkrallt und versuchen sich nun gegenseitig aus dem Gleichgewicht zu bringen. Lukas schwankt gefährlich weiter hin und her und rudert Halt suchend mit den Armen, um nicht umzufallen.

Somo Bishi genießt, genau wie Luci Fair, die offensichtlich wachsende Verzweiflung seiner Opponenten. Siegesgewiss verkündet er: „Frau Dr. Lihn. Sie können zumindest Ihr Leben retten. Ich glaube nämlich, Sie haben uns jetzt etwas Wichtiges mitzuteilen.“ Für Bishi ist die Demonstration seiner Macht nun vollständig. „Frau Fair, ich zähle bis drei, sollte Frau Lihn dann nicht kooperieren …“, kommandiert er, ohne Rita aus den Augen zu lassen.

„Sehr wohl“, bestätigt Luci Fair erfreut und lädt genüsslich ihre großkalibrige Pistole durch.

Bramsen, der immer noch teilnahmslos daneben steht, lässt langsam seine Pistole sinken.

Über dem heißen Wüstensand flimmert die Luft. Die drei Männer verharren scheinbar seit Stunden reglos. Bramsen spürt die Hitze des Sandes an seinen Knien durch die abgewetzte Hose hindurch. Er hält die Hände im Nacken verschränkt und stiert vor sich hin. Aus den Augenwinkeln sieht er, wie der Mann zu seiner Linken gierig schlürfend einen großen Schluck aus seiner Feldflasche nimmt, wobei ihm die Hälfte des Wassers aus den Mundwinkeln läuft. Was für eine Verschwendung, denkt Bramsen.

„Ich zähle jetzt bis drei, dann schickst du diesen Bastard in die Hölle“, rülpst der Mann, als er die Flasche wieder absetzt.

Bramsen versucht zu schlucken, aber seine Kehle ist so ausgetrocknet, dass es ihm nur unter Schmerzen gelingt. Mit seinem Leben hat er abgeschlossen. Zuerst unehrenhaft aus der Legion entlassen und dann beim Stehlen von Wasser erwischt worden. Ein Standgericht hat ihn ohne viel Federlesens verurteilt und jetzt wird das Urteil vollstreckt. Bramsen hört den Hahn einer Pistole neben seinem Ohr knacken. Gleich ist es vorbei. Er spannt seine Muskeln an, bereit zum Sprung.

„Eins“, zählt Bishi vernehmlich und holt damit Bramsen aus seinem Tagtraum zurück.

Wie um zu beweisen, dass sie keine Angst vor Bishis Drohung hat, stemmt Rita, mit hoch erhobenem Kopf, die Fäuste in die Seiten. Jan hat Hardy in den Schwitzkasten genommen und zusammen wälzen sie sich über den Boden.

Unschlüssig blickt Bramsen von Bishi zu Rita Lihn, geht dann einen Schritt auf sie zu und beginnt mit eindringlicher Stimme auf sie einzureden: „Rita, es ist besser, wenn du ihnen sagst, was sie wissen wollen.“

Ganz langsam dreht Rita den Kopf zu Bramsen. „Besser für wen?“, zischt sie voller Verachtung, wobei sie ihren Blick auf Bishi geheftet lässt.

„Zwei“, schnarrt Bishi.

„Bist du bereit?“, flüstert Jan unter seinem Arm hindurch Hardy zu. Der nickt unmerklich. Jan blinzelt Lukas zu, der schließlich vor dem Wachmann eingeknickt ist.

Unverwandt starrt Bishi auf Rita hinab, hebt leicht den Kopf und nickt vor sich hin, als wolle er sich selber darin bestätigen, dass er das Richtige tut. „Nun, Ihre Zeit ist abgelaufen Dr. Lihn. Frau Fair, bitte." Mit einer einladenden Geste in Richtung der eiskalten Agentin tritt Bishi einen halben Schritt zurück.

Unterdessen stimmt Lukas einen nicht enden wollenden Schwall von Kotzgeräuschen an, während er die Hände auf den Bauch presst und sich vor dem merklich überforderten Agenten hin und her windet. „Uargh, das verdammte Scopolamin", presst er dabei hektisch atmend hervor.

Luci Fair steigt davon ungerührt die Treppe zwei Stufen herab, legt die Pistole blutdurstig lächelnd auf Rita Lihn an. „Abschied nehmen ist immer ein Stückchen Tod", bemerkt sie spöttisch.

In dem Augenblick, in dem Luci Fair den Hahn durchzieht, wirft sich Bramsen zwischen Rita und Luci Fair. Der Schuss löst sich und Bramsen wird, von der Wucht der Kugel getroffen, gegen Rita geschleudert. Beide stürzen zu Boden. In Bramsens Brust klafft ein riesiges Loch, aus dem das Blut in Strömen fließt.

Fassungslos beugt Rita sich über Bramsen und streicht ihm die Haare aus dem Gesicht. „Paul, Paul", flüstert sie hilflos.

„Ups, ein bisschen Schwund ist immer", bemerkt Luci Fair strahlend, während sie die Treppe herabsteigt und erneut auf Rita anlegen will.

Im selben Augenblick bricht die Hölle los. Von allen Seiten ertönen Maschinengewehrsalven. Die S.I.E. Agenten drehen sich hektisch um und feuern zurück in die Richtung, aus der sie die Schüsse vermuten oder werfen sich in Deckung. Bishi duckt sich oben auf der Stoa. Lukas, der Sekunden vorher die Taste auf dem EyeTop gedrückt hat, um den Soundadjuster zu aktivieren, springt den S.I.E.

Agenten von unten an und landet einen direkten Treffer unter dessen Kinn. Dann schnappt er sich einen Spaten, der neben dem Agenten aus einem Grabungsloch lugt, stößt ihm den Stil in den Magen, um ihm anschließend die Schaufel über den Schädel zu ziehen. Der Agent hat noch gar nicht realisiert, wie ihm geschieht, als er schon zu Boden geht. Auf dieses Zeichen haben Jan und Hardy gewartet. Jan stößt Hardy auf einen weiteren S.I.E. Agenten zu und schickt den ihm am nächsten stehenden Agenten ins Land der Träume. Rita registriert die Waffe, die Luci Fair unverwandt auf sie gerichtet hält. Als Luci Fair nahe genug herangekommen ist, entwendet Rita ihr mit einer blitzschnellen Bewegung die Waffe, dreht sich um die eigene Achse und versetzt ihr dabei einen satten Tritt in die Magengrube, der Luci Fair zu Boden wirft, wo sie röchelnd liegen bleibt.

Sogleich hockt sich Rita wieder neben den am Boden liegenden Bramsen und schaut ihn voller Mitgefühl und zugleich verständnislos an. „Paul, ich dachte …“, flüstert sie mit tränenerstickter Stimme.

Bramsen greift nach ihrer Hand. „Rita“, röchelt er, verdreht die Augen und sackt weg.

Jan und Lukas nutzen die Verwirrung der S.I.E Agenten und sprinten zu den nächstliegenden Büschen, während immer noch imaginäre Maschinengewehrsalven durch die Luft peitschen und die S.I.E.kom Agenten in Deckung halten.

Eine Hand legt sich auf Ritas Schulter, die erschrocken zusammenzuckt, bevor sie Hardy durch einen Schleier vor ihren Augen erkennt. Hardy spricht in eindringlichem Tonfall auf sie ein: „Rita, wir müssen hier weg.“ Rita rührt sich nicht, so dass Hardy sich gezwungen sieht, sie am Ellbogen hochzuziehen und von Bramsen wegzuzerren. Zunächst widerwillig läuft Rita schließlich mit in die Richtung, in der zuvor Jan und Lukas im Unterholz verschwunden sind. Die S.I.E. Agenten haben sich inzwischen gesammelt. Kugeln jagen pfeifend durch die Büsche. Dann setzen die Agenten, von Bishi lautstark angetrieben, hinterher. Hardy und Rita rennen, was die Lungen hergeben. Vor sich sehen sie, wie Jan und Lukas sich einen Weg durch die Büsche bahnen und plötzlich unerwartet stoppen. Die beiden stehen hoch über dem Meer am Rande eines weiteren Ausgrabungsabschnitts. Hardy und Rita schließen zu Jan und Lukas auf, die sich unschlüssig umschauen. Hardy stößt Jan nur kurz an und stürmt mit Rita weiter den Hügel hinab, quer über das Ausgrabungsgelände in Richtung Meer. Jan setzt sich sofort wieder in Bewegung, Lukas folgt ihm.

„Ganz toll, Leute, wir haben Aristoteles nicht gefunden und sind genauso weit wie vorher“, ruft Jan Hardy zu.

„Nicht ganz“, stößt Hardy schwer atmend hervor. „Wir wissen mehr über ihre Pläne.“

„Was nützt uns das, wenn wir nicht einmal wissen, wo wir sind“, schimpft Jan im vollen Lauf zurück.

„Im Tempelbezirk von Stagira“, erklärt Rita, die hinter den beiden Streithähnen rennt.

Lukas gelingt es, sich im Lauf umzuschauen und dabei einen ziemlich dämlichen Gesichtsausdruck an den Tag zu legen. „Hier?“, fragt er, als könne er nicht glauben, dass diese Mauerreste einmal ein Heiligtum gewesen sein sollen.

„Ja, hier“, antwortet Rita, während sie an ihm vorbeizieht.

Völlig unerwartet bleibt Hardy stehen, so dass die anderen ihn fast umrennen: „Wir Riesenrindviecher.“

„Hä?“, fragt Lukas, der einmal mehr überhaupt nicht begreift, was geschieht.

Missbilligend schaut Hardy ihn an: „Wo ist Aristoteles wohl beigesetzt?“

Wie aus einem Munde antworten Jan und Rita: „Im Tempelbezirk von Stagira.“

„Genau, schaut euch um, ob ihr irgendwo einen Hinweis findet“, drängt Hardy bestimmt. Sich nach allen Seiten umschauend, laufen die vier weiter.

„Wie sieht der Hinweis aus?“, fragt Lukas atemlos.

„Frag Aristoteles“, grinst Jan, der jetzt das Schlusslicht der Truppe bildet, nach Luft schnappend.

Am oberen Rand der Ausgrabungsstätte brechen die S.I.E. Agenten durch die Büsche. Als sie die vier erblicken, eröffnen sie sofort das Feuer. Querschläger pfeifen über die jahrtausendealten Ruinen. Einige Kugeln prallen an Jans Kevlar-Hemd ab. „Dadurch bekommt das Wort Rückendeckung eine ganz neue Bedeutung“, ruft er lakonisch, ohne seine Geschwindigkeit zu drosseln.

Am unteren Ende des Ausgrabungsgeländes angelangt, stellen sie fest, dass die Felsen vor ihnen steil hinab zum Meer führen.

„Fabelhafte Rettung“, bemerkte Rita mit unverhohlener Ironie.

„Und was machen wir jetzt?“, fragend schaut Lukas in die Runde. Eine weitere Salve Kugeln spritzt direkt neben ihnen in den Sand.

„Weiter“, bestimmt Hardy und beginnt mit dem Abstieg.

Die Wand ist sehr steil. Zudem schneiden die scharfen Kanten der Felsen in die Hände. Ein starker auflandiger Wind zerrt an ihrer Kleidung. Hardy versucht, den Gedanken zu ignorieren, dass ihm jemand zwanzig Meter tiefer zuschauen könnte, wie er den Berg herunterklettert, wenn sein Bademantel vom Wind aufgebauscht wird.

Lukas' Schnürsenkel bleibt beim Abstieg an einer spitzen Felsnadel hängen und er gerät ins Stolpern. Hardy kratzt sich kurz am Kopf, als er beobachtet, wie schnell Lukas an ihm vorbei absteigt. Der hingegen hat bei dem Versuch, seinen Schnüsrsenkel freizubekommen, jeden Halt verloren und rutscht die Wand mehr herab, als dass er noch klettert. Wie durch ein Wunder kommt Lukas schließlich unversehrt am Fuß der Klippe an. Hardy klatscht Beifall, allerdings nur innerlich, da er gerade keine Hand frei hat.

Das Meer donnert mit lautem Getöse unten auf die ausgehöhlten Felsen. Lukas grüßt fröhlich nach oben, um zu signalisieren, dass alles in Ordnung ist. Jan winkt Lukas kurz zu, der sich bereits seinem Schnürsenkel mit großer Sorgfalt widmet. Dabei wird sein Blick von einem kleinen Gecko abgelenkt, der vor ihm über den heißen Stein auf die Wand zusprintet. Lukas folgt dem Weg des Geckos mit seinen Augen, bis die Echse unter einem alten, knochigen Busch verschwindet. Neugierig schiebt Lukas einige Äste des Busches zur Seite und hält inne.

„Hier ist eine Höhle", ruft er hoffnungsvoll zu den anderen hinauf. Der Höhleneingang ist durch den Busch so perfekt getarnt, dass Lukas ihn ohne den Gecko glatt übersehen hätte. Er inspiziert den Eingang genauer, wobei er feststellt, dass dieser so niedrig und schmal ist, dass sich gerade ein Mensch hindurchschieben kann. Auf einmal ist Lukas hellwach, er winkt den anderen, sich zu beeilen. Ein schneller Blick nach oben zeigt ihm, dass die S.I.E. Agenten noch nicht am Klippenrand aufgetaucht sind.

Jan stößt sich von der Wand ab und nimmt die letzten Meter mit einem Satz. „Sprich, Freund und tritt ein", grinst er Lukas mit einladender Geste an, als er sich wieder aufrichtet.

Lukas kratzt sich nachdenklich am Kopf: „Freund?“

Jan rollt, ob der medialen Unwissenheit seines Freundes, einmal mehr mit den Augen. „Oh, Mann.“

Aber Lukas bekommt Jans Reaktion gar nicht mit, er ist schon durch den schmalen Spalt verschwunden. Rita, die soeben unten ankommt, folgt ihm auf dem Fuße. Jan schüttelt kurz den Kopf und zwängt sich ebenfalls durch den engen Eingang. Als Hardy unten ankommt, versichert er sich mit einem letzten schnellen Blick nach oben, dass kein S.I.E. Agent beobachtet, wohin sie entschlüpfen, bevor er sich als letzter durch den Eingang zwängt.

Nur Sekunden später erscheinen oben die S.I.E. Agenten und spähen vorsichtig über den Rand. „Sie sind weg“, stellt einer der Agenten mit Kennerblick fest. Die anderen nicken wie Bauarbeiter, die vor einer Baustelle stehen, ohne einen Handschlag zu rühren, solange der Vorarbeiter sie nicht eingewiesen hat.

Gemessenen, aber nicht weniger eiligen, Schrittes erreicht auch Somo Bishi, der die letzten Worte aufgeschnappt hat, das Grüppchen. „Dann sucht sie!“, faucht er den nächstbesten Agenten an. So unsanft angetrieben, erwachen die lethargischen Agenten aus ihrer Frühstückspausenerstarrung und nehmen die Verfolgung auf.

15

Jenseits von Raum und Zeit in der Dunkelheit

Lukas arbeitet sich flach auf dem Bauch liegend immer weiter in der Dunkelheit vor. Rita, die unmittelbar hinter ihm kriecht, hat eine kleine Taschenlampe aus ihrem Gürtel gezogen und leuchtet Lukas den Weg so gut wie möglich aus. Hinter sich hört sie das Kratzen und Schaben von Jan und Hardy in dem engen Tunnel. Ein leichter Anflug von Panik steigt in Rita auf. Wenn die S.I.E. Agenten sie hier finden, bevor sie aus diesem Schlauch heraus sind, ist es nur eine Frage der Zeit, bis sie sie eingeholt haben, sofern die Höhle nicht sowieso irgendwann endet. Sie schiebt den Gedanken daran beiseite, als sie im Licht der Lampe erkennt, dass Lukas sich plötzlich aufrichtet. Rita robbt schneller und ehe sie sich versieht, ist sie aus dem schmalen Tunnel heraus und kann ebenfalls aufrecht stehen. An dieser Stelle misst die lichte Deckenhöhe der Höhle mindestens 3,10 Meter, wie Rita im sich schnell verflüchtigenden Schein der kleinen Lampe mit einem Blick abschätzt, da die Zimmerdecke ihrer Wohnung dieselbe Höhe hat. Rita hat das nachgemessen, um ihre Fähigkeiten im Einschätzen von Distanzen zu üben. Neugierig leuchtet sie über die Wände und fährt mit ihren Fingern über das Gestein. Jan schiebt sich hinter Rita aus dem engen Schlauch heraus und wird dabei von dem kleinen Lichtkegel von Ritas Taschenlampe erfasst, als sie über den Boden leuchtet. Der Lichtkegel erfasst einige zum Teil verwitterte Holzstiele. Jan beugt sich neugierig zu den Stielen herunter.

„Sieh mal, das sind Fackeln", sagt er, gibt eine an Rita weiter, zückt ein Feuerzeug und zündet sie an. Jan greift sich ein paar weitere Fackeln, die er an die anderen verteilt. Als er eine zweite Fackel an der ersten entzünden will, schüttelt Rita energisch den Kopf. Jan zuckt ergeben mit den Achseln: „Wahrscheinlich hast du Recht, leuchten wir mit der Energiesparvariante. Wer weiß, wie lange wir hier rumhängen."

Im tanzenden Schein des Feuers erkennen sie vor sich einen langen Tunnel. Hardy wirft einen letzten Blick zurück in den schmalen Schacht. Die Größe des Lichtpunktes vor seinen Augen signalisiert ihm, dass sie sich gute 20 Meter weit in den Berg vorgearbeitet haben. Hardy stellt beruhigt fest, dass ihre Verfolger den Eingang bislang nicht entdeckt haben.

Rita hebt die Fackel höher, geht sicheren Schrittes über den unebenen Boden voran und bedeutet den anderen, es ihr gleichzutun.

Mit stolzgeschwellter Brust präsentiert der S.I.E. Agent Somo Bishi auf der Klippe seinen Fund. Bishi steckt nur kurz den Kopf in das Loch im Fels und befiehlt, ohne auch nur den Ansatz von Anerkennung durchklingen zu lassen: „Checken Sie das ab." Der S.I.E. Agent verschwindet augenblicklich in dem Loch. Minuten später erscheint sein Kopf wieder. „Da drin ist eine Höhle, in der erst vor kurzem jemand gewesen ist", erklärt er mit nicht mehr ganz so stolzgeschwellter Brust.

„Dann haben wir sie ja bald", knurrt Bishi mit drohendem Unterton in der Stimme. „Ziehen Sie hier alle zusammen. Wir gehen in den Untergrund."

Nur wenig später haben sich sämtliche S.I.E. Agenten inklusive Luci Fair, Helga Grabowsky und Jacques André vor dem Höhleneingang versammelt und beobachten, wie Bishi einem der Agenten befiehlt, in das Loch zu krabbeln. Dann gibt er Luci Fair den Auftrag, jeden zu erschießen, der nicht folgt und verschwindet in dem winzigen Durchgang.

Helga wird unbehaglich bei dem Anblick des schmalen Höhleneingangs, wagt aber nicht zu widersprechen, da Luci Fair sie derart böse anschaut, dass sie lieber schnell in den engen Spalt kriecht als draußen bei dieser Frau zu bleiben.

„Hat sich jemand die Richtung gemerkt?“, fragt Lukas, der gemäß einer scheinbar lieb gewonnenen Tradition wieder das Schlusslicht bildet.

Jan hat die Hände in den Hosentaschen vergraben, während er hinter Rita und Hardy herschlendert, als wäre er mit seiner zukünftigen Exfreundin zum Shopping in der Fußgängerzone. „Klar, geradeaus“, witzelt er über die Schulter.

Rita, die den Trupp immer noch anführt, beachtet die Frotzelei nicht weiter, sondern konzentriert sich auf die Finsternis vor sich. Sie hat jegliches Zeitgefühl verloren. Allein wie weit die Fackel heruntergebrannt ist, zeigt ihr, dass sie schon eine Weile unterwegs sind. Jan reicht ihr eine neue Fackel, die sie an der alten entzündet. „Wie groß mag die Höhle sein?“, fragt sie mehr sich selbst, als jemand anderen.

„Wenn die Fackeln alle sind, sitzen wir im Dunkeln“, antwortet Jan mit wachsender Ungeduld, „und wo zum Teufel ist das Grab von diesem Aristoteles?“

Hardy schiebt sich an Jan vorbei und erklärt voller Enthusiasmus, um in ihrer prekären Lage nicht unnötig Panik zu verbreiten: „Finden wir es heraus.“

Ihr Weg führt sie immer tiefer in den Fels, ohne dass sich die Gestalt der Höhle merklich verändert. Hardy vermag sich allerdings nicht des Eindrucks zu erwehren, dass ihr Weg ganz leicht, aber dennoch stetig abwärts führt, beschließt aber, diesen Gedanken vorläufig für sich zu behalten.

„Schaut mal, hier steht was“, meldet sich Lukas nach einer Weile zu Wort. Neugierig geworden, tritt Rita mit der Fackel näher an die von Lukas bezeichnete Stelle heran und beginnt zu lesen. Obwohl die Inschrift an der Wand reichlich verwittert ist, gelingt es Rita, den Text zu entziffern. „Hic Mump Itz esta la Makka“, liest sie vor und stockt. „Das ist derselbe Text wie auf dem Dokument, das auf der Sparrenburg gefunden wurde.“

Lukas wippt aufgeregt auf der Stelle: „Das ist ein Hinweis.“ „Dann muss hier irgendwo das Grab von Aristoteles sein“, fügt Rita aufgeregt hinzu und leuchtet mit der Fackel umher, als erwarte sie den Sarg direkt an dieser Stelle. Aber vor und hinter ihr erstreckt sich im Schein der Fackel nur der Gang. Nachdem sie alle einen Moment lang erfolglos die Wand abgesucht haben, setzt Rita sich unverrichteter Dinge wieder in Bewegung, wobei sie den anderen mit einem Kopfnicken bedeutet, ihr zu folgen.

Hinter dem schmalen Durchlass haben sich endlich alle Agenten der S.I.E. in der Höhle eingefunden. Der Zug setzt sich in Bewegung, angeführt von einem S.I.E. Agenten, der mit vorsichtigen Schritten und hoch erhobener Fackel in der einen und schussbereiter Waffe in der anderen Hand den Trupp anführt. Direkt hinter dem Agenten geht Bishi, neben ihm Luci Fair. Wie immer hält Bishi die Hände vor dem Körper, so dass sich nur die Fingerspitzen berühren. Rein äußerlich wirkt er genauso entspannt wie Luci Fair, tatsächlich arbeitet es aber mächtig in seinem Kopf. Angesichts der immer wieder an der Wand auftauchenden Hieroglyphen hat Bishi einen Verdacht, was diese Höhle betrifft, hüllt sich aber in Schweigen. Hinter Bishi und Fair bewegt sich zwar langsam, dafür in ordentlichen Zweierreihen der Zug der S.I.E.kom. Ein Beobachter würde bei diesem seltsamen Zug durch die Höhle wohl eher so etwas wie eine religiöse Prozession als eine archäologische Expedition vermuten. Minutenlang marschiert die Gruppe schweigend durch die Höhlen, bis Luci Fair es nicht mehr aushält. „Ich wusste gar nicht, dass Sie diese Höhlen kennen", unterbricht sie die Stille, ohne dabei eine gewisse Bewunderung für Bishi vollständig unterdrücken zu können, die aber zugleich auch als Spott interpretiert werden könnte.

Bishi ist sich inzwischen klar darüber geworden, wo sie sich befinden, und beschließt, Luci Fairs Bemerkung als Bewunderung eines ungebildeten Geistes aufzufassen. Gleichwohl ist ihm die Doppeldeutigkeit des Kommentars nicht entgangen. „Ihre Unwissenheit ringt mir Hochachtung ab, Frau äh ...", entgegnet er daher im Plauderton und deutet auf die in unregelmäßigen Abständen auftauchenden Schriftzeichen an den Wänden, die sie soeben passieren. „Dies ist eine der Ley-Linien." Bishi unterbricht sich kurz, um die Wirkung seiner Worte zu testen. Luci Fairs Gesichtsausdruck verrät genug Ratlosigkeit, um Bishi zufrieden mit seinen Ausführungen fortfahren zu lassen: „Dies ist einer der Transportwege der Atlanter. Ashtar Sheran hatte Recht." Der Anflug eines Lächelns zeichnet sich auf Bishis Gesicht ab. „Jetzt finden wir den Drachen", stellt er, offenbar mit sich und der Welt zufrieden, fest.

„Wenn Wanstohns Agenten ihn nicht vor uns finden", rutscht Luci Fair eine Bemerkung heraus, für die sie sich einmal mehr direkt auf die Lippe beißt und sich für ihr loses Mundwerk schilt. Zu Recht, wie sie auch sogleich feststellen kann. Bishis eben noch selbstgefällige Laune ändert sich schlagartig. „DANN FINDEN SIE IHN BESSER ZUERST“, schnauzt er unverblümt mit sich ballenden Fäusten. Bishi beschleunigt seine Schritte, Luci Fair beeilt sich, ihn zu überholen, um den S.I.E. Agenten vor sich anzuschubsen, damit er schneller geht.

Viel tiefer in der Höhle erhellt der Lichtschein von Ritas Fackel eine Stelle an der Höhlenwand, auf der erneut Schriftzeichen zu erkennen sind.

„Mist, wir gehen im Kreis“, stellt Hardy mit einem flüchtigen Blick auf die Zeichen fest.

Nachdem sie inzwischen eine ganze Weile durch die Finsternis marschieren, ohne einen Ausgang zu finden, wird die Anspannung unter den vieren beinahe greifbar. In Jans Miene spiegelt sich der Ausdruck eines ‚Ich-hab's-ja-gleich-gesagt‘. „Also doch nicht geradeaus?“, fragt er übertrieben erstaunt, um seine Anspannung zu kompensieren.

Rita tritt näher an die Wand heran, ihre Finger gleiten über das Gestein und die Schriftzeichen. Ihre Stirn legt sich in Falten, als sie in Gedanken versinkt. „Doch, das Gestein ist hier ganz anders beschaffen. Die Gesteinsschichten wirken sehr viel mitteleuropäischer“, erklärt sie, um die anderen an ihren Gedanken teilhaben zu lassen.

„Das bedeutet, es ist derselbe Text an einer anderen Stelle“, platzt Lukas, einer plötzlichen Eingebung folgend, höchst sachverständig heraus.

„Scharf kombiniert, Miss Marple“, kommentiert Jan Lukas' Bemerkung larmoyant. Dieses Umhertapsen im Dunkeln geht nicht so spurlos an ihm vorüber, wie er es gerne hätte.

Lukas, der die Ironie in Jans Stimme nicht wahrgenommen hat, strahlt über das ganze Gesicht: „Danke, ich weiß."

Hardy streicht sich grübelnd über sein stoppeliges Kinn: „Warum mitteleuropäischer, wie kann das sein?"

Rita wendet sich nur halb zu ihm um, ihre Augen bleiben bei der Inschrift: „Ich bin mir nicht sicher."

„Was will uns der Text denn sagen, Frau Doktor?", fragt Jan, dem immer unbehaglicher zumute wird.

Um sicher zu gehen, nichts Falsches zu erzählen, überfliegt Rita die Schriftzeichen ein weiteres Mal: „Etwa: Aristoteles hält mich nun in der Ewigkeit. Du kannst mich nur finden, wenn du Zeit und Raum überbrückst, wenn die Naht verschwindet, die Euch trennt, fügt sich das Gegensätzliche wie ein gespannter Bogen."

In Lukas' Gesichtsausdruck lassen sich keinerlei Spuren tieferen Begreifens ablesen. Verständnislos wandert sein Blick von einem zum anderen: „Was für eine Naht? Eine Naht, die uns trennt?"

Hardy stützt sich an der gegenüberliegenden Wand ab und versinkt in Gedanken. In seinem Inneren arbeitet etwas, es will heraus an die Oberfläche. Er holt tief Luft, als wolle er etwas sagen, legt sich dann aber den Finger vor den Mund, um sich selbst zum Schweigen zu bringen.

„Ein Paradoxon", wirft Jan altklug ein.

Ganz entgegen seiner Erwartung nickt Rita ihm anerkennend zu: „Das scheint mir sehr wichtig, lass uns mal überlegen."

Durch den unerwarteten Zuspruch etwas überfordert, grübelt Jan sofort übereifrig mit: „Eine Naht fügt zwei Teile zu einem Ganzen."

„Aber nicht wirklich, es bleiben zwei Teile", führt Rita den Faden fort. Zwischen ihnen besteht also doch eine tiefere Verbindung, ist Jan sich nun sicher und seine Bedenken gegenüber der Höhle verfliegen. Der Ort scheint zwar denkbar ungeeignet, aber endlich wähnt er sich mit Rita auf einer Wellenlänge. Nur mühsam unterdrückt Jan seinen inneren Jubel. Wenn er könnte, würde er jetzt Samba an einer Eckfahne tanzen. Allerdings würde er das vor den anderen weder zugeben wollen, noch befindet sich in dieser Höhle die notwendige Eckfahne.

„Montaigne“, platzt Hardy unvermittelt in die einsetzende Stille hinein.

Lukas antwortet gewohnt treffsicher: „Hä?“

Auch die Mienen von Rita und Jan verzeichnen eher weitere Fragezeichen, als dass sie erkennen ließen, sie wüssten wovon Hardy spricht.

Hardy dagegen schüttelt den Kopf, als brächte er auf diese Weise seinen abwegigen Gedanken in die passende Form. „Montaigne sprach von Freundschaft, einer Freundschaft, die so weit ging, dass sogar die Naht, die sie trennte, zwischen ihnen verschwand. So was wie ewige Freundschaft.“

Rita lächelt Hardy etwas zu bemüht an. „Ich weiß nicht, ob …“, beginnt sie möglichst einfühlsam, um Hardy nicht zu sehr zu kränken.

Hardy brabbelt jedoch wie in Trance weiter vor sich hin: „Ein altes Symbol für Ewigkeit und für etwas, das hm …“, sein Zeigefinger winkt stakkatomäßig auf und ab, damit die anderen ihn nicht wieder unterbrechen. „Wir brauchen ein Symbol für etwas, das unendlich ist und und … für etwas Ganzheitliches, ja, hm, das ist der Kreis.“ Keuchend, als lade er soeben eine schwere Last ab, spuckt Hardy die letzten Worte förmlich aus.

Rita, die zunächst äußerst skeptisch der Ausführung folgt, hat plötzlich einen Einfall. In ihren Augen beginnt es zu glimmen: „Ein Ring!“

Jan ist völlig perplex. Er traut schon seinen Augen kaum noch, aber nachdem, was er soeben gehört hat, will er seinen Ohren erst recht nicht länger trauen und er beginnt, an der Verstandeskraft seiner Freunde zu zweifeln. Genauer gesagt, denkt er, dass die beiden einem reichhaltigen Höhlenkoller zum Opfer gefallen sind. Aber er ist sich sicher, dass er die ultimative Antwort parat hat, um sie wieder auf einen vernünftigen Weg zurückzuführen. Dazu fährt er mit seinem Zeigefinger bedeutungsschwanger Richtung Höhlendecke und fuchtelt mit der Hand wild in der Luft herum. „Ein Ring sie zu nähen, sie alle zu finden", beginnt er im Brustton Gandalfs tiefster Überzeugung und stockt, da ihm niemand zuhört, wie er mit einem Blick erkennt.

„Ring, … Kreis, … Unendlichkeit, … Ewigkeit", flüstert Hardy angestrengt nachdenkend vor sich her.

„Wie bringt uns das jetzt weiter?" Rita fährt mit fliegenden Fingern über die Schriftzeichen, als erwarte sie, in einen Ring greifen zu können. Jedenfalls sieht es für Jan so aus, der sich angesichts dieser um sich greifenden Idiotitis, die Haare rauft. Auch Lukas erweist sich für Jan kaum als eine echte Hilfe, wie er da steht und mit wirrem Blick von einem zum andern schaut.

Das alles ist ein großer Fehler, ich bin mit lauter Bekloppten unterwegs, denkt Jan. Irgendwann in den nächsten Minuten wird wahrscheinlich die halbe S.I.E. Armada genau hier an diesem Platz auftauchen und die beiden spinnen sich neben Herrn Ahnungslos durch die Weltliteratur. Er beschließt, dem Treiben Einhalt zu gebieten. Exodus dem Exodus, lautet seine Devise. „Also", verschafft er sich lautstark Gehör. „Also, wenn ihr Bock auf Rumspinnen habt, dann hab ich 'nen Superplan." Bevor auch nur einer etwas entgegnen kann, springt er mit wild rollenden

Augen in die Mitte und greift nach Ritas linker Hand. „Los, bildet einen Kreis“, dabei hüpft er wie ein Derwisch zwischen ihnen herum. Bevor Hardy sich versieht, greift Jan auch nach dessen Hand. „Hier Hardy, du stellst dich hier hin“, erklärt Jan bestimmt, als wüsste er ganz genau, was er tut.

Lukas beobachtet fassungslos das Geschehen und ganz langsam ergreift wieder so etwas wie Bewusstsein von ihm Besitz. Ihm wird überdeutlich klar, dass Jan soeben dabei ist durchzudrehen. Entsprechend unwirsch fährt Lukas ihn an, um ihn auf den Boden der Tatsachen zurückzuholen: „Mann, jetzt mach dich nicht lächerlich.“

Jan, ganz in die Organisation des menschlichen Kreises vertieft, hört überhaupt nicht hin. Er schiebt Hardy und Rita, die angesichts dieses plötzlichen Hyperaktivitätsausbruchs nur als willfährige Opfer folgen können, an den Armen hin und her. Lukas verfolgt mit einer für seine Verhältnisse ausgewachsenen Skepsis die neuesten Moves, die Jan da, scheinbar völlig von Sinnen, aufführt. „Nur widerstrebend nehme ich teil an dieser Inszenierung des Wahnsinns“, erklärt er zutiefst überzeugt davon, der einzige in der Runde zu sein, der noch bei klarem Verstand ist.

„Das Widerstrebende fügt sich zusammen wie ein gespannter Bogen“, entfährt es Rita, die sich anscheinend in ihr Schicksal gefügt hat, ohne zu wissen, wohin sie das führen wird. „Lukas, ich glaube, du bist gerade die Naht.“

„Ich bin eher gespannt“, kontert Lukas unerwartet schlagfertig.

Jan tanzt vor Lukas mit irrem Blick hin und her. „Ja, du willst es doch wissen, Lukas. Ja, los! Los!“, versucht er unbeirrt, Lukas’ Widerwillen zu unterlaufen. Und siehe da, Lukas stellt sich Jan gegenüber auf. „Genau“, spornt Jan Lukas an, genau da weiterzumachen. „Das Widerstrebende fügt sich zusammen wie ein gespannter Bogen", wendet er sich dann zu Rita, um sie mental genau dort abzuholen, wo sie steht.

„Damit das hier bald mal ein Ende hat." Mit diesen Worten greift Lukas nach Ritas und Hardys Händen.

Jan spürt, dass er fast am Ziel ist, er muss nur noch zwei Leute, Rita und Hardy, wachrütteln, da offensichtlich sogar Lukas bemerkt hat, dass er hier den totalen Schwachsinn produziert. Seine Zuversicht, dass es ihm gelingt, steigert sich von Sekunde zu Sekunde. „Das Widerstrebende fügt sich zusammen wie ein gespannter Bogen, wir müssen es alle sagen", erklärt er im Brustton tiefster Überzeugung. Es kann nicht mehr lange dauern, ist Jan sich sicher, dann müssen Rita und Hardy genervt aufwachen. „Das Widerstrebende", er unterbricht sich und schüttelt die Hände der anderen, die schweigend neben ihm stehen. „Los, los, auf drei: Eins, zwei, drei!"

Tatsächlich wiederholen sie alle gemeinsam den Satz, wenngleich der Enthusiasmus, den sie dabei an den Tag legen, mehr Ähnlichkeit mit der Motivation einer jungen Theatertruppe beim ersten Aufwärmtraining hat, bei dem der Trainer einen Energiekreis durchführen lässt. „Das Widerstrebende fügt sich zusammen wie ein gespannter Bogen", tönt es aus vier Kehlen durch die Höhle. Da noch immer niemand genervt aufgibt, beschließt Jan, noch einen weiteren Gang zuzulegen. Er beginnt damit, die anderen im Kreis herumzuschieben und feuert sie an, zu tanzen, während er ständig den Satz als Mantra skandiert. Ganz entgegen seiner Erwartung, stimmen die anderen erst zögerlich, dann aber immer ekstatischer ein, bis die ganze Höhle im gespenstischen Licht der Fackel zu tanzen und zu singen scheint. Plötzlich erklingt ein dröhnendes Schaben und die Wand neben den Schriftzeichen gibt einen Durchgang frei.

Schlagartig hört das Gehopse und Geschrei auf und Rita, Hardy und Lukas starren mit weit offen stehenden Mündern, fassungslos auf das Loch in der Wand. Jan, der nicht weiß, was ihn hinter seinem Rücken erwartet, aber das Allerschlimmste befürchtet, wendet sich langsam um.

„Was is'n das?“ Lukas findet als erster zurück zu seiner schon klassischen Fassungslosigkeit.

„Unglaublich“, flüstert Rita aufs Höchste erstaunt und beglückt zugleich.

Hardy, nicht weniger baff als die anderen, streckt sich und klopft Jan anerkennend auf die Schulter. „Mensch, Jan, das ist mal was“, bringt er seine Anerkennung auf den Punkt.

„Also jetzt, ... also jetzt“, stottert Jan irritiert. „Also jetzt erklär mir das mal hier einer.“ Jan überlegt, ob er den anderen seinen eigentlichen Plan überhaupt noch erläutern soll, beschließt dann aber, dass man auch den besten Freunden nicht alles unter die Nase reiben muss.

Nach einer gefühlten Ewigkeit greift Rita als Erste nach der Fackel und streckt den Arm in den Durchgang, um zu sehen, was sich dahinter verbirgt. Im Schein der Fackel erkennen sie eine kleine Kammer. Während Rita behutsam einen Fuß vor den anderen setzt, tapst Jan immer noch mit angehaltenem Atem, hinterher. Hardy betritt die Kammer mit gemischten Gefühlen, indes Lukas unbekümmert wie immer eintritt. Der Raum ist von Spinnweben durchzogen. Von der Decke wachsen kleine Stalaktiten herab, die im tanzenden Licht des Feuers bizarre Schatten an die Wände werfen. Aber die Aufmerksamkeit der vier wird völlig von dem verwitterten, steinernen Sarkophag in der Mitte des Raumes in Beschlag genommen. Als Lukas als Letzter den Absatz seines Fußes durch die Tür zieht, schließt sie sich ebenso geheimnisvoll, wie sie sich geöffnet hat. Erschrocken fahren sie herum. Lukas wirft sich sofort mit voller Wucht gegen die Wand, aber ohne Erfolg. „Zurück geht es jetzt nicht mehr“, stellt er, sich die schmerzende Schulter reibend, fest.

Da der Rückweg versperrt ist, wenden sie sich wieder dem Sarkophag zu. Hardy wischt die Spinnweben auf der linken Seite des Steinsarges beiseite, Rita die auf der rechten Seite. „Jan, sieh doch nur mal“, sagt Hardy zu Jan, der immer noch unentschlossen neben dem nicht mehr vorhandenen Durchgang steht.

Jan sammelt sich und weist Lukas mit einer tiefen Verbeugung großzügig einen Platz in der Kammer zu: „Na dann, willkommen in meinem Penthouse.“

Rita ist völlig auf den Sarkophag fixiert. Sie beugt sich darüber und pustet an einer Stelle die dicke Staubschicht weg, durch die einige Schriftzeichen verdeckt werden. Ihre Augen fliegen mit zunehmender Begeisterung über die Hieroglyphen, bis sie entzückt die Hand vor den Mund schlägt. Schließlich schaut sie zu den anderen hoch, die ihr Tun gebannt beobachten. „Das Grab von Aristoteles“, erklärt sie bebend, nur mit Mühe ihre Erregung niederkämpfend.

„Boah“, entfährt es Lukas erstaunt.

Mit wissendem Blick schaut Hardy von einem zum anderen und erklärt mit unfreiwilligem Pathos: „Leute, das ist ein historischer Augenblick.“

Auch Lukas' Augen kleben förmlich auf dem Sarkophag und er beginnt, wieder unruhig auf den Zehenspitzen hin und her zu wippen: „Sollen wir ihn aufmachen?“

Mit einem Schnalzer antwortet Jan skeptisch: „Das wird kein schöner Anblick.“

Rita schaut lächelnd zu Jan herüber. „Zum Großteil Staub, keine Sorge“, erklärt sie im beruhigenden Tonfall.

„Na dann, Hardy", erwidert Jan mit einem Seufzer und geht zum Fußende des Sarkophags. „Man muss tun, was der Doktor sagt. Heb an."

Hardy bringt sich in Position und hebt vor Anstrengung ächzend den Deckel am Kopfende des Sarkophags an, während Jan sich am Fußende zu schaffen macht. Schweißperlen bilden sich auf Hardys Stirn. Der Deckel rührt sich keinen Zentimeter, bis sie auf die Idee kommen, den Deckel zu drehen. Sogleich schwingt er ganz sanft herum und erlaubt einen Blick ins Innere.

Rita leuchtet ungeduldig in den Sarg hinein, in dem tatsächlich eine weitere dicke Schicht Staub ruht. Die Überreste von Aristoteles. Mehrere Minuten lang starren die vier gebannt und ohne sich zu bewegen in den antiken Sarg. Dann registriert Rita, dass im Inneren des Sarkophags ein Stück poliertes Metall durch den Staub reflektiert. Ganz vorsichtig greift sie in den Sarg hinein, voller Ehrfurcht darum bemüht, den Staub nicht durcheinander zu wirbeln. Zwischen den Fingerspitzen von Daumen und Zeigefinger bringt sie ein gebogenes Metallstück zum Vorschein und betrachtet es ausgiebig im Schein der Fackel. Hardy, Jan und Lukas schauen ihr wortlos zu. Ritas Augen beginnen zu glitzern, als sie nach einer Weile die Hieroglyphen betrachtet, die zu beiden Seiten des Metallstücks eingraviert sind. „Und das hier", flüstert sie atemlos, „seht euch diese Gravuren an, das stammt eindeutig aus Atlantis." Rita macht eine bedeutungsschwere Pause, bevor sie weiterspricht: „Das ist der Drache von Fumé."

Bei Jan und Hardy verfehlen Ritas Worte ihre Wirkung nicht. Ehrfürchtig starren sie auf das Relikt in ihrer Hand. Nur Lukas erklärt mit einem unvergleichlichen Gespür für Timing und in allerklarster Nüchternheit: „Sieht aus wie ein Hufeisen."

Schnaubend verzieht Jan das Gesicht. Hardy mustert indessen unbeirrt das Metallstück in Ritas Hand. „Das ist ein Omega. Der letzte Buchstabe im griechischen Alphabet“, führt er aus, ohne genau zu wissen warum, vielleicht auch nur, um irgendetwas zu sagen.

Davon angestochen, zeigt Jan sich auf einmal hellwach und erklärt für die anderen völlig überraschend: „Omega ist außerdem das Zeichen für den Dichteparameter im Universum. Möglicherweise lässt sich mit diesem Ding die strukturelle Teilchendichte der Partikel in ihrer Umgebung neu definieren.“

Hardy nickt beeindruckt zu Jan herüber, Lukas schaut wie immer ratlos, aber begeistert an ihm hoch. Jan führt seine Erläuterungen sogleich weiter aus: „Oder anders gesagt, Junior, damit kannst du alles wegflexen, was im Weg ist.“ Da Lukas' Miene nicht die leiseste Regung von Verständnis erkennen lässt, fügt Jan in dessen Richtung an: „Du erinnerst dich, die Superwaffe.“

„Ach ja, die Atombombe“, scheint es endlich auch bei Lukas zu klicken. Wie gesagt, scheint. Wenn jemand aus seiner Ahnungs- und Einfallslosigkeit jenseits irgendwelcher Computerprogrammierungen nie einen Hehl gemacht hat, dann ist es Lukas Gugell. Entsprechend führt er die anderen auch im Sturzflug zurück auf den Boden der Tatsachen: „Und jetzt? Kann der Drache Feuer speien oder uns hier rausholen?“

Bishi hat die Agenten in den letzten Minuten zu immer größerer Eile angetrieben, als werde er von einer unbekannten Macht angezogen. Wäre es ihm nicht zuwider, schöbe er den Agenten vor sich sogar mit der bloßen Hand an. Der Trupp passiert mit schnellen Schritten die Senke, an der vor nicht allzu langer Zeit Rita, Jan, Hardy und Lukas die Grabkammer betreten haben. Den Schriftzeichen an den Wänden schenken sie längst keine Beachtung mehr und weder Bishi noch sonst jemandem in dem Trupp fällt auf, dass der Weg wieder ansteigt.

Nachdem den vieren klar geworden ist, dass sie trotz Drachenfund noch immer in der Grabkammer eingeschlossen sind, lässt die Begeisterung über ihre Entdeckung merklich nach. Jan zündet eine alte Öllampe an, die er in einer Ecke gefunden hat, und schaut sich mit prüfendem Blick um. Hardy tastet die Wände der kleinen Kammer nach Vertiefungen oder Ähnlichem ab. Lukas geht weniger filigran vor, er wirft sich nochmals mit voller Wucht gegen die Wand, um vor Schmerz aufstöhnend immer wieder abzuprallen. Rita hingegen untersucht indessen weiterhin den Drachen, wobei sie die Stirn in tiefe Falten legt und immer wieder ihren Blick zu der Stelle zurückwandern lässt, durch die sie gekommen waren.

Eine unscheinbare Vertiefung in einer der Seitenwände des Sarges weckt Jans Aufmerksamkeit. Interessiert kniet er sich neben den Sarg. Im Licht der kleinen Öllampe erkennt er eine Zeichnung mit zwei kunstvoll herausgearbeiteten Gestalten, dazwischen ein Omega. Über dem Omega befinden sich ein paar strahlenförmig angeordnete Linien, deren Ursprung das Omega zu sein scheint. Unter der Zeichnung stehen ein paar Hieroglyphen. „Da steht's doch“, teilt Jan möglicherweise etwas voreilig mit, um Ritas Aufmerksamkeit zu erhaschen. Rita schaut aufmerksam zu ihm herüber, als er seine Hand auf den Drachen legt. Nichts passiert.

Jan deutet auf die Zeichnung und, ohne dass er oder Rita den Drachen loslassen, nimmt Rita gebannt die Zeichnung in Augenschein. „Denkt eins“, übersetzt sie.

Sie hat kaum zu Ende gesprochen, als das dröhnende Schaben erneut ertönt, die Wand sich hinter ihnen öffnet und den Blick auf den Gang freigibt. Erschrocken lassen Rita und Jan den Drachen fallen, der mit einem singenden Ton auf den Deckel des Sarkophags landet. Lukas springt sofort herbei und hebt den Drachen vorsichtig auf.

„Was hast du gemacht?“, fragt Rita verwundert.

Jan zuckt mit den Schultern: „Ich wollte nur hier raus.“

„Ich auch“, nickt Rita.

Überraschenderweise erfasst Lukas die Situation als Erster: „Denkt eins.“

„Genau“, pflichtet Hardy bei, dem ein ganzer Berg von Steinen vom Herzen kullert. Sofort stellt er sich in den Durchgang und wartet, damit ihm die anderen durch die Tür folgen können. Kaum, dass sie hindurch sind, verschließt sie sich, wie von Geisterhand gesteuert, wieder.

Hardy denkt kurz darüber nach, den Weg wieder zurückzugehen, befürchtet aber, dass sie Bishi und seinen Schergen direkt in die Arme laufen könnten. Daraufhin entschließen sie sich dazu, die entgegengesetzte Richtung einzuschlagen. Unterwegs stellt Hardy zufrieden fest, dass auch dieser Weg nun leicht ansteigt und hofft umso mehr, dass sie bald einen Ausgang finden. Darauf, dass ihre Verfolger sie bereits überholt haben könnten, kommt Hardy indessen nicht.

Die Fackel des S.I.E. Agenten ist fast vollständig heruntergebrannt, weshalb er seine Schritte nochmals beschleunigt. Die Furcht vor Somo Bishi, der ihn beständig antreibt, wächst von Sekunde zu Sekunde. Dabei ist sein eigener Wunsch, diese schier endlose Höhle endlich zu verlassen, sicherlich nicht wesentlich geringer als der seines glatzköpfigen Chefs. Als sich wenige Minuten später im kleiner werdenden Lichtkreis der Fackel schemenhaft die Umrisse einer gemauerten Treppe vor seinen Augen abzeichnen, verfällt er in Laufschritt, um sich als Erster davon zu überzeugen, dass seine Augen ihn nicht trügen. Auf den untersten Stufen leuchtet er nach oben und meldet schließlich erleichtert nach hinten: „Herr Bishi, hier ist eine Treppe!“

Bishi zögert keine Sekunde und stürmt kommentarlos an dem Agenten vorbei die Treppe nach oben. Ohne Bishi im Nacken lässt der Druck, der dem Agenten auf den Schultern lastet, deutlich nach, gleichzeitig weiß er aber auch nicht mehr, was er tun soll, und schaut fragend in die Gesichter hinter ihm, die nach und nach am Fuß der Treppe auftauchen. Luci Fair scheucht ihn fauchend die Treppe hoch. Glücklich über die neue Anweisung, läuft der Agent Bishi hinterher. Luci Fair befiehlt dem Rest des Trupps, ihr zu folgen, der auch, beseelt von der Hoffnung, die Dunkelheit der Höhle zu verlassen, keine Sekunde zögert und geräuschvoll die Treppe hochmarschiert.

Rita hat das Tempo in den letzten Minuten stetig beschleunigt, doch plötzlich hält sie inne. Irgendwo vor sich hört sie das Stampfen vieler Schritte. Ein Blick über ihre Schulter verrät ihr, dass die anderen drei es ebenfalls gehört haben. Rasch senkt sie die Fackel, um zu verhindern, dass sie auf größere Entfernung gesehen wird. Dabei wird sie sich der Unsinnigkeit ihrer Aktion bewusst. Selbst ein Blinder würde den Schein der Fackel in der Dunkelheit wahrnehmen. Trotzdem kann sie sich nicht dazu durchringen, die Fackel auszutreten und versucht daher, das Licht der Fackel so gut wie möglich mit dem Körper zu verdecken

Die vier lauschen angestrengt in die Dunkelheit vor ihnen. Als ihnen klar wird, dass die Schritte nicht näher kommen, sondern sich entfernen, schleichen sie näher heran, bis sie vor sich die Treppe erkennen. Das Gestampfe ist inzwischen verklungen, atemlose Stille breitet sich in der Höhle aus. Da nichts weiter zu hören ist, tritt Rita kurzerhand die Fackel unter ihrem Absatz aus und tastet sich vorsichtig die Treppe hinauf, jederzeit bereit zu fliehen.

Teil III – … dann sehen wir uns in Bielefeld

16

Eine Ausgrabungsstelle, der Vormittag des folgenden Tages

Somo Bishi fliegt beinahe die letzten, zum Teil kaum noch vorhandenen Stufen hoch, auf den immer größer werdenden matten Lichtpunkt zu, bis er endlich draußen steht. Oben angelangt, findet er sich in einem alten Rondell wieder, dessen Boden mit Schieferplatten aus Sandstein ausgelegt ist, die erst kürzlich ausgegraben worden sind. Dieser Umstand fiele ihm sicherlich ins Auge, wäre seine Aufmerksamkeit nicht völlig durch das Naturschauspiel über seinem Kopf abgelenkt. Ohne sich weiter umzusehen, erklimmt er hastig die verwitterten Wände des Rondells, die Augen unverwandt auf den Himmel geheftet. Oben auf der Mauer durchzuckt ihn ein kurzer Augenblick des blanken Entsetzens, als sich seine schlimmsten Befürchtungen bewahrheiten. Vor seinen Augen erstreckt sich das Panorama Bielefelds fast bis zum Horizont. Dafür hat Bishi aber keinen Blick, da der Himmel sich hinter schweren, schwarzen übereinander getürmten Wolken beinahe völlig verfinstert hat. Hier und da lugt die Sonne noch durch die Wolken und wirft unheimliche Schatten auf die Stadt. Das Zentrum dieses unbändigen Wolkenungeheuers, in Form einer schwarzen Wind- oder vielmehr einer Wasserhose, tost am nördlichen Rand der Innenstadt, genau über dem S.I.E.kom Gelände.

Als der Rest seines Trupps ins Freie tritt, zeichnet sich in ihren Gesichtern ebenfalls Fassungslosigkeit ab. Luci Fair realisiert zwar sofort, dass sie auf der Sparrenburg gelandet sind, aber auch sie schaut völlig paralysiert in den finsteren Himmel, der sich rundum immer mehr zuzieht, als stünde die nächste Eiszeit unmittelbar bevor. Finster dreinblickend, wirft Bishi den Kopf herum und taxiert den Trupp, der unterhalb von ihm auf weitere Anordnungen wartet und sich ängstliche Blicke zuwirft. „Wenn die Energiekonverter ihr Maximum an Leistung erreicht haben, wird das programmierte Wasser hier alles pulverisieren", brüllt Bishi, sich der Tragweite der möglichen Katastrophe bewusst, in die Runde. Ein Verdacht keimt in Bishi auf. „Wer hat alles Zugriff auf das System?", ruft er im scharfen Tonfall zu André herunter.

„Nur Sie, Frau Grabowsky und ich", nuschelt der angeblaffte entschuldigend.

„Wieso laufen dann die Energiekonverter für das programmierte Wasser? Haben Sie etwa die Anlage nicht ausgeschaltet?" Bishis Stimme schnappt über.

„Die Anlage hat überhaupt keinen Dauerbetrieb", erklärt André verängstigt. Seine Angst resultiert allerdings viel mehr daraus, dass er einmal mehr für etwas verantwortlich gemacht werden soll, was nicht in seiner Macht steht.

„Wir sollten hier schleunigst verschwinden, bevor wir alle zu Staub zerfallen", schaltet Helga sich mit zitternder Stimme ein, um von Jacques abzulenken.

„Niemand verschwindet von hier!", brüllt Bishi, den die Runde von Jammerlappen mittlerweile gewaltig nervt. „Wir gehen jetzt alle zusammen da hin. Und Sie beide", Bishi deutet auf Jacques und Helga, „werden den Fehler finden und die Anlage ausschalten!"

„Und der Drache?" fragt Luci Fair, die ihre Fassung zurück gewonnen hat, süffisant lächelnd.

Mit einem Mal springt Bishi von der Mauer herab, landet ganz dicht vor Luci Fair und tippt ihr drohend mit dem Zeigefinger vor die Stirn: „Der Drache zerfällt wie wir zu Staub, wenn wir das hier nicht verhindern." Er wirft einen grimmig entschlossenen Blick in die Runde und setzt sich in Bewegung. Der Trupp folgt ihm schafsgleich. Sie durchqueren das verlassene Ausgrabungsgelände, auf dem noch am Tag zuvor so rege Betriebsamkeit geherrscht hatte. Luci Fair deutet im Lauf auf die Baufahrzeuge, die am gegenüberliegenden Rand des Geländes parken: „Alles in die Fahrzeuge! Los, los!“

Bishi stimmt ihr ausnahmsweise zu. Die Agenten verteilen sich auf die Baufahrzeuge und werfen sich in die riesigen Schaufeln, wenn die Fahrerkabine bereits besetzt ist. Dröhnend springt, wie bei einem Rennen der Monstertrucks, ein Motor nach dem anderen an. Luci Fair nimmt auf einem der großen Radkästen neben Bishi Platz. Ihnen gegenüber auf der anderen Seite des Baggers halten sich Grabowsky und André verkrampft an einem Haltegriff fest. Der S.I.E. Agent hinter dem Steuer wirft, angesichts von so viel S.I.E. Prominenz nervös geworden, den Motor schleunigst an und beeilt sich, die Kolonne anzuführen.

Bishis Blick wandert über seine Mitfahrer, bis er bei Luci Fair hängen bleibt. „Bitte, Frau Fair, erinnern Sie mich daran“, sagt er sachlich, aber laut genug, um das Dröhnen des Motors zu übertönen, um dann brüllend fortzufahren, „dass ich Grabowsky und André eigenhändig erwürge, wenn das hier vorbei ist.“

Die Kolonne der Baufahrzeuge, hauptsächlich Bagger und Quads, setzt sich röhrend in Bewegung und rollt rumpelnd über die Burgbrücke in Richtung Stadt.

Mit angehaltenem Atem lehnt Rita am oberen Treppenabsatz und wartet, bis die S.I.E Agenten verschwunden sind. Auch ihr ist das furchterregende Schauspiel am Himmel nicht entgangen. Sie lenkt die Blicke von Jan, Hardy und Lukas, die hinter ihr ungeduldig warten, gen Himmel. Als das Dröhnen der Bagger verklungen ist, breitet sich eine gespenstische Stille aus, als halte die Natur den Atem an, und die vier springen ins Freie. Sie erklimmen die Mauern des Rondells an derselben Stelle, an der vor wenigen Minuten noch Bishi stand. Auch in ihren Gesichtern zeichnet sich maßlose Bestürzung ab, als sie das Ausmaß der drohenden Katastrophe langsam realisieren, die sich über Bielefeld zusammengezogen hat. Ein leuchtender Blitz, sofort gefolgt von einem unvorstellbaren Donnerkrachen, entlädt sich über der Stadt und jagt irgendwo zwischen Jahnplatz und Kesselbrink in ein Gebäude und setzt es in Flammen.

„Um Himmels Willen", ruft Rita erschrocken aus.

„Die Welt geht unter", sagt Hardy tonlos, der apathisch auf das ungeheure Spektakel schaut.

Lukas hingegen kratzt sich am Kopf und fragt emotional unterkühlt: „Was hat Bishi vor?"

„Ich dachte, wir haben den Drachen", wirft Jan hilflos ein, während er an Lukas herabschaut, der das omegaförmige Relikt fest in seiner Hand hält.

Es ist Rita deutlich anzusehen, dass sie fieberhaft überlegt. Das Szenario vor ihren Augen widerspricht allen rationalen Vorstellungen, zumal sie sich jederzeit sicher war, dass Bishi auf den Drachen angewiesen ist, um die Anlage mit dem programmierten Wasser starten zu können. Ganz wie von selbst schüttelt sie den Kopf, während sie versucht, ihre Gedanken in Worte zu fassen: „Ich war mir sicher, dass wir …"

Plötzlich erwacht Hardy neben ihr mit einem Ruck aus seiner Lethargie und unterbricht ihren Gedankengang: „Das spielt jetzt keine Rolle, wir müssen hinterher." Hardy deutet auf die wirbelnde Wasserhose über dem S.I.E.kom Gebäude. „Da ist das Zentrum des Ganzen." Er springt ansatzlos von der Mauer herunter und sprintet über das Ausgrabungsfeld in Richtung Burgausgang. Rita, Jan und Lukas werfen sich kurze Blicke zu und rennen ebenfalls los, bis sie Hardy einholen und gemeinsam durch das Burgtor laufen.

Auf den Straßen unterhalb der Burg ist keine Menschenseele zu sehen, alles ist wie ausgestorben. In der Fußgängerzone der Altstadt begegnen ihnen vereinzelt Menschen, die sich schnell in irgendwelche Hauseingänge drücken oder hastig hinter der nächsten Ecke verschwinden. Als sie sich dem Jahnplatz nähern, hören sie bereits von Ferne das aufgeregte Durcheinander vieler Stimmen, das beständig lauter wird. Hardy überlegt, ob es besser wäre, darauf zuzuhalten, oder ob sie besser ausweichen sollten, denn je näher sie kommen, desto mehr steigert sich das Stimmengewirr zu einem tumultartigen Brodeln. Die besorgten Mienen von Jan und Rita lassen ihn erkennen, dass sie es auch hören. Angesichts der wachsenden Bedrohung am Himmel über Bielefeld, entscheiden sich die vier ohne größere Verständigung dafür, dass der kürzere Weg durch die Fußgängerzone das kleinere Übel ist. Nicht unbedingt die beste Wahl, wie sie bereits fünfzig Meter weiter feststellen, als ihnen wie aus dem Nichts, ein gewaltiger menschlicher Tsunami entgegenrollt. Hunderte Menschen fliehen vor den Blitzen, die immer wieder aus den Wolken fahren und in umliegende Gebäude einschlagen und in Brand setzen. Dabei schreien sie ohrenbetäubend. Panisch wenden sie sich zu der dichten Wolkendecke und der Wasserhose über dem S.I.E.kom Gebäude um, als wollten sie sich ihres Vorsprungs vor der Katastrophe versichern. Doch ohne Erfolg. Die Wolkendecke über dem Bielefelder Stadtkern ist inzwischen nahezu geschlossen, ständig schießen Blitze durch die Wolken und heizen die Panik weiter an. Ungerührt steht am Rande der in Hysterie verfallenen Menschenmenge ein großgewachsener Straßenmusiker in verschlissener Kleidung, der sich redlich darum bemüht, die Menschen zu beruhigen. In seinem Gesicht ist keine Spur von Angst abzulesen, doch die Menschen laufen achtlos an ihm vorbei, reißen seine Instrumente um und zertrampeln sie, woraufhin er mit bekümmertem Gesichtsausdruck niederkniet, um die Bruchstücke einzusammeln.

Rita, Hardy, Jan und Lukas bahnen sich entschlossen einen Weg durch die Menschenmassen. Aber der Weg ist äußerst mühsam, da sie immer wieder festgehalten oder ein Stück mitgezerrt werden. Dann wieder brüllt sie jemand panisch an, sie sollen umkehren, bis schließlich urplötzlich die Welle abebbt und sie, wie durch ein Wunder völlig unverletzt, aus dem menschlichen Sturm heraus sind. Sofort erhöhen sie erneut ihr Tempo und sprinten in Richtung des S.I.E.kom Towers, dessen Dach sie bereits von Ferne zwischen den Häusern erblicken.

Allein das mächtige Dröhnen verrät bereits, welch ungeheure Mengen an Energie in der weitläufigen Generatoren-Halle der S.I.E.kom produziert werden. Somo Bishi ignoriert den Lärm, während er durch die Halle rennt. Luci Fair folgt seinem Beispiel, wenngleich der Impuls, die Ohren zu schützen, kaum zu unterdrücken ist. Jacques und Helga dagegen halten sich, genau wie die übrigen S.I.E. Agenten, die Ohren zu. Das Surren der Glastüren des Kontrollraums geht in dem Getöse unter, als Bishi mit seiner Gefolgschaft eintritt.

Jacques springt sofort an Bishi und Fair vorbei zu seinem Rechner und beginnt, hektisch auf der Tastatur herumzuhämmern. „Ich schalte die Anlage jetzt ab“, erklärt er dabei mit beinahe panischer Zuversicht.

Kleine Erschütterungen lassen den Raum erzittern, als quittierte irgendetwas Jacques' Eingriff mit einem höhnischen Lachen, aber darüber hinaus geschieht nichts. Jacques wartet einen Moment lang ab, ob seine Bemühungen von Erfolg gekrönt sind, und erklärt dann, ungläubig auf den Bildschirm starrend: „Das Programm reagiert nicht, die Zugänge sind mit höchster Priorität gesichert."

Die Auskunft nimmt Bishi äußerst unwillig, aber beherrscht zur Kenntnis. „Nur von meinem Rechner aus kann die Anlage so gesichert werden. Ein anderer Zugang existiert nicht", ruft er über den Lärm hinweg. Jacques schaut ihn mit hängenden Schultern ratlos, aber auch ein wenig erleichtert darüber an, dass er offensichtlich nicht für die Fehlfunktion verantwortlich ist. Bishi setzt sich abrupt in Bewegung und winkt den S.I.E. Agenten und Luci Fair: „Folgen Sie mir", befiehlt er knapp. Bishi eilt davon, am Ausgang dreht er sich noch einmal um: „Grabowsky, André! Sie bleiben hier auf Ihrem Posten und behalten die Anzeigen im Auge, sonst …", er spricht den Satz nicht zu Ende, aber der drohende Unterton in seiner Stimme ist unmissverständlich. Die Türen fliegen auf und Jacques und Helga bleiben allein zurück.

Auf dem Weg zum Tower der S.I.E.kom versucht Bishi, seine Gedanken zu sortieren. Dieser Fehler erscheint ihm völlig absurd. Die Anlage hat er seit dem ersten Tag, jeden Tag gründlich gecheckt. Rein technisch betrachtet, kann es kein Leck geben, aber die Realität außerhalb des Gebäudes spricht eine andere Sprache. Im Tower angekommen, lässt er, einer unbestimmten Ahnung folgend, die S.I.E. Agenten Position beziehen. Einige Wachen postiert er vor dem Lift, andere schickt er vor den Haupteingang, während wiederum andere das Treppenhaus bewachen, damit niemand ohne sein Wissen das Gebäude betreten oder verlassen kann. Bishi ist sich völlig sicher, dass irgendwo in ihren Reihen eine undichte Stelle lauert, durch die seine Pläne zunichte gemacht werden könnten.

Zwei Minuten später fliegen die großen Doppeltüren zu Bishis Büro auf und schlagen krachend gegen die Wände, als er wutentbrannt in sein Büro stürmt. „Wer wagt es?“, bellt er zornig und verstummt schlagartig. In dem schweren Bürostuhl hinter Bishis riesigem L-förmigen Schreibtisch sitzt entspannt lächelnd Ashtar Sheran und schaukelt vergnügt hin und her. Sheran lässt sich nicht anmerken, ob er Bishis Auftritt bemerkt hat oder nicht. Seine Augen ruhen auf dem Bildschirm des Laptops vor ihm, auf dem schier endlose Zahlenkolonnen ablaufen. Schließlich bequemt er sich doch dazu, den Kopf unmerklich anzuheben. „Ich“, seine Stimme schneidet durch das Büro wie durch warme Butter.

Bishi und Luci Fair erstarren mitten in der Bewegung und verneigen sich ehrerbietig. „Meister“, sagt Bishi mit einer angedeuteten Verbeugung.

Sheran gefällt die demütige Huldigung seiner Angestellten, die er als eine seiner ersten Amtshandlungen damals einführte, sichtlich. Genüsslich lässt er sich in den Sessel zurückfallen, als ob auf einem Federkissen säße. „Ich habe mir erlaubt, unseren Testverlauf zu beschleunigen“, erklärt Sheran mit souveräner Süffisanz. Ohne auf den aus seiner Sicht völlig berechtigten Beifall für diesen Beitrag zu warten, wechselt er das Thema, wobei er Bishi erwartungsvoll anschaut: „Somo Bishi, ich hatte dich beauftragt, den Drachen von Fumé zu finden.“

Die Anwesenheit von Ashtar Sheran erklärt zwar den Ursprung der Katastrophe, die sich über der Stadt zusammenbraut, aber dieser Gedanke beruhigt Bishi keineswegs.

„Meister, wir stehen kurz davor, Wanstohns Studenten sind bereits ausgeschaltet“, erklärt er mühsam beherrscht.

Bei diesen Worten ertönt in Luci Fair ein ganzer Engelschor. Dies ist der Moment, auf den sie so lange gewartet hat, und nun wittert sie Morgenluft. Endlich ist die Zeit gekommen, bei Sheran zu punkten. „Eine Lüge ist wie ein Schneeball“, versetzt sie selbstzufrieden, bevor Bishi unterbrechen kann. „Je länger man ihn wälzt, desto größer wird er.“ Mit sich und der Welt zufrieden, registriert sie, dass Sheran ihr wohlwollend zunickt.

„Ergebnisse, keine schönen Reden, Bishi“, wendet Sheran sein plattes Gesicht wieder Bishi zu.

Bishi tritt eine Sekunde unruhig von einem Fuß auf den anderen, will einen Schritt auf Sheran zugehen, besinnt sich eines besseren und tritt stattdessen an Luci Fair heran. Die Entscheidung ist für Bishi in diesem Moment gefallen. „Frau Fair, Sie sollten überlegen, auf welches Pferd Sie nun setzen“, zischt er ihr drohend ins Ohr.

Nur einige Meter davon entfernt spähen Hardy, Rita, Jan und Lukas gegenüber dem Tower des S.I.E.kom Komplexes flach auf dem Bauch liegend durch die Büsche.

Um einen besseren Überblick zu haben, robbt Jan ein paar Meter weiter vor. Das weitläufige Areal der S.I.E.kom liegt direkt neben einem steil abschüssigen Bahndamm, so dass die für den Betrieb der Generatoren benötigte Kohle direkt von den Eisenbahnwaggons auf die Förderbänder umgeladen werden kann. Das weitere Areal des Geländes ist durch einen hohen Zaun gesichert, der nur von dem Tower unterbrochen wird. Vor dem Haupteingang des Towers haben schwer bewaffnete S.I.E. Agenten Posten bezogen. Weitere Agenten patrouillieren in unregelmäßigen Abständen entlang des Zauns.

Ernüchtert kriecht Jan zu den anderen zurück. „Es muss noch einen anderen Weg da rein geben", stellt er mit entschlossenem Gesichtsausdruck fest. Dabei deutet er mit dem Finger links und rechts an dem Gebäude vorbei.

Hardy nickt: „Wir dürfen keine Zeit verlieren. Wir sollten uns lieber trennen, dann erhöhen wir unsere Chancen."

„Alles klar, Junior?", fragt Jan über seine Schulter.

Lukas, dem die Frage galt, grient über das ganze Gesicht: „Am Start."

Rita zögert keine Sekunde und springt auf. „Passt auf euch auf. Komm, Hardy." Noch ehe sie den Satz zu Ende gesprochen hat, läuft sie geduckt in die entgegengesetzte Richtung los.

Hardy springt ebenfalls auf. „Bis gleich", grüßt er flott und huscht hinter Rita her, die den Weg links um den Komplex herum eingeschlagen hat.

„Wir grüßen Sheran von euch", witzelt Jan hinter ihnen her, ohne sich sicher zu sein, dass sie ihn noch gehört haben. Dann tippt er Lukas an und deutet auf den Bahndamm. Lukas versteht sofort und gemeinsam machen sie sich auf den Weg.

Das Areal der S.I.E.kom liegt nur wenige hundert Meter vom Bielefelder Hauptbahnhof entfernt. Permanent rauschen hier Züge mit hoher Geschwindigkeit durch, doch nur wenige halten hier. Jans Plan, soweit man überhaupt von einem Plan reden kann, ist nicht ungefährlich, denn der Fahrtwind der vorbeirauschenden Züge kann einen erwachsenen Menschen auf die Gleise schleudern. Und möglicherweise vor einen entgegenkommenden Zug werfen. Der Gefahr ist Jan sich durchaus bewusst, aber darauf kann er angesichts der Lage keine Rücksicht nehmen. Der Himmel über ihnen verfinstert sich zusehends, während die wirbelnden Wassermassen über dem Gebäude immer bedrohlichere Ausmaße annehmen und immer häufiger mächtige Blitze irgendwo hinter dem Bahndamm einschlagen. Als Jan sich sicher ist, dass sie von den Posten nicht mehr gesehen werden können, klettern sie die steile Böschung hoch und hasten dann geduckt von einer Bohle zur nächsten. Sie haben den Tower fast erreicht und Jan blickt nach unten, um eine Möglichkeit zu entdecken, wo sie wieder heruntersteigen können. Auf dem Gleis neben ihnen rauscht ein Zug heran. Der Lokführer lässt warnend das Signalhorn ertönen, woraufhin sich Jan und Lukas gerade noch rechtzeitig auf die Bohlen zu ihrer Linken werfen können. Der Fahrtwind des vorbeifahrenden Zuges zerrt an ihrer Kleidung, aber sie bleiben unversehrt. Nachdem der Zug fort ist, blickt Jan vorsichtig hoch. Niemand scheint ihr Vorgehen trotz des infernalischen Lärms des Signalhorns bemerkt zu haben. Unweit ihrer Position erblickt Jan zwei Strommasten, die nur zweieinhalb Meter vom Bahndamm entfernt neben den Gleisen, aber bereits auf dem S.I.E.kom Gelände, stehen. Ohne Zeit zu verschwenden, hält er darauf zu. Lukas erkennt, was Jan vorhat, nimmt Anlauf und springt an den ersten Mast, Jan nimmt den zweiten. Sie bekommen das raue Holz richtig zu fassen und lassen sich vorsichtig daran heruntergleiten. Auf dem angrenzenden Weg ist niemand zu sehen. Vorsichtig pirschen sie sich an das Gebäude heran, jederzeit damit rechnend, dass irgendjemand aus einem der zahllosen Fenster des Towers blickt und sie entdeckt. Lukas deutet auf ein Gitter im Boden, unter dem ein Fenster zu erkennen ist. Sie heben das Gitter an und Lukas hüpft voran in das darunterliegende Loch. Umsichtig greift Jan noch nach einem am Boden liegenden Stein, springt hinter Lukas her, um dann gemeinsam mit ihm das schwere Gitter wieder über sich in Position zu bringen. Lukas presst seine Nase gegen die Scheibe und späht in den Raum. Der dahinterliegende Raum ist dunkel. Jan presst die Lippen aufeinander und zerschlägt mit dem Stein die Scheibe, die klirrend in tausend Scherben zerspringt. Angestrengt lauschend warten sie einen Moment ab, schauen noch einmal durch das Gitter über sich und springen kurzerhand in den Kellerraum.

Rita und Hardy lauern zwischen zwei Gebäuden gegenüber dem Zaun. Auf der anderen Straßenseite zieht eine weitere Patrouille vorbei. Als der Wachmann ihnen den Rücken zuwendet, preschen sie über die Straße und drücken sich flach an den Zaun. Rita faltet ihre Hände zur Räuberleiter. Hardy steigt ein und zieht sich am Zaun hoch. Oben angekommen, blickt er rasch in alle Richtungen und beugt sich zu Rita herunter, um sie hochzuziehen. Schnell springen sie in einen der hohen Büsche, die mit Akribie hinter dem Zaun gepflanzt wurden. Auch hier verharren sie nicht lange, sondern springen sogleich wieder auf und halten auf das Generatorgebäude zu, von dem aus die ganze Stadt mit Strom versorgt wird. Dort rüttelt Rita an der erstbesten Tür, die jedoch, genau wie alle weiteren Türen, verschlossen ist. Suchend blicken sie sich um, um einen Weg zu finden, der in das Gebäude führt. Dabei entdeckt Hardy über ihnen einen langen Steg aus Gitterrosten, der in vier Meter Entfernung parallel zu dem Gebäude verläuft. An dessen Ende erkennt Hardy eine Brücke, hinter der ein hohes Fenster in das Gebäude zu führen scheint. Stumm weist er Rita darauf hin. Sie folgen dem Steg in die entgegengesetzte Richtung, bis sie zwischen zwei Kühltürmen eine alte, ziemlich verrostete Treppe finden, die auf den Steg führt.

„Ich hoffe nur, dass mein Vater noch am Leben ist", wirft Rita just in dem Augenblick ein, als sie ihren Fuß auf die unterste Stufe stellt.

Wie auf Kommando biegt im selben Moment ein S.I.E. Agent um die Ecke bei einem der beiden Kühltürme. „He, was machen Sie da!", ruft er entrüstet, als er den jungen Mann im Bademantel und die Frau in Shorts und Tank Top sieht, die hier ganz offensichtlich nichts verloren haben.

Hardy ist genauso überrascht wie der Agent, allerdings nicht wegen dessen plötzlichen Auftauchens, sondern vielmehr aufgrund von Ritas unerwarteter Eröffnung. „Dein Vater?", fragt er erstaunt.

Rita scheint den Agenten unterdessen überhaupt nicht zu bemerken. „Wanstohn", sagt sie beiläufig und schickt sich an, die Treppe weiter hochzusteigen.

Die unbefangene Plauderei der beiden verwirrt den Agenten offensichtlich noch mehr, wiegt ihn aber zugleich in Sicherheit. Zwei Irre, die sich verlaufen haben. Er kommt näher heran, was sich als folgenschwerer Fehler erweist, wie er sogleich feststellen muss.

Im passenden Moment packt Hardy den völlig verdatterten Agenten, indem er dessen kinetische Bewegungsenergie aufnimmt, und knallt ihn mit voller Wucht gegen das Treppengeländer. „Wanstohn ist wirklich dein Vater?", fragt Hardy, voll auf ihr Gespräch konzentriert, während er den ohnmächtigen Agenten en passant vorsichtig auf den Boden gleiten lässt. „Rita, manche Dinge behält man aber nicht für sich", sagt Hardy ein wenig eingeschnappt und zieht einen Flunsch.

Rita lächelt entschuldigend und sie steigen die ächzende Stahltreppe hoch. Oben angekommen, wenden sie sich nach rechts und gehen, Hardy vorneweg, den Weg über den schmalen Steg im Gänsemarsch auf die Brücke zu. Bevor sie diese jedoch erreichen, tritt ein grobschlächtiger Hüne mit riesigen Pranken, wo ein Mensch Hände haben sollte, aus einer Glastür. Sein dunkelblauer Overall ist äußerst figurbetont geschnitten, wie Hardy sogleich mit abschätzendem Blick feststellt.

Der Hüne erblickt die beiden Eindringlinge im selben Moment, in dem sie ihn sehen. Mit einem schäbigen Kichern baut er sich vor Hardy und Rita auf und breitet die Arme aus, wodurch er noch größer wirkt. Er holt zu einem mächtigen Schwinger aus, der Hardy sicherlich direkt über die Brüstung geschleudert hätte, wäre er nicht schnell in die Hocke gegangen. Bereits beim ersten Anblick des Hünen hat Hardy festgestellt, dass der Mann zwar mit ziemlicher Wahrscheinlichkeit ungeheuer stark, aber durch den engen Overall in eine Presswurst verwandelt, auch stark in seiner Bewegungsfreiheit eingeschränkt ist. Hardys Rechnung geht auf, der Schlag geht ins Leere und der Hüne kommt ein wenig aus dem Gleichgewicht. Rita nutzt geistesgegenwärtig diesen Moment aus. Über Hardys Kopf hinweg verpasst sie dem Mann einen kräftigen Tritt in die Magengrube, so dass er schwer getroffen langsam zusammensackt. Hardy zögert keine Sekunde und landet, aus der Hocke hochschnellend, einen gekonnten Aufwärtshaken direkt unter das Kinn des Hünen, der daraufhin mit mächtigem Gepolter auf die Drahtgitter klatscht und regungslos liegen bleibt. Hardy und Rita steigen eilig über den Mann hinweg und betreten durch eine Glastür die weitläufige Generatorhalle.

Zwischenzeitlich arbeiten sich Jan und Lukas stetig durch den Keller vor, bis sie an eine Wendeltreppe gelangen, an deren oberen Ende sie ein Stimmengemurmel vernehmen. Geräuschlos schleichen sie die Treppe hinauf und spähen über den Rand. Oben stehen zwei S.I.E. Agenten, die einen Fahrstuhl bewachen, wobei „Bewachen“ in diesem Fall als relativ zu betrachten ist. Völlig vertieft in ihr Gespräch über die Vorzüge ihrer unterschiedlichen Discobekanntschaften bemerken die Wachen Jan und Lukas erst in dem Moment, als die beiden sie bereits mit einem Genickschlag niederstrecken. Ein schneller Blick um die Ecke verrät Jan, dass sie im Foyer des Towers angelangt sind. Die S.I.E. Agenten, die vor dem Haupteingang postiert wurden, wenden ihnen den Rücken zu. Wenn Jans Berechnungen stimmen, befindet sich das Zentrum der Naturkatastrophe direkt über ihren Köpfen. Er drückt den Fahrstuhlknopf. Die Anzeige über der Tür zeigt, dass sich der Fahrstuhl in der elften Etage langsam in Bewegung setzt. Zu langsam für Jan. Er blickt nervös in Richtung Eingangstür. Noch hat sie niemand bemerkt. Unendlich langsam zählt das Display die Zahlen rückwärts, bis Jan die Spannung nicht mehr aushält: Er lässt den Fahrstuhl Fahrstuhl sein und sprintet die Treppe, immer zwei Stufen auf einmal nehmend, hinauf. Lukas stutzt nur kurz und folgt ihm. Mit seinen kürzeren Beinen nimmt er jede Stufe einzeln, wodurch sein Bewegungsapparat Ähnlichkeit mit dem einer zügig arbeitenden Nähmaschine annimmt.

Nach sechs Etagen, die sie unbehelligt hoch steigen, hat Jan einen großen Vorsprung gegenüber Lukas herausgearbeitet. Dieser erweist sich jedoch als Bumerang, weil ihm plötzlich von oben die S.I.E Agenten entgegenkommen. Da er ohnehin keine Wahl hat, verhält Jan sich völlig instinktiv, packt den ersten Agenten ohne viel Federlesen am Knöchel und zieht ihm das Bein weg, woraufhin dieser unsanft auf seinem Steißbein landet, und in ein lautes Wimmern verfällt. Ächzend rutscht der Mann anschließend die Treppe runter und bleibt bewegungslos liegen. Dem zweiten Agenten ergeht es eine halbe Etage höher nicht viel besser. Mit gestrecktem Bein tritt Jan ihm dahin, wo es wirklich weh tut, und der Agent bricht wimmernd zusammen. Aus Mitleid schickt Lukas den Agenten nur Augenblicke später, nach einem Blick in dessen schmerzverzerrtes Gesicht, mit einem gezielten Schlag ins Land der Träume, während Jan bereits eine weitere Etage erklommen hat. Der dritte Agent zeigt sich umsichtiger. Die Kampfgeräusche, die von unten heraufklingen, haben ihn vorgewarnt, so dass er auf der achten Etage innehält. Gegen einen normalen Gegner wäre dies auch vermutlich nicht der dümmste Schachzug gewesen, aber gegen einen rasenden Jan Flamingo hätte er sich schon etwas Besseres einfallen lassen müssen. Denn Jan hat, angespornt durch die Erfolge, inzwischen so richtig Fahrt aufgenommen. Zwar merkt er, dass ihm langsam die Puste ausgeht, als er auf der achten Etage ankommt, aber das hält ihn nicht davon ab, mit ausgebreiteten Armen auf den völlig überforderten Agenten zuzustürmen. Jan wirft sich mit dem ganzen Gewicht seines Körpers auf den Wachmann und donnert ihn mit voller Wucht gegen die rückwärtige Wand. Der Schmerzensschrei des Agenten hallt durch das ganze Treppenhaus. Jan versetzt ihm noch ein paar gezielte Schläge in die Magengrube und der Agent geht endgültig zu Boden. Nur den Bruchteil einer Sekunde verharrt Jan in Kampfposition über dem Mann, um sich zu überzeugen, dass er keine Gefahr mehr darstellt. Gleichzeitig hört er Lukas anstampfen und wirft einen kurzen Blick über das Geländer nach oben. Nur noch drei Etagen. Jan lässt es etwas ruhiger angehen. Als er nach der neunten Etage die Stufen zur zehnten hoch will, springt hinter einer Ecke ein weiterer S.I.E. Agent auf leisen Sohlen hervor und richtet seine Waffe auf Jan. Lukas, der immer noch ein wenig zurück hängt, sieht den Agenten hinter Jan anschleichen und ruft: „Vorsicht, Großer!"

Jan lässt sich fallen, die Kugel schlägt über ihm in der Wand ein. Das Schauspiel, das sich ihm dann bietet, überrascht ihn völlig: Der Agent wirbelt herum, doch Lukas ist schneller. Mit einer Behändigkeit, die Jan Lukas nicht zugetraut hätte, drückt der sich mit dem linken Fuß vom Boden ab und tritt dem Agenten im Flug mit dem rechten Fuß die Waffe aus der Hand. Während der Agent noch seiner Pistole nachschaut, nutzt Lukas den Moment und lässt eine Salve von Schlägen auf den Agenten niederregnen, bis dieser schließlich ohnmächtig zusammenbricht.

Jan stemmt sich vom Boden hoch und schaut Lukas paralysiert an: „Du hast mir das Leben gerettet, Lukas."

Im Treppenhaus wird es so still, als fröre die Zeit ein. Eine gefühlte Ewigkeit lang bewegt sich keiner der beiden. Lukas blickt Jan aus großen Augen an und sagt erstaunt: „Du hast mich Lukas genannt!?"

Nach einem weiteren Moment, in dem Jan klar wird, was die Welt im Innersten zusammenhält, in dem die Komplexität des Universums plötzlich auf ein Minimum reduziert wird, begreift Jan, was Lukas ihm bedeutet. Sie gehen einen Schritt aufeinander zu, ergriffen vom Zauber des Augenblicks. „Lukas, ab heute bist du mein Bruder, nenn mich Jan", verkündet Jan feierlich und ergreift Lukas' Hand.

„Jan", sagt Lukas nicht weniger gerührt.

„Lukas", gibt Jan etwas weniger feierlich zurück.

„Ja, Jan?", fragt Lukas sichtlich bewegt.

„Können wir weiter?"

Lukas blickt auf ihre Hände, schaut Jan in die Augen und zieht seine Hand verschämt zurück: „Äh, ja klar."

Unverzüglich setzen sie den Aufstieg zum obersten Stockwerk fort und lassen den Moment hinter sich verklingen.

Der Lärm in der Generatorenhalle ist markerschütternd. Rita weist Hardy den Weg zum Kontrollraum, dessen Lage sie noch von ihrem ersten Besuch her kennt. Ein kleines Beben lässt an manchen Stellen den Putz von der Decke herabrieseln, bevor die beiden den Kontrollraum erreichen. Die Glastüren fahren zur Seite, als sie eintreten.

Im Kontrollraum fuhrwerken Jacques und Helga hektisch zwischen allen Rechnern hin und her, sichtlich darum bemüht, der ständig wachsenden Anzahl an flackernden Kontrollleuchten Herr zu werden. Als Jacques realisiert, dass Hardy und Rita im Raum sind, ruft er ihnen panisch zu: „Helfen Sie uns!"

„Wieso sollten wir?", fragt Hardy streitlustig.

Helga taucht hinter ihrem Bildschirm auf. In ihrem Blick spiegelt sich dieselbe Panik, wie in Jacques' Stimme: „Somo Bishi will uns alle umbringen."

„Wir helfen euch", versucht Rita die Wogen zu glätten, um gleich darauf mit drohendem Unterton fortzufahren, „wenn ihr uns helft."

Jacques und Helga nicken eilfertig.

„Wo ist Bishi?", fragt Hardy streng.

„In seinem Penthouse", sprudelt es aus Jacques heraus, „scheinbar kann die Anlage nur von dort aus gestoppt werden."

„Wo ist das?", hakt Hardy drängend nach.

Helga fuchtelt hektisch mit den Händen in der Luft herum: „Hier raus, rechts rum und mit dem Fahrstuhl nach oben."

Rita und Hardy machen sich augenblicklich auf den

Weg, aber Rita dreht sich noch einmal zu Jacques und Helga um, die ihr planloses Tun an den Computern fortsetzen wollen. „Ihr müsst hier sofort raus. Wenn die Generatoren überhitzen, fliegt hier alles in die Luft“, ruft sie ihnen zu. Damit lässt sie die beiden stehen und hastet hinter Hardy her.

Als hätten sie nur auf ein solches Kommando gewartet, springen Jacques und Helga wie von der Tarantel gestochen auf und rennen aus dem Kontrollraum zum nächsten Ausgang.

Innerhalb von Sekunden erreichen Hardy und Rita den Fahrstuhl, vor dem zwei ohnmächtige S.I.E. Agenten liegen. Hardy will zur Treppe stürzen, aber im gleichen Moment erklingt ein heller Glockenton und die Fahrstuhltüren gleiten auseinander. Rita und Hardy betreten kurzerhand den leeren Fahrstuhl und Rita drückt auf den Knopf zur obersten Etage. Surrend setzt sich der Fahrstuhl in Bewegung.

17

S.I.E.kom Tower, einige Stockwerke höher, zur gleichen Zeit

Aus dem Treppenhaus sind gedämpfte Kampfgeräusche bis in Bishis Büro hinein zu hören. Auch Ashtar Sheran entgehen sie nicht. Gelassen fährt er in seinem Sessel herum. „Wir erwarten noch jemanden?“, fragt er völlig entspannt.

„Sie sind hier“, haucht Luci Fair.

Sheran ist die Äußerung trotzdem nicht entgangen. „Wer?“, erkundigt er sich geflissentlich.

Innerlich jubelt Luci Fair über die ihr zuteil werdende Aufmerksamkeit. Äußerlich vollkommen ruhig, spricht sie weiter: „Wanstohns Bande.“

„Meister, darüber wollte ich soeben …“ Bishi wird aber sofort durch eine herrische Geste von Ashtar Sheran unterbrochen. Sheran nimmt Schwung, dreht eine volle Runde auf dem Stuhl und wendet sich dann mit der ganzen Professionalität eines geschulten Business Developers an die beiden S.I.E. Agenten, die unauffällig in einer Ecke des Büros auf direkte Anweisungen warten: „Dann bitten wir den alten Mann doch zu uns.“ Ein kurzer Wink von Sheran und die Agenten verlassen den Raum durch eine Nebentür.

Die Tür ist hinter den Agenten noch nicht ganz zugeklappt, als die große Doppeltür ein weiteres Mal auffliegt und Jan und Lukas mit großen Schritten den Raum betreten und interessiert die Szenerie begutachten.

Selbstbewusst wandert Jans Blick durch den Raum, bis er bei Lukas stehen bleibt. „Lukas“, beginnt er belustigt, „da platzen wir ja mitten hinein ins Gruselbankett.“ Dann legt er zwei Finger an die Stirn und deutet lässig einen Salut an: „Na Freunde, alles klar?“

Sheran lächelt Jan spöttisch an, der, aber davon unbeeindruckt, nicht minder spöttisch zurück lächelt.

Lukas, der sich neben Jan aufgebaut hat, wird hingegen stocksteif. Er kneift seine Augen zusammen und starrt Sheran unverwandt an, bis der seine Anwesenheit zur Kenntnis nimmt. Begleitet von einer ehrfürchtigen Verbeugung sagt Gugell: „Meister."

Jan, der glaubt, sich verhört zu haben, fallen fast die Augen aus den Höhlen. Zumindest bis er Sherans Antwort wie durch einen Schleier vernimmt: „Herostrat, mein Schüler."

Schlagartig scheint die Raumtemperatur um 10 Grad Celsius zu sinken. In Jans Miene spiegelt sich das blanke Entsetzen. Sein Mund wird trocken, seine Knie weich, als sein Weltbild sich zusehends in Rauch auflöst.

„Meister, ICH bin Euer Schüler", hört er Bishi von sehr weit weg eindringlich sagen.

„Jetzt nicht mehr", zischelt Sheran gehässig.

Luci Fair und die anwesenden Wachen realisieren erst in diesem Augenblick, dass Gugell die ganze Zeit undercover für S.I.E. gearbeitet hat. Die Frau in ihrer rot-schwarzen Lederkombi sieht bereits ihre Felle davonschwimmen, weil sie Gugell das Scopolamin verabreicht hatte. Nervös trampelt sie leicht hin und her, inständig hoffend, dass das Gespräch nicht in diese Richtung geht, bis ihr langsam klar wird, dass offensichtlich niemand bei der S.I.E.kom, abgesehen vom Meister, von dessen Plan wusste.

Um Jan herum beginnt sich alles zu drehen. Er registriert nur undeutlich, dass Gugell ein paar Schritte auf Sheran zugeht und mitten im Raum neben Bishi verharrt.

„Meister, ich bringe den Drachen von Fumé", wabert Gugells Stimme durch den Raum. Jan schnappt nach Luft.

Bishi dreht seinen Kopf ganz leicht in Richtung Gugell,

ohne die Augen von Sheran zu lassen: „Egoistisch, unzuverlässig, planlos, ein Cretin, ich hab es dir gesagt, Herostrat."

Ein kaum merkliches Zucken durchfährt Sherans Körper, woraufhin er sich merklich strafft. „Was gesagt?", fragt er interessiert nach.

„Meister, ich bringe den Drachen von Fumé", setzt Gugell erneut an, wobei seine Augen Sheran gefährlich anfunkeln, als er weiterspricht: „Aber nicht zu Euch."

Ashtar Sheran, der sich bislang herrschaftlich in seinem Sessel herumfletzt, blickt alarmiert von Bishi zu Gugell. Aufgewühlt springt er aus seinem Sessel hoch und wiederholt bellend und um Fassung ringend seine Frage: „Was gesagt?"

Bishi lacht leise und es klingt nicht minder bedrohlich als der Blick, mit dem Gugell Sheran bedenkt. „Sie sind zu alt, Sheran", verkündet Bishi mit gespielter Nachsicht. „Mit dem Alter kommen Fehler, und Sie …", er deutet mit dem Finger auf Sheran, „Sie machen zu viele Fehler."

Sheran ballt die Fäuste, entspannt sich sogleich, indem er die Fäuste wieder lockert, und startet einen letzten Versuch, um die Kontrolle über die Situation zurückzugewinnen. Dann donnert er mit aller Kraft seine Handfläche auf die Tischplatte: „Du wagst es, mich zu kritisieren?", seine Stimme überschlägt sich. „Was soll das werden, du Narr? Etwa eine Palastrevolution?" Bei diesen Worten bricht Sheran in quiekendes Gelächter aus.

Doch Bishi imponiert der emotionale Ausbruch seines Meisters nicht im Geringsten. „Ja", sagt er so frostig, dass die Raumtemperatur um weitere Grade zu sinken scheint. „So könnte man sagen, Meister." Ein überlegenes Lächeln umspielt Bishis Lippen. „Oder sollte ich vielmehr sagen: ‚Altmeister'?", fragt er provozierend und fletscht die Zähne, während er den Anblick des vor Aufregung zitternden

Ashtar Sheran sichtlich genießt. „Eure Überheblichkeit ist Eure Schwäche", stellt Bishi kalt fest.

Sheran scheint innerlich geradezu zu kollabieren. Er nimmt Schwung, um über den Schreibtisch zu setzen und Bishi mit eigenen Händen zu erwürgen, bremst jedoch abrupt die Bewegung ab, da Gugell den Drachen drohend auf ihn richtet.

„Euer letzter Vorhang fällt", kanzelt Bishi seinen ehemaligen Meister abschließend ab und greift dann blitzschnell an den Drachen. „Jetzt!"

Ein kurzes Aufblitzen. Und wo eben noch Sheran stand, sinkt eine Staubwolke zu Boden. Ashtar Sheran, zerfallen zu Staub, ist Geschichte.

Luci Fair, die die Szenerie, genau wie Jan, mit wachsender Beklemmung verfolgt hat, flüstert ungläubig: „Das war keine Ab-, sondern eine Auflösung."

Somo Bishi fährt zu Luci Fair herum, ohne den Drachen loszulassen. „Nun, Frau Fair, auf welches Pferd haben wir gesetzt?", fragt er triumphierend.

Luci Fair schluckt zwei Mal. Ihr Lächeln gerät zu einer schiefen Grimasse. „Meister, ich habe mich soeben entschieden", antwortet sie stotternd.

Bishi nickt anerkennend, deutet ein Lächeln an und nimmt demonstrativ die Hand von dem Artefakt.

In Jan legt sich ein Schalter um und er platzt wütend heraus: „Junior, ich habe dir vertraut, du warst mein Bruder."

Luci Fair hat ihre neue Rolle als Opportunistin des Tages offensichtlich sofort bis ins Mark hinein verinnerlicht. „Alle glücklichen Familien gleichen einander. Jede unglückliche Familie ist auf ihre eigene Art unglücklich", lacht sie hysterisch über ihr sinnentleertes Gestammel.

Vor Jans geistigem Auge spulen sich endlose Szenen ab, angefangen in dem Moment, als er Lukas kennen lernte, bis zu der Episode vorhin im Treppenhaus. Je länger der Film läuft, desto mehr wächst sein Zorn, bis er sich schließlich mit einem wütenden Schrei auf Gugell wirft. Die Attacke trifft Lukas gänzlich unvorbereitet. Als Jan ihn zu Boden reißt, lässt er den Drachen fallen. Mit ungeheurer Wut im Bauch legt Jan seinen rechten Arm wie einen Schraubstock um Gugells Hals und drückt zu. Geistesgegenwärtig zieht Luci Fair ihre Pistole hinter ihrem Rücken hervor und brettert Jan den Kolben über den Schädel. Er keucht vor Schmerz und Überraschung auf. Vor seinen Augen tanzen bunte Sterne. Gugell entzieht sich blitzschnell Jans Griff und rappelt sich hustend hoch.

„Unten bleiben!“, kläfft Luci Fair Jan mit vorgehaltener Waffe an.

„Sehr gut, Frau Fair“, sagt Bishi sichtlich zufrieden.

Die antwortet mit einer Mischung aus Unterwürfigkeit und Schmeichelei: „Danke, Herr Bishi.“

Im gleichen Augenblick öffnet sich die Nebentür des Büros und die S.I.E. Agenten führen den arg zerschundenen Wanstohn herein.

Aus müden Augen heraus erkennt Wanstohn den am Boden liegenden Jan und reißt sich los: „Jan!“

Die Agenten sind jedoch aufmerksam, greifen sofort zu und einer der beiden versetzt dem Professor einen fürchterlichen Schlag in den Magen, so dass Wanstohn vornüber knickt und sich beinahe übergeben muss.

„Prof, Sie leben?“, fragt Jan verblüfft, wobei er das Gefühl hat, dass ein Presslufthammer von innen gegen seinen Schädel hämmert. Wanstohn, der sich den malträtierten Magen reibt, nickt wortlos. Als hätten sie ein Startsignal bekommen, reißen die S.I.E. Agenten Wanstohn vom Boden hoch und stellen ihn wieder auf seine Füße. Da sie dahingehend geschult wurden, keine Fragen zu stellen und sich stets möglicher Kritik gegenüber Vorgesetzten zu enthalten, vermissen sie Ashtar Sheran offenbar keine Sekunde. Bishi bietet ihnen auch keine Gelegenheit, über die veränderte Situation auch nur eine Sekunde nachzudenken. Viel zu lange schon reift der Plan in ihm, als dass er ihn jetzt nicht zu Ende bringen wollte. Ganz Herr der Lage geht er gemessenen Schrittes um seinen Schreibtisch herum und setzt sich an seinen Platz. „Aah, Professor Wanstohn, lernen wir uns endlich mal kennen“, begrüßt er den Professor mit gespielter Freundlichkeit, als habe er dessen Eintreffen erst jetzt bemerkt. „Treten Sie näher“, sagt er mit einer einladenden Geste.

Gugell wischt sich indessen mit dem Arm übers Gesicht, stellt sich neben Jan, grinst diabolisch zu Wanstohn herüber und tritt Jan mit voller Wucht in die Seite. Das Knacken einer Rippe ist zu hören. „Na, JU-NI-OR“, regnet Gugell jede Silbe einzeln betonend auf den am Boden liegenden Jan herab. „Oder sollte ich sagen: Bruder? Plötzlich so kleinlaut?“ Nochmals holt er aus und verpasst Jan einen weiteren Tritt, der ihn genauso unvorbereitet erwischt wie der vorherige.

Schwer gezeichnet rollt Jan ächzend herum: „Du Mistkerl!“

Bishi trommelt kichernd seine Fingerspitzen gegeneinander: „Bruder? Ach, wie entzückend.“ Der Spott in seiner Stimme ist unüberhörbar.

In der Generatorenhalle heulen die Alarmsirenen. Das Programm zum Betrieb der Anlage ist so angelegt, dass dem programmierten Wasser zunächst das Maximum an Energie zugeführt wird, ohne dass die städtische Versorgung dadurch eingeschränkt wird. Dieser Punkt ist jedoch längst überschritten. Da sich der Energiefluss aber nicht in einem geschlossenen System bewegt, sondern in den Himmel über Bielefeld geleitet wird, werden die Spannungsmesser umgangen, so dass die Anlage ungehindert weitere Energie anfordern kann. Daher hat sich das Programm automatisch eine Stufe höher geschaltet und führt nun den Energiefluss aus der städtischen Versorgung dem programmierten Wasser zu. Die Anlage hat die Grenzen ihrer Kapazität schon lange erreicht. Die Generatoren glühen bereits, während ständig mehr Energie in die Anlage für das programmierte Wasser gepumpt wird. Die heftiger werdenden Vibrationen der Generatoren lassen die Halle in immer kürzeren Abständen erzittern. Von der Decke der Halle rieselt inzwischen gleichmäßig der Putz herab und die Wasserhose über dem S.I.E.kom Gelände wird immer mächtiger.

Rita entgeht die zunehmende Dunkelheit außerhalb des Towers nicht, als sie mit Hardy den Fahrstuhl auf der obersten Etage verlässt und einen raschen Blick aus dem Fenster wirft. Kaum, dass sich die Türen öffnen, hören sie einen Schmerzensschrei, dessen Ursprung Rita und Hardy nur allzu bekannt vorkommt. Davon angezogen, nimmt Rita die vier Stufen der breiten Treppe mit einem Satz, stößt die Flügeltüren auf, und läuft jede weitere Vorsichtsmaßnahme außer acht lassend, gefolgt von Hardy in den Raum hinein. Hier angekommen, versucht sie, mit einem Blick die Situation zu erfassen. Auf dem Boden vor ihr wälzt sich Jan herum. Luci Fair steht mit gezückter Waffe über ihm. Neben ihr steht Lukas Gugell, unverletzt, so weit Rita das erkennen kann. Vor ihm ein Häufchen gräulicher Staubpartikel. Hinter dem großen Schreibtisch wirft Somo Bishi sich soeben genüsslich in einen schweren Ledersessel und in der anderen Ecke steht, flankiert von zwei bewaffneten S.I.E. Agenten, mit hängendem Kopf,

Wanstohn. „Vater", entfleucht es Rita genauso überrascht wie erleichtert darüber, ihn lebend zu sehen.

Wanstohn reißt beim Klang ihrer Stimme wie aus einer Trance erwachend den Kopf hoch. Lange hat er sie nicht gesehen und sich dabei doch stets gewünscht, dass ihr Wiedersehen unter weitaus erfreulicheren Umständen stattfinden würde, als es nun der Fall ist. Er beißt sich verlegen auf die Unterlippe, geht alle verpassten Chancen vor seinem geistigen Auge durch, sucht nach Erklärungen, beschließt aber aufgrund der Situation, dass es besser ist, Erklärungen für sein Verhalten auf später zu verschieben. „Rita, alles okay?", fragt er daher so unbefangen wie möglich, als träfen sie sich auf einem x-beliebigen Campus der Welt auf einen Kaffee, um über ihre aktuellen Projekte zu sprechen.

Auch Rita schießen ähnliche Gedanken durch den Kopf, sie will ihren Vater mit tausend Fragen bombardieren und mit mindestens genau so vielen Vorwürfen, ist sich aber völlig im Klaren darüber, dass dies der falsche Zeitpunkt ist. „Ja und bei dir?", fragt sie voller widersprüchlicher Gedanken und Gefühle.

Wanstohn nickt bloß, wobei Rita die Erschöpfung in seinem Gesicht nicht verborgen bleibt.

Einzig Bishi scheint die Lage in dem Büro zusehends zu genießen, wie sein immer breiteres Grinsen verrät. „Eine Familienzusammenführung, wie schön!", ruft er mit übertriebener Begeisterung aus.

In der Zwischenzeit durchquert Hardy den Raum mit großen Schritten und positioniert sich in einer Ecke gegenüber von Bishis Schreibtisch. Er scannt das Büro geradezu und spielt dabei ein weiteres Mal alle zur Verfügung stehenden Möglichkeiten durch. Ihm ist bewusst, dass sie in der Unterzahl sind, dazu kommt, dass mindestens Luci

Fair und die S.I.E. Agenten bewaffnet sind. Jan scheint momentan keine Hilfe zu sein. Einer der beiden Agenten hält seine Waffe auf Rita gerichtet. Wenn Hardy unter diesen Umständen versuchte, Bishi zu packen, finge er sich mit Sicherheit eine Kugel ein. Aber wieso Lukas so unbehelligt und teilnahmslos im Raum steht, ist Hardy schleierhaft. Ihre Lage scheint hoffnungslos. Er braucht Zeit zum Nachdenken. Aber die hat er nicht, er muss jetzt handeln. „Bishi, es ist vorbei. Du hast jetzt genau zwei Möglichkeiten." Die Worte sprudeln aus Hardys Mund. Er weiß, dass er blufft, aber es ist gleichgültig, was er sagt, jede winzige Veränderung der Lage kann sie nur besser machen. Deshalb spricht er unverdrossen weiter: „Entweder du gibst auf und wir werden alle Freunde oder du erklärst uns in aller Ausführlichkeit deinen Weltherrschaftsplan und dann machen wir dich fertig." Die Rede ist nicht besonders originell, aber doch wirksam, wie Bishis wohlbekanntes meckerndes Lachen ihm bestätigt. Er hat Bishi aus der Reserve gelockt.

Das Lachen erstirbt und Bishi mustert Hardy breit grinsend: „Kleiner, dein Fehler ist, du bist zu langsam. Dank der Mithilfe meines Freundes Herostrat, euch bekannt als Lukas Gugell, sind wir jetzt in der Lage, das programmierte Wasser zu kontrollieren." Bei diesen Worten streichelt Bishi beinahe zärtlich über den aufgeklappten Laptop, der vor ihm auf dem Tisch steht. Dann wendet er sich an Wanstohn: „Sie haben Ihre Tochter hervorragend ausgebildet", merkt er lobend an. „Wir brauchen Sie daher nicht mehr. Alte Menschen kann ich eh nicht leiden." Bishi unterstreicht seine Worte durch eine wegwerfende Handbewegung. „Frau Fair, räumen Sie den Schutt weg."

Auf einen solchen Befehl wartet Luci Fair bereits den ganzen Tag. Diabolisch grinsend richtet sie ihre Pistole auf Wanstohn: „Dann darf ich?"

Hardys Gedanken überschlagen sich weiter. Der Professor darf nicht sterben. Jan scheint momentan keine Hilfe zu sein. Und wie lange kann es noch dauern, bis die Anlage unter ihnen in die Luft fliegt? Hardy versucht Blickkontakt zu Jan herzustellen, aber der reagiert nicht.

Bishi hebt lässig die Hand. „Moment, Frau Fair. Wir wollen unserem Ehrengast noch etwas zeigen."

Die Vorfreude weicht aus Luci Fairs Gesicht, und sie lässt ungehalten die Waffe ein wenig sinken. Bishis Blick wandert gemächlich durch den Raum. Als er sich sicher ist, dass wirklich jedermanns Aufmerksamkeit im Raum auf ihm ruht, erklärt er triumphierend: „In diesem feinen Rechner befindet sich der Kontrollmechanismus unserer gesamten Anlage. Hübsch, nicht wahr? Über eine von uns entwickelte HMI-Schnittstelle werden wir den Drachen mit unserer Anlage verbinden." Bishis Finger trommeln bei seinen Worten im Takt auf den Rand des Monitors. Sogar Jan hebt ein ganz klein wenig den Kopf. Er ist also doch nicht so außer Gefecht gesetzt, wie Hardy erleichtert bemerkt.

„Freut euch", fährt Bishi fort, „denn anschließend lade ich euch zu einer Demonstration ein, die die Präzision dieser Anlage an einem von euch unter Beweis stellen wird." Bishi legt eine Pause ein. Rache ist ein Gericht, das am besten kalt serviert wird. „Wollen wir, Herostrat?", fragt er in Richtung Gugell. Dieser nickt langsam, aber bestimmt.

Hardy geht ein Licht auf, das ihn erschaudern lässt: Gugell hat sie verraten. Gegen eine plötzliche innere Übelkeit ankämpfend, schließt er die Augen und zwingt sich zur Ruhe.

„Den Drachen bitte", ordnet Bishi an. Hardy spürt hinter seinen geschlossenen Augenlidern, wie Gugell sich im Raum umblickt. Ja, er spürt jede einzelne Person im Raum ganz deutlich, als sei ein unsichtbarer Schleier vor seinen Augen gelüftet worden. Und da! Halb vom Schreibtisch verdeckt, pulsiert ganz ruhig ein leuchtendes Omega. Ein warmes Gefühl von Vertrautheit breitet sich in Hardy aus. Langsam streckt er die Hand aus, ohne zu wissen, was er da eigentlich macht. Das Omega unter dem Schreibtisch beginnt zu vibrieren. Auch Gugell hat das Omega entdeckt und bückt sich. Im nächsten Moment überschlagen sich die Ereignisse.

„JETZT IST SCHLUSS, BEI DER MACHT VON SABA", hört Hardy sich laut rufen. Plötzlich erhebt sich der Drache von Fumé und fliegt blitzschnell in seine Richtung, trifft auf dem Weg Luci Fairs ausgestreckten Arm, die daraufhin ihre Waffe fallen lässt und schmerzerfüllt den Arm an ihren Körper presst. Der Drache landet wie durch Zauberei in Hardys Hand.

Hardy öffnet die Augen und blickt auf seine Hand, in der der Drache wie selbstverständlich ruht.

Bishi hält es nicht länger in seinem Sessel. „Unmöglich!", ruft er erstaunt aus.

Wanstohn dagegen dreht sich schelmisch grinsend zu seinen Bewachern um: „Er glaubt an sich." Alle Müdigkeit weicht aus seinem Körper und er verpasst erst dem rechten, dann dem linken Agenten einen kräftigen Hieb mit dem Ellbogen. Die Agenten knicken ein.

Gleichzeitig springt Jan mit einem Satz vom Boden auf und verpasst Gugell einen satten Schwinger unter das Kinn, so dass der sich um die eigene Achse dreht, einen halben Meter durch die Luft gewirbelt wird und dann über den Boden gegen die Wand rollt.

„Fünf, sechs, sieben, acht", zählt Wanstohn begeistert Gugells Überschläge mit. „Das ist neuer Guinness-Rekord."

Rita geht im selben Moment, in dem Jan sich aufrichtet, in die Hocke, stützt sich auf einer Hand ab, kickt Luci Fair die Beine weg und greift nach der Waffe, die sie zuvor fallen gelassen hat.

Provozierend schaut Luci Fair Rita an. „Dir fehlt doch der Mumm, diese Waffe abzufeuern", höhnt sie fast lachend.

Rita blickt zuerst auf die Pistole, dann auf Luci Fair. „Stimmt", sagt sie zähneknirschend und schlägt Luci Fair mit einem gezielten Haken K.O.

„Hardy, es ist der Laptop", ruft Jan, der sich wieder ganz aufgerichtet hat. Hardy zögert keine Sekunde und wirft sich genau wie Jan nach vorne, so dass er auf der langen Seite von Bishis Schreibtisch landet. Das Timing ist perfekt. Noch während Hardys Flug greift Jan an die Seite des Drachens, die Hardy ihm entgegenstreckt und der Laptop löst sich in einer Staubwolke auf. Augenblicklich stürzt die Wasserhose über dem S.I.E.kom Gelände in sich zusammen und für einen kurzen Moment ergießt sich ein gigantischer Wasserfall über das gesamte Gelände.

Von der neuerlichen Lage vollkommen überrumpelt, sieht Bishi alle seine Felle davon schwimmen, duckt sich hinter seinen Schreibtisch und krabbelt dann eilig auf allen vieren in Richtung Terrassentür.

Wanstohn sieht Bishi abtauchen und will hinterhersetzen, aber die S.I.E. Agenten zu seinen Füßen beginnen sich zu regen. Er räuspert sich nur einmal kurz, so dass die Agenten erschrocken zu ihm hoch schauen. „So Freunde, zweite Halbzeit." In aller Seelenruhe krempelt Wanstohn die Ärmel seines Hemdes auf und spuckt einmal in beide Hände. Panisch nehmen die Agenten die Beine in die Hände und sprinten Richtung Ausgangstür. Niemand hält sie auf. Wanstohn wendet sich wieder Bishi zu, der soeben durch die Terrassentür geschlüpft ist. Der Professor stürzt hinter Bishi her: „Bishi, Stopp! Dein Weg ist hier zu Ende."

Keine zwei Sekunden später reißt Wanstohn die Tür zur Terrasse auf und springt blitzschnell hinaus. Von Bishi ist weit und breit nichts zu sehen. Ohne zu zögern, setzt Wanstohn sich in Bewegung, um hinter der nächsten Ecke nachzusehen, als sich hinter ihm die Tür öffnet und Rita mit ruhiger, autoritärer Stimme sagt: „Vater, lass gut sein."

Verdattert hält Wanstohn in der Bewegung inne und wendet sich zu Rita um: „Du hast Recht, genug für heute", sagt er einsichtig und schließt Rita mit glänzenden Augen in die Arme. „Gut, dass du da bist." In dem Moment, in dem Wanstohn seine Tochter umarmt, fällt ihm wieder ein, weswegen sie sich überworfen hatten. Wanstohn hatte die arrogante Art von Ritas Kollegen „Paul" instinktiv nicht leiden können und versucht, ihr diese Affäre auszureden. Sie hatte ihm daraufhin vorgeworfen, dass er seine eigenen Eheprobleme nicht auf sie übertragen solle. Schließlich ginge es ihn ja nichts an, mit wem sie ihre Zeit verbrächte. Anschließend hatte sie ihn wutentbrannt stehengelassen. Zu Recht, wie er jetzt einsieht. In manche Dinge mischt man sich besser nicht ein.

Drinnen hockt sich Hardy neben Luci Fair und rollt sie herum. Luci Fair erwacht mit verschleiertem Blick: „Vom gefällten Baum machen alle Kleinholz", zitiert sie von irgendwo her.

Hardy grinst sie breit an: „Richtig und deshalb wirst du jetzt kühl und trocken gelagert."

Gugell erwacht ebenfalls aus seiner Ohnmacht und blickt sich verwundert um. Über sich sieht er Jan stehen und versucht entschuldigend zu lächeln, was ihm aber gründlich misslingt: „Jan, du schätzt das alles völlig falsch ein."

Jan gelingt es kaum, die Verachtung in seiner Stimme zu unterdrücken: „Junior, ich schätze du wurdest versetzt, aber keine Klasse höher.“

18

Rathausplatz Bielefeld, wenige Tage später

Zufrieden stellt Hardy fest, dass sich die sonst allgegenwärtigen Wolken über dem Bielefelder Himmel zum größten Teil verzogen haben. Nur hier und da verweilen noch ein paar graue Kumuluswolken, als wollten sie als Mahnmal daran erinnern, wie knapp Bielefeld der Katastrophe entgangen ist.

Das endlose Meer der Menschen, die sich auf dem Rathausplatz versammelt haben, bereitet Hardy, Rita, Jan und Wanstohn sichtliches Unbehagen.

Hardy bemüht sich, die Situation zu genießen, muss sich aber eingestehen, dass ein Gefühl des Unwohlseins bleibt. Die Ereignisse liegen noch nicht lange genug zurück, und weil sie ständig von jemandem belagert wurden, konnten sie sie noch nicht verarbeiten. Entsprechend ist die Aufmerksamkeit, die ihnen hier nun zuteil wird, für Hardy viel zu viel. Zugleich ist er froh, dass sie weitgehend unversehrt aus dieser ganzen Nummer herausgekommen zu sein scheinen. Mit einem Seitenblick auf Rita, Wanstohn und Jan erkennt er, dass die drei ebenfalls alles andere als entspannt sind. Kein Wunder, die vielen Menschen, die sich auf dem Platz versammelt haben, reden aufgeregt durcheinander, halten aber permanent ihre Blicke auf sie gerichtet. Wie soll man auch in so einer Situation nicht so etwas wie Lampenfieber verspüren?

Drei Meter neben ihnen und ein paar Stufen höher ist der Bürgermeister für die Zeremonie positioniert worden. Er tritt an das Mikrophon, blickt auf seinen Zettel und beginnt zu sprechen: „Liebe Bürgerinnen und Bürger. Heute ist ein großer Tag für Bielefeld." Der Bürgermeister trägt bereits die Begrüßungsworte so phlegmatisch vor, dass weder Hardy noch Rita, Wanstohn oder Jan sich angesprochen fühlen. Den Menschen vor ihnen scheint es nicht anders zu ergehen, sie setzen ungerührt ihre Unterhaltungen fort.

Wanstohn senkt den Blick und schüttelt ungläubig innerlich den Kopf. Allzu oft schon hatte er in seinem Leben Reden ertragen müssen, die von Honoratioren ohne Esprit, Charme und Eloquenz vorgetragen wurden. In dem Tonfall könnte der Herr Bürgermeister auch gleich den Beipackzettel eines Abführmittels verlesen und würde wahrscheinlich mehr Aufmerksamkeit erregen.

Selbst dem Obersten Ratsherren scheint diese Wirkung nicht zu entgehen. Er nestelt unbeholfen an seinem Zettel herum und klappt ihn schließlich zusammen, als ihm in einem kurzen wachen Moment klar wird, dass die Menschen nach der überstandenen Bedrohung mehr verdient haben als die üblicherweise im trägen Beamtendeutsch vorgetragenen Worte. Daher schaut er sich im weiten Rund um und räuspert sich vernehmlich. Einer plötzlichen Eingebung folgend, ruft er aus: „Menschen dieser Stadt." Zunächst wird es totenstill auf dem Platz, dann bricht ohrenbetäubender Jubel aus, als habe es bei allen Anwesenden gleichzeitig Klick gemacht.

Auch Jan und Rita schrecken überrascht auf. Sie gucken erst sich gegenseitig und dann den Bürgermeister ungläubig an.

Hardy dagegen starrt, seinen Gedanken nachhängend, weiter ins Leere. Da sind zu viele offene Fragen, die ihm seit ein paar Tagen ständig im Kopf herumschwirren. Schließlich neigt er seinen Kopf ein wenig zu Wanstohn rüber und flüstert über den Jubel hinweg: „Was ist mit dem Drachen von Fumé?"

Wanstohn lächelt ihn verschmitzt an und zwinkert:

„Oh, keine Sorge. Den habe ich an einem sicheren Ort verwahrt."

Hardy nickt, ohne dass sich seine Miene aufhellt. „Und wie geht es jetzt weiter?", fragt er aus dem Mundwinkel.

Auch wenn der Zeitpunkt sicher nicht der beste ist, um derartige Gespräche zu führen, ahnt Wanstohn, dass Hardy seine Unterstützung braucht. Hardy kann er nichts vormachen, darüber ist er sich völlig im Klaren. Sein Lächeln verschwindet aus dem Gesicht, als er Hardy antwortet: „Ich glaube nicht, dass wir Somo Bishi das letzte Mal zu Gesicht bekommen haben."

„Bielefeld wurde das Opfer einer groß angelegten Verschwörung", dröhnen die Worte des Bürgermeisters durch die Lautsprecher.

Jan lässt seinen Blick über den Platz schweifen. Auch seine Gedanken schweifen ab, hin zu Lukas Gugell und dessen Verrat. Es ist ihm unerklärlich, wie er so blind sein konnte. Noch viel weniger versteht er allerdings, wieso Lukas Gugell sich so verhalten hat.

An einem ganz anderen Ende der Stadt schaut Lukas Gugell durch die dicken Gitterstäbe seiner Untersuchungshaftzelle auf einen kargen Hof. Unaufhörlich nuschelt er vor sich hin. „Bishi, verdammt. Was ist da nur schief gegangen?"

In der Zelle neben ihm seufzt Luci Fair völlig entnervt auf: „Wie lange muss ich mir dieses Gejammer noch anhören?"

Lukas Gugell presst seine Lippen aufeinander, dreht ganz langsam den Kopf zu ihrer Zelle hin, während sich seine Augen zu äußerst schmalen Schlitzen zusammenziehen. „Nur eine kleine Weile, nur eine ganz kleine Weile", flüstert er mehr zu sich selbst.

Jan schiebt seine trüben Gedanken beiseite, als er in einer der ersten Reihen Jacques und Helga entdeckt, die ihm fröhlich händchenhaltend zuwinken und dabei zur Bekräftigung ihre ineinander verschränkten Hände hochhalten. Jan grüßt lächelnd zurück, tippt Rita an und deutet auf Jacques und Helga. Rita entdeckt die beiden sogleich und lächelt ihnen gleichfalls zu, was von ihnen hocherfreut erwidert wird. Frisch inspiriert zögert Jan, zurück in Bestform, keine Sekunde und fragt Rita leise ins Ohr: „Und wie steht es jetzt mit uns?"

„Ich weiß nicht, alles ist möglich in dieser Stadt", antwortet Rita salomonisch. Vielleicht etwas zu salomonisch, wie sie aus Jans irritiertem Gesichtsausdruck schließt. Sie rempelt Jan sanft mit der Schulter an. Einen kurzen Augenblick verlieren sich ihre Augen ineinander, werden aber von Hardy unterbrochen, dem der kurze Dialog nicht entgangen ist. „Dann wappnen wir uns besser für alle Eventualitäten", gibt er zu bedenken. Wanstohns Worte spuken in seinem Kopf herum, er freut sich für die anderen, aber er fühlt sich hier trotzdem irgendwie deplatziert.

Der Bürgermeister ist durch den regen Zuspruch der Menschen inzwischen richtig in Fahrt gekommen. „Diese jungen Leute hier", dabei deutet der Bürgermeister auf Rita, Jan, Hardy und Wanstohn, was dazu führt, dass der Professor leise lachen muss, „haben Bielefeld nicht nur von einer großen Gefahr befreit. Sie haben zugleich gezeigt, dass Bielefeld für Bielefelder mehr ist nur als der Ort, an dem wir alle zufällig zusammen wohnen. Sie und ihr habt den Mut, dies genau hier, genau jetzt zu zeigen und dafür danke ich euch: Bielefeld!"

Der Jubel, der daraufhin losbricht, kann nur mit dem eines neuerlichen Aufstiegs des Rekordaufsteigers Arminia Bielefeld in die Erste Bundesliga verglichen werden.

In der tosenden Menge entdeckt Hardy die Königin von Saba, die sich andeutungsweise verneigt. Auf Hardys Gesicht erscheint das erste Lächeln seit Tagen, als er sich ebenfalls verneigt.

Jan entgeht das Spiel in Hardys Miene keineswegs. Als der Applaus nachlässt und der Bürgermeister weiterspricht, dass nun die Hintermänner dieser Verschwörung gefunden und zur Rechenschaft gezogen würden, beugt er sich zu Hardy rüber: „Sag mal, wie geht es dir denn jetzt mit deinen neuen Fähigkeiten?"

Hardy schreckt hoch, sieht Jan an und schaut schnell wieder zu der Stelle, an der die Königin von Saba stand, doch sie ist verschwunden. Hardys Lächeln verfliegt so schnell, wie es gekommen war. In seinem Kopf überschlagen sich die Gedanken erneut und er fragt sich, ob er das nur geträumt hat. Aber wieso taucht sie auf und verschwindet wieder? Seine Gedanken treiben weiter. Was haben wir eigentlich erreicht, dass hier so ein unglaubliches Bohei veranstaltet wird? Ist Bishi tatsächlich der Bösewicht? Eigentlich ist Hardy sich in diesem Punkt vollkommen sicher, aber haben sie sich selbst korrekt verhalten? Und wo ist Bishi abgeblieben? Was, wenn Bishi eines Tages wieder auftaucht? Müssen sie sich dann erneut ihren Weg frei kämpfen? Ist das der richtige Weg? Der einzige Weg? Da ihm die Antworten fehlen, schaut Hardy schließlich Jan ernst an. „Ich habe das Gefühl, dass mein Herz ein einsamer Ort wird", antwortet er mit unendlicher Verzögerung.

Rita legt den Arm um Hardy und sieht alle drei nacheinander an. „Wir sind bei dir, so lange wir können", erklärt sie unter zustimmendem Nicken von Jan und Wanstohn.

Hardy spürt einen Anflug von Wärme und Dankbarkeit in sich aufsteigen: „Danke. Danke, dass ihr da seid", und er beschließt, besser zu träumen.

Epilog

Die Abendsonne versinkt langsam am Horizont. Das seit Stunden anhaltende Konzert der Zikaden wird allmählich leiser, bis es plötzlich ganz verstummt, so als zögen die Zikaden der Sonne hinterher. Über dem antiken Marktplatz von Stagira kehrt eine majestätische Ruhe ein, die nur vom entfernten Rauschen des Meeres unterbrochen wird.

Ein Fuß zuckt, ein Bein streckt sich, eine Hand tastet sich vorsichtig an den Brustkorb. Die Finger spüren das inzwischen getrocknete Blut, sie spüren aber auch das Loch, an der Stelle, an der sich die Kugel in Matt Bramsens Körper gebohrt hat. Bramsen öffnet flatternd die Augenlider, dreht sich auf die Seite und stützt sich ganz vorsichtig auf den rechten Ellbogen. So verharrt er einige Augenblicke, bevor er sich aufsetzt. Er sieht sich um und entdeckt die Leiche von Damien nur ein paar Schritte von seinen Füßen entfernt. Schwerfällig erhebt Bramsen sich, seine Hand tastet zur Innentasche seiner Jacke und zieht eine Zigarre heraus, die er sich in den Mundwinkel schiebt. „Und da sag noch einmal jemand, Rauchen gefährdet die Gesundheit“, knurrt er die Zigarre entzündend. Bramsen pafft ein paar Züge, steht auf und steigt langsam den Hügel hinab …

Nachwort

Aus gegebenem Anlass möchte ich an dieser Stelle einige Bemerkungen zur Wahrnehmung von Autorenschaft anfügen. Über den Begriff der Autorenschaft wird die Illusion geweckt, durch sie könne eindeutig konzediert werden, wer ein Werk kreiert habe. Dabei geht der Begriff des Autors stets mit dem Nimbus des einsam in seinem Kämmerlein vor sich hin brütenden Schreiberlings einher, der in einem schöpferischen Prozess ex nihilo eine Geschichte kreiert. Zumindest im Falle dieses Romans trifft dieses Bild in mehrfacher Hinsicht nicht zu. Denn dieser Roman ist erstens nur in Auszügen auf diese Weise entstanden und steht zweitens in einer kleinen Reihe von Veröffentlichungen zum Thema „Die Bielefeld Verschwörung", an deren Produktion in erster Linie Studierende der Universität Bielefeld beteiligt sind. Zudem sind auch an der Entstehung dieses Romans bereits Studierende beteiligt. Bevor ich aber näher auf sie eingehe, möchte ich, im wahrsten Sinne des Wortes, die Gunst der Stunde nutzen, auf etwas hinzuweisen, und ich hoffe sehr, ich klinge mit diesem Hinweis nicht zu anmaßend. Im Sommer 2010 besteht eine Chance, das mediale Licht, das auf Bielefeld scheint, nutzen zu können, um zu zeigen, dass in Bielefeld zum Beispiel nicht nur bestes Mineralwasser zu finden ist, weithin bekannte Apparate zur Verdichtung von Gasen produziert werden, ein hervorragender Kaffee gebrüht wird, ein äußerst professioneller Flughafen und ein effektives Stadtbahnsystem existieren und insbesondere hervorragende Kameraleute arbeiten, sondern auch ein enormes kreatives Potential ruht, das es allemal wert ist, entdeckt zu werden.

Aus diesem Grunde gilt es an dieser Stelle zunächst Fabio Magnifico dafür zu danken, dass er mit der Idee, das Thema die „Bielefeld Verschwörung“ in einem Filmprojekt zu realisieren, die Reichweite dieses Projekts überhaupt erst ermöglicht hat. Wir freuen uns sehr über die Unterstützung, die wir bei der Umsetzung des Filmprojektes von so vielen Menschen und Institutionen erfahren durften. In diesem Zusammenhang will ich auch explizit die Fakultät für Erziehungswissenschaft der Universität Bielefeld dankbar erwähnen, durch deren Offenheit im Rahmen ihres Lehrbetriebes unser Projekt überhaupt erst ermöglicht wurde, und anmerken, dass an der Universität Bielefeld auch an vielerlei weiteren spannenden medienpädagogischen Projekten gearbeitet wird.

Nach dieser längeren Vorrede des Nachwortes möchte ich nun noch einige Worte zur Entstehung des Romans verlieren und schließlich zu den Studierenden überleiten.

Die Idee zu diesem Roman entstand während einer studentischen Exkursion im Jahr 2008 in Griechenland, bei der der Dokumentarfilm „Kalim Shiki – näher geht nicht“ produziert wurde. Während der Dreharbeiten auf dem Ausgrabungsgelände von Stagira, liefen einige Studierende vor der Linse meiner Kamera entlang. Im Display war sofort zu erkennen, dass dieser Ort die perfekte Kulisse für einen Abenteuerfilm bot. Mit dieser Idee im Hinterkopf kehrte ich nach Bielefeld zurück und entwickelte erste Ideen für eine entsprechende Story, die in den folgenden Wochen und Monaten immer weiter Gestalt annahm. Der Gedanke, der mich bei der Entwicklung der Geschichte antrieb, war der, im Rahmen einer Reihe medienpädagogischer Seminare an der Universität Bielefeld ein Spielfilmprojekt zu realisieren, um den Studierenden Medienkompetenz nicht nur in der Theorie, sondern auch in der Praxis vermitteln zu können. Diese Idee wurde in den folgenden Semestern, unter reger Beteiligung der Studierenden und vieler Bielefelderinnen und Bielefelder, mit der Verfilmung der „Bielefeld Verschwörung“ schließlich in die Realität umgesetzt.

Blicke ich jetzt mit über eineinhalb Jahren Abstand auf die Anfänge des Projektes zurück, wird deutlich, dass bereits am Ausgangspunkt dieser Geschichte insbesondere Studierende an dem Projekt beteiligt waren, denen ich mich zu großem Dank verpflichtet fühle. Ich möchte mich daher ganz herzlich bei Ben Budde bedanken, der mich mit seinen Ideen bei der Umsetzung der Geschichte in ein Drehbuch nach besten Kräften unterstützte. Weiterhin gilt ein ganz besonders herzlicher Dank Martin Hoyer, der zwar nicht mehr studiert, mit dem ich aber bei vielen Gesprächen und insbesondere in zwei langen und äußerst unterhaltsamen Nächten die Dialoge des Drehbuchs schärfte. Daneben danke ich nicht weniger herzlich Moritz Sundermann, der sich bereiterklärte, die Romanfassung als erster zu redigieren. Im Zuge dessen gilt es auch Eike Birck zu danken, die diesen Roman für den Pendragon Verlag lektoriert hat, nachdem Günther Butkus sich aus dem Stand heraus bereit erklärte, ihn zu veröffentlichen.

Darüber hinaus will ich auch weitere Studierende voller Dankbarkeit erwähnen, die diese Geschichte mit Ideen angereichert haben: Philip Karsch, Kerstin Sellerberg, Markus Drees, Felix Rinke, Sascha Braun, Matthias Müller, Katrin Hang, Sebastian Habla, Nicole Pasuch, Jessica Schiebel, Aleksandar Miloradovic, Dennis Schröder, Sebastian Wiesner und Daniel Geweke.

Abschließend gilt ein ganz außerordentlicher Dank Achim Held, dem Erfinder der Bielefeld Verschwörung, dafür, dass er es uns gestattete, seine humorvollen, esoterischen Schreckensvisionen zur Nicht-Existenz von Bielefeld sowohl in diesem Buch als auch im Film verarbeiten zu dürfen.

Wenngleich ich an dieser Stelle nun mit der Aufzählung derjenigen, die dieses Buch möglich gemacht haben, einen Punkt setze, möchte ich betonen, dass dieser Punkt nur vorläufig gemeint ist und sein kann. Ich bin mir sicher, dass ich manche vergessen habe, an dieser Stelle zu erwähnen, und bitte dafür schon vorab um Nachsicht.

Bei der unüberschaubaren Anzahl hervorragender Beiträge zu dieser Geschichte wäre es in meinem Sinne, jede einzelne Ausgabe dieses Romans mit irgendeinem der hier aufgezählten Namen zu versehen, um sie auf diese Weise aus dem Schatten eines Nachwortes herauszulösen und ihnen auf diese Weise das Licht zu geben, das ihnen für ihren Beitrag zu diesem Buch zusteht.

Pendragon Verlag
gegründet 1981
www.pendragon.de

Gedruckt auf holz- und säurefreiem Naturpapier

Originalausgabe
Veröffentlicht im Pendragon Verlag
Günther Butkus, Bielefeld 2010

Lektorat: Eike Birck, Vanessa Vogt
Umschlag: Baltus Mediendesign
Fotos Umschlag Rückseite: Thomas Walden
Gesetzt aus der Adobe Garamond
ISBN 978-3-86532-194-7
Druck: AALEXX Buchproduktion, Großburgwedel
Printed in Germany

Die Bielefeld Verschwörung

Der ultimative Verschwörungs-Comic
von Embe/Walden/Hopfauf

Comic, Originalausgabe
88 Seiten, Paperback, Euro 10,95
ISBN 978-3-86532-199-2

Mysteriöse Dinge geschehen im sonst so friedlichen Bielefeld: Systematisch verschwinden ganze Gebäude, Menschen werden entführt und niemand unternimmt etwas dagegen. Wirklich niemand? An der Uni Bielefeld leistet ein einzelner Professor Widerstand gegen die dunklen Machenschaften und ihre Drahtzieher. Er steht ganz alleine da, weder Polizei noch seine Kollegen wollen an seine Verschwörungstheorie glauben. Darum schickt er drei Studenten auf die Jagd nach des Rätsels Lösung. Für Hardy, Jan und Lukas beginnt ein atemberaubender Wettlauf gegen die Zeit. Werden die drei es mit diesem übermächtigen Gegner aufnehmen können? Und noch wichtiger: Ist Bielefeld noch zu retten?

P E N D R A G O N - Verlag